Diogenes Taschenbuch 22526

de
te
be

W0319705

Fredric Brown

Die schwarze Statue

Roman

Aus dem Amerikanischen von Gudrun Voigt und Nikolaus Stingl

Diogenes

Titel der Originalausgabe:
›The Screaming Mimi‹
Copyright © 1949 by
Fredric Brown
Umschlagzeichnung von
Tomi Ungerer

Erste vollständige Übersetzung

Alle deutschen Rechte vorbehalten
Copyright © 1992
Diogenes Verlag AG Zürich
100/92/36/1
ISBN 3 257 22526 1

1

Nie kann man voraussagen, was ein betrunkener Ire tun wird. Man kann nur vage Vermutungen darüber anstellen, und zwar eine ganze Menge; die kann man dann ihrer Wahrscheinlichkeit nach ordnen.

Mit dem Naheliegenden ist das einfach. Er könnte sich noch einen genehmigen, eine Schlägerei vom Zaun brechen, eine Rede halten, einen Zug besteigen. Weniger wahrscheinlich wäre schon, wenn er sich grüne Farbe kaufen, einen Ahornbaum fällen, einen Fächertanz vorführen, »God save the King« singen oder eine Oboe stehlen würde.

Diese Liste könnte man endlos weiterführen, bis man schließlich ganz unten bei den unwahrscheinlichsten Dingen angekommen wäre. Und zwar könnte unser Ire zum Beispiel einen Entschluß fassen und dabei bleiben.

Ich weiß, daß es unglaublich klingt, aber es ist passiert.

Ein Mann namens Sweeney hat es getan, und es geschah in Chicago. Er faßte den Entschluß und mußte durch Blut und schwarzen Kaffee waten, um dabei zu bleiben, aber er ist dabei geblieben. Vielleicht war es nach herkömmlichen Begriffen kein besonders guter Entschluß, aber das ist nicht das Entscheidende. Das Entscheidende ist, daß es wirklich passiert ist.

Jetzt heißt es seine Worte genau wählen, denn die Wahrheit ist schwer zu fassen. Sie paßt nie ganz in eine Schablone. »Ein betrunkener Ire namens Sweeney« zum Beispiel – wenn überhaupt, dann ist das eine Schablone. Aber so einfach verhält es sich selten mit der Wahrheit.

Der Mann hieß tatsächlich Sweeney. Er war in Wirklichkeit aber nur drei Viertel betrunken und fünf Achtel irisch. Näher allerdings kommt die Wahrheit der Schablone so gut wie nie, und wenn Ihnen das nicht reicht, lesen Sie besser nicht weiter. Sonst tut es Ihnen vielleicht noch leid, denn es ist keine schöne Geschichte. Es geht darin um Mord und um Frauen, Alkohol, Glücksspiel und Tatsachenverdrehung. Es gibt einen Mord, ehe die Geschichte richtig anfängt, und einen Mord, nachdem sie zu Ende ist; die eigentliche Geschichte fängt an mit einer nackten Frau und hört auf mit einer nackten Frau; das ist ein guter Anfang und ein gutes Ende, aber alles dazwischen ist nicht schön. Sagen Sie nicht, ich hätte Sie nicht gewarnt. Aber wenn Sie mir bis hierher gefolgt sind, wollen wir uns wieder Sweeney zuwenden.

Es war in einer heißen Sommernacht. Sweeney saß auf einer Parkbank neben God. Er mochte God, ganz im Gegensatz zu den meisten Menschen, recht gut leiden.

God war ein großer, knochiger alter Mann mit einem kurzen wirren Bart, gelb gefärbt vom Nikotin. Eigentlich hieß er Godfrey, aber niemand, nicht einmal Sweeney, wußte, ob er mit Vor- oder Zunamen Godfrey hieß. Er hatte einen Dachschaden, aber keinen großen; nicht größer jedenfalls als bei den meisten schnapstrinkenden Pennbrüdern, die im Norden Chicagos leben und sich bei gutem Wetter auf dem Bughouse Square herumtreiben.

Bughouse Square hat noch einen anderen Namen, der aber weit weniger zutreffend ist. Er liegt zwischen Clark und Dearborn Street südlich der Newberry Library. Das ist die horizontale Lagebestimmung. Vertikal betrachtet, liegt Bughouse Square der Hölle ein ganzes Stück näher als dem Himmel. Zwar scheint auch hier die Sonne, aber die Schatten der Gestrandeten, die ihre Nächte auf den Bänken zubringen, verdüstern den Platz.

Im Sommer wird es nachts um zwei ruhig auf dem Bughouse Square. Die Seifenkistenredner sind verschwunden, und die Passanten, die nicht zu den Bewohnern des Platzes gehören, liegen längst im Bett. Auf dem Rasen und auf den Bänken schlafen die Penner. Ihre Schnürsenkel sind mit doppelten Knoten gesichert, damit ihnen niemand über Nacht die Schuhe stiehlt. Der Gedanke, daß jemand sie um ihr Geld erleichtern könnte, beunruhigt sie nicht, denn sie haben keins. Deshalb können sie auch schlafen.

»God«, sagte Sweeney, «ich wünschte, ich hätte was zu trinken!« Er schob seinen schmierigen Hut zwei Zentimeter weiter in seinen unsauberen Nacken zurück.

»Ich auch!« sagte God. »Aber so dringend ist es auch wieder nicht.«

»Schon wieder die alte Leier«, meinte Sweeney.

God grinste. »Aber es stimmt«, sagte er. »Das weißt du ganz genau.« Er zog ein zerknülltes Päckchen Zigaretten aus der Tasche, reichte Sweeney eine und steckte sich selber eine an.

Sweeney sog den Rauch gierig ein. Er betrachtete die schlafende Gestalt auf der benachbarten Bank und blickte dann zu den Lichtern der Clark Street hinüber. Vom Trinken sah er alles leicht verschwommen. Die Straßenlampen sahen aus, als hätten sie Heiligenscheine. Aber Sweeney wußte, daß das nur eine Halluzination war. Kein Lüftchen regte sich. Ihm war heiß. Er schwitzte wie der Park und die Stadt. Er nahm den Hut ab und fächelte sich Luft zu. Dann hielt er, irgendeiner betrunkenen Eingebung folgend, plötzlich still und starrte den Hut an. Vor drei Wochen war er noch neu gewesen. Er hatte ihn gekauft, als er noch für die ›Chicago Blade‹ arbeitete. Jetzt sah der Deckel nach nichts mehr aus. Er war von einem Auto überfahren worden, in die Gosse gerollt, jemand hatte darauf herumgetrampelt und darauf gesessen. Der Hut sah so aus, wie Sweeney sich fühlte.

Er murmelte: »God!«, aber er meinte damit weder Godfrey noch sonst jemanden. Dann stülpte er sich den Hut wieder auf den Schädel. »Wenn ich bloß schlafen könnte«, sagte er und erhob sich. »Ich gehe noch ein bißchen spazieren. Kommst du mit?«

»Damit mir einer die Bank wegschnappt? Nee! Ich schlafe lieber noch 'ne Runde. Bis später, Sweeney!«

Godfrey legte sich auf die Bank, den Kopf auf den Arm, und zog die Beine an.

Sweeney gab ein kurzes Grunzen von sich und marschierte auf dem Fußweg zur Clark Street hinüber. Er schwankte dabei, aber nicht sehr. Auf der Clark Street ging er südwärts durch die Nacht, passierte die Chicago Avenue, schlenderte an den Kneipen vorbei und wünschte sich, er hätte Geld für einen Drink.

Ein Polizist rief ihn an: »Hallo, Sweeney!« Und Sweeney murmelte: »Hallo, Pete!« Aber er blieb nicht stehen.

Er mußte an Godfreys Lieblingstheorie denken und fand, der alte Schnorrer hatte recht: Man konnte alles kriegen, wenn man es sich nur dringend genug wünschte! Er hätte Pete um ein paar Kröten anhauen können. Aber so dringend war das mit dem Drink doch wieder nicht. Noch nicht, obwohl er sich vorkam wie die zu straff gespannte E-Saite einer Geige.

Verdammt! Warum hatte er Pete nicht angehalten? Er mußte einen trinken. Er brauchte noch sechs Schnäpse, oder besser noch einen halben Liter, um einschlafen zu können. Wann hatte er eigentlich zuletzt geschlafen? Er versuchte sich zu erinnern, aber alles verschwamm in Nebel. Es mußte in einem Hinterhof in der Huron, in der Nähe der Hochbahn gewesen sein. Aber wann? Gestern, vorgestern oder noch früher?

Was hatte er gestern gemacht?

Er kam an der Huron und der Erie Street vorbei und überlegte, ob er in den Loop gehen sollte. Sicher würde er in dem Schuppen in der Randolph Street ein paar Jungs von der ›Chicago Blade‹ treffen, und sie würden ihm auch was pumpen. War er um diese Zeit schon mal dort gewesen – und so betrunken wie jetzt? Verdammter Nebel in seinem Hirn! Und wie blau war er jetzt? Konnte er sich in der Randolph Street noch sehen lassen?

Sweeney suchte nach einem Schaufenster mit Spiegel. Als er eins gefunden hatte, betrachtete er sich und stellte fest, daß er noch nicht allzu heruntergekommen aussah. Sein Hut war verbeult, sein Anzug zerknittert, und ihm fehlte die Krawatte, klar, aber...

Dann trat er näher an das Schaufenster heran und

wünschte gleich darauf, er hätte es nicht getan, denn jetzt konnte er sich richtig sehen. Blutunterlaufene Augen blickten ihn an, sein Bart mußte drei Tage alt sein, vielleicht auch vier, und sein Hemdkragen war entsetzlich schmutzig. Vor einer Woche war das Hemd noch weiß gewesen. Jetzt konnte er auch die Flecken auf seinem Anzug erkennen.

Er sah weg und ging weiter. Nein, so konnte er keinem seiner Kollegen von der Zeitung gegenübertreten, nicht in diesem Stadium. Vielleicht am Anfang einer Sauftour, wenn er noch halbwegs passabel aussah, oder später, wenn ihm sein Aussehen egal war. Und als ihm klar wurde, daß er in ein paar Tagen soweit sein würde, fing er an, im Gehen vor sich hin zu fluchen; er haßte sich, haßte alles und jeden, weil er sich selbst haßte.

Er lief weiter durch die Nacht und überquerte die Ontario Street, laut vor sich hin fluchend, ohne sich dessen bewußt zu sein. Sweeney der Große geht durch die Stadt, dachte er und versuchte vergeblich, seine Gedanken auszuschalten. Sie ließen sich nicht verdrängen. Der Anblick im Spiegel hatte ihm mächtig zugesetzt. Schlimmer noch, jetzt wo er über sich nachdachte, konnte er sich auch riechen – den schalen Schweiß auf seinem Körper. Er war nicht aus dem Anzug gekommen seit – wann hatte ihm die Wirtin eigentlich den Schlüssel zu seinem Zimmer verweigert?

Ohio Street. Verdammt, jetzt mußte er aber eine andere Richtung einschlagen, sonst fand er sich doch noch im Loop wieder. Er wandte sich nach Osten. Wohin wollte er eigentlich? Gleichgültig! Wenn er immer weiterging, würde er vielleicht so müde werden, daß er schlafen konnte. Bloß in der Nähe vom Bughouse Square mußte er bleiben, um einen Platz zum Übernachten zu haben.

Zum Teufel, er hätte wirklich alles mögliche getan für einen Drink – außer in seinem Zustand jemandem unter die Augen zu treten, der ihn kannte.

Ein hübscher Junge in einem buntkarierten Sportsakko kam ihm auf dem Bürgersteig entgegen. Sweeney ballte die Fäuste. Wenn er dem Kleinen nun eine verpaßte, sich seine Brieftasche griff und damit in der nächsten Gasse verschwand? Aber so etwas hatte er noch nie getan, und seine Reaktionen waren zu langsam. Viel zu langsam. Der Junge machte einen Bogen um ihn und war vorüber, ehe Sweeney sich hatte entscheiden können.

Auf der Straße fuhr eine Limousine an ihm vorbei, und Sweeney sah, daß es ein Streifenwagen war, in dem zwei hünenhafte Polizisten saßen. Das war gerade noch mal gutgegangen! Ihm wurde fast schlecht vor Erleichterung, und er konzentrierte sich darauf, gerade zu gehen und einen nüchternen Eindruck zu machen. Plötzlich wurde ihm bewußt, daß er immer noch fluchte, und er verstummte. Es wäre grauenhaft, jetzt eingelocht zu werden und den Morgen ohne Drink überstehen zu müssen. Der Streifenwagen fuhr weiter, ohne das Tempo zu reduzieren.

Ecke Dearborn zögerte Sweeney, entschloß sich dann, über die State Street in nördlicher Richtung zurückzugehen, und schlenderte deshalb noch einen Block weiter nach Osten. Eine Straßenbahn rumpelte an ihm vorbei. Es hörte sich an wie der Jüngste Tag. In südlicher Richtung rollte ein freies Taxi dahin, und sekundenlang fragte Sweeney sich, ob er es nicht heranwinken und zur Randolph fahren sollte. Er hätte den Fahrer bitten können, zu warten, bis er sich das Geld aus der Kneipe geholt hatte. Aber, das Taxi würde wahrscheinlich ohnehin nicht halten, so, wie er aussah. Und außerdem – war es schon vorüber.

Sweeney wandte sich nach Norden, als er die State Street erreichte. Vorbei an der Erie, an der Huron. Es ging ihm etwas besser. Nicht viel, aber ein bißchen. Superior Street. Sweeney der Große, dachte er wieder, geht durch die Nacht, durch die Zeit –

Und dann plötzlich bemerkte er die Menschenmenge, die einen Block weiter vor dem Eingang eines Appartementhauses stand.

Es war keine große Menschenmenge. Nur etwa ein Dutzend bunt zusammengewürfelter Leute, aber was konnte man um halb drei Uhr morgens auf der North State Street schon erwarten? Sie standen da und sahen durch die Glastüren in das Innere des Gebäudes. Sweeney hörte ein eigenartiges Geräusch, das er nicht bestimmen konnte. Es klang fast wie das Knurren eines Tieres.

Sweeney ging nicht schneller. Wahrscheinlich war es nur ein Betrunkener, der gestürzt oder niedergeschlagen worden war und jetzt bewußtlos – oder tot – da drin lag, bis der Unfallwagen kam und ihn wegschaffte. Sicher lag er in einer Blutlache. Ein Dutzend Leute hätte sich nicht um einen Schnapsbruder versammelt, der nur ohnmächtig war. Dazu waren Betrunkene ein allzu alltäglicher Anblick in diesem Viertel Chicagos. Der Gedanke an Blut zog Sweeney nicht zu der Stelle hin. Als Reporter hatte er genug Blut gesehen. Zum Beispiel damals, als er kurz nach den Cops in die Spielhalle auf der Townsend Street gekommen war, wo die vier bekifften Schwarzen mit Rasiermessern aufeinander losgegangen waren.

Ohne über die Schulter zu sehen, machte Sweeney einen Bogen um die Gruppe. Fast war er vorbei, da geschahen drei Dinge, die ihn zurückhielten. Und diese drei Dinge waren zwei Geräusche und etwas, was man nicht hörte: Stille.

Erst ließ ihn die Stille der Menge aufhorchen – wenn man ein Dutzend Leute als Menge bezeichnen kann, aber das kann man wohl, wenn sie sich dicht an dicht um eine zwei Meter breite Doppeltür drängen. Dann kam das Geräusch. Es war das Heulen einer Polizeisirene. Der Wagen konnte kaum einen Block weit entfernt sein. Er schien seine Fahrt jetzt zu verlangsamen und in die State Street einzubiegen. Vielleicht lag ein Toter in dem Treppenhaus, und da wäre es unklug gewesen, sich vom Tatort zu entfernen, wenn Polizei anrückte. Bestimmt nahmen einen die Cops dann fest und löcherten einen mit Fragen. Stand man jedoch da und glotzte, dann wurde man unsanft zur Seite geschubst und bekam den Rat, weiterzugehen. Dann konnte man sich entfernen. Das zweite Geräusch war die Wiederholung dessen, was er schon einmal gehört hatte. Jetzt konnte er es klar unterscheiden. Es unterbrach die Stille der Menge und durchdrang das Heulen der Sirene; es war tatsächlich das Knurren eines Tieres.

Aus all diesen Gründen blieb Sweeney stehen und gaffte. Und wer wollte ihm das nach Lage der Dinge übelnehmen?

Er konnte allerdings nichts sehen, nur die Rücken von einem Dutzend Leuten. Und er hörte nichts bis auf das Knurren eines Tieres vor sich und das Heulen einer Polizeisirene hinter sich. Der Wagen fuhr an den Bürgersteig heran.

Vielleicht war es das Motorengeräusch, vielleicht auch die Tierlaute – jedenfalls wichen in der Mitte der Gruppe ein paar Leute von der Glastür des Appartementhauses zurück, so daß Sweeney hindurchsehen konnte. Nicht sehr deutlich, denn im Treppenhaus brannte kein Licht. Nur die Straßenbeleuchtung erhellte die Szene in der Halle.

Zuerst entdeckte Sweeney den Hund. Der Hund stand etwa einen Meter hinter der Glastür und stierte knurrend auf die Straße. Hund? Es mußte wohl ein Hund sein, schließlich war man in Chicago; hätte man ihn im Wald gesehen, hätte man ihn für einen Wolf gehalten, und zwar für einen besonders großen und bedrohlichen. Sein Fell war gesträubt, die hochgezogenen Lefzen entblößten gefletschte Zähne, die zwei bis drei Zentimeter lang sein mochten. Die Augen schimmerten gelb.

Sweeney überlief es kalt, als er in diese gelben Augen sah. Das Tier schien ihn mit seinen Lichtern zu durchbohren; Sweeneys müder Blick aus blutunterlaufenen roten Augen traf auf nackte gelbe Wildheit.

Es ernüchterte ihn fast, und er wandte den Blick ab und betrachtete, was hinter dem Hund auf dem Boden des Flures lag. Es war eine Frauengestalt, die mit dem Gesicht nach unten auf dem Teppich hingestreckt war.

Das Wort Gestalt hatte durchaus seine Berechtigung. Weiß schimmerten ihre Schultern aus einem trägerlosen weißen Abendkleid, das all ihre hübschen Formen wirkungsvoll unterstrich, zumindest die Formen, die zu sehen sind, wenn eine Frau mit dem Gesicht nach unten daliegt. Sweeney verschlug es bei diesem Anblick den nach Alkohol riechenden Atem.

Er sah ihren blonden Pagenkopf von oben und konnte deshalb ihr Gesicht nicht erkennen, aber sicher war es schön. Es mußte einfach schön sein. Er bildete sich ein, Frauen hätten nicht so vollendete Figuren ohne die dazu passenden Gesichter.

Hatte sich die Gestalt etwa bewegt? Es kam ihm so vor. Wieder knurrte der Hund, und dieses dumpfe Geräusch wurde jetzt von dem hellen Kreischen des bremsenden Polizeifahrzeuges übertönt. Sweeney drehte sich nicht um, als die Wagenschläge geöffnet wurden und schwere Schritte über das Pflaster hasteten. Auf Sweeneys Schulter legte sich eine Hand und schob ihn unsanft zur Seite. Eine barsche Stimme fragte: »Was ist los? Wer hat angerufen?« Da die Frage nicht an Sweeney gerichtet war, antwortete er auch nicht. Niemand antwortete.

Von dem Stoß leicht ins Schwanken gekommen, fand Sweeney nur allmählich sein Gleichgewicht wieder. Noch immer konnte er die Szene hinter der Glastür sehen.

Der Blaurock neben ihm hielt eine Taschenlampe in der Hand, und mit einem Klicken schoß ein grellweißer Lichtkegel durch die Glastüren in den Flur. Der Kegel erfaßte die gelbschimmernden Augen des Hundes, das gleißende Blondhaar der Frau, ihre weißen Schultern und das strahlendweiße Abendkleid.

Der Mann mit der Taschenlampe holte leise pfeifend

Atem und stellte keine Fragen mehr. Als er einen Schritt nach vorn machte und nach der Türklinke griff, verstummte das Knurren, und der Hund duckte sich zum Sprung. Die Stille wirkte beängstigender als das Knurren. Der Mann in Blau zog seine Hand zurück, als sei der Türgriff rotglühend.

»Verdammt!« sagte er, faßte mit der Linken in seine Jacke, zog den Revolver aber nicht. Statt dessen wandte er sich wieder an die Menge: »Was ist hier los? Wer hat angerufen? Ist dem Mädchen da drin schlecht, ist sie betrunken oder was?«

Niemand antwortete, und er fragte weiter: »Gehört der Hund ihr?«

Schweigen.

Ein Mann im grauen Anzug tauchte neben dem Blaurock auf. »Immer mit der Ruhe, Dave!« sagte er. »Wir wollen den Köter nicht erschießen, wenn's nicht sein muß.«

»Okay.« Der Blaurock nickte. »Dann mach du die Tür auf und streichle ihn, während ich mich um das Mädchen kümmere. Aber ein Hund ist das überhaupt nicht, das muß ein Wolf sein!«

»Na denn!« Der Mann in Grau hob die Hand zum Türgriff, ließ sie aber sofort wieder sinken, als sich der Hund erneut zum Sprung duckte und die Zähne fletschte.

Der Blaurock kicherte. »Was wurde denn durchtelefoniert? Du hast doch das Gespräch angenommen.«

»Es hieß bloß, in der Halle liegt eine Bewußtlose. Von dem Hund war keine Rede. Der Anrufer telefonierte von der Eckkneipe aus und nannte seinen Namen.«

»Nannte irgendeinen Namen«, widersprach der Blaurock grinsend. »Wenn ich wüßte, daß die Kleine nur sinnlos betrunken ist, würde ich jetzt den Tierschutzverein anrufen. Die können mit Kötern umgehen. Ich mag Hunde, und ich möchte keinen erschießen. Nicht mal den da. Vielleicht gehört er dem Mädchen und will es beschützen.«

»Will ist gut«, sagte der Graurock. »Er tut's. Ich mag Hunde auch. Aber ich würde nicht beschwören, daß das Vieh da einer ist. Na denn!« Er knöpfte sein Jackett auf und zog es aus.

»Ich wickle mir das Jackett um den Arm, und du machst die Tür auf. Wenn er mich anspringt, ziehe ich ihm eins mit dem Kolben...«

»Sie bewegt sich!«

Die Frau bewegte sich wirklich. Sie hob den Kopf, stützte sich auf die Hände, und Sweeney bemerkte, daß sie lange weiße Stoffhandschuhe trug, die bis zu den Ellbogen reichten. Sie drehte den Kopf so, daß sie direkt in das grelle Licht der Taschenlampe starrte.

Ihr Gesicht war tatsächlich schön, aber ihre Augen wirkten trüb und verschleiert.

»Blau wie ein Veilchen«, sagte der Blaurock. »Hör zu, Harry, am Ende bringst du den Hund noch um, wenn du ihm eine überziehst, und das gäbe Ärger. Die Kleine würde uns Ärger machen, wenn sie wieder nüchtern ist. Es ist besser, ich warte hier, und du rufst die Zentrale an. Die Knaben vom Tierschutz sollen herkommen und ein Netz mitbringen, oder was sie sonst benutzen...«

Ein Aufseufzen aus zahlreichen Kehlen ließ den Blaurock verstummen, als habe ihm jemand auf den Mund geschlagen.

Eine Stimme sagte kaum hörbar: »Blut!«

Matt, wie betäubt, versuchte die Frau aufzustehen. Sie kam auf die Knie und versuchte, sich hochzudrücken. Der Hund neben ihr bewegte sich blitzschnell. Der Blaurock griff fluchend nach der Waffe im Schulterhalfter, als die Hundeschnauze sich dem Gesicht der Frau näherte. Aber noch ehe er den Revolver ziehen konnte, leckte das Tier winselnd das Gesicht des Mädchens.

Als die beiden Detektive jedoch Miene machten, die Tür zu öffnen, wandte es sich ihnen sofort wieder drohend zu.

Noch immer versuchte die Frau, sich zu erheben. Jeder konnte jetzt das Blut sehen, einen länglichen Fleck, der ihr weißes Abendkleid über dem Magen rot färbte. Im Licht des Scheinwerfers wirkte die Szene wie aus einem Theaterstück oder einem Horrorfilm im Fernsehen, denn nun wurde an dem blutbesudelten Kleid ein zehn Zentimeter langer Schnitt sichtbar.

Der Mann in Grau sagte: »Mein Gott, eine Messerwunde. Der Ripper!«

Als die beiden Detektive näher zur Tür drängten, wurde Sweeney noch weiter zur Seite gestoßen. Er hielt sich hinter den Beamten und sah ihnen über die Schultern. Sein Vorhaben, sich so schnell wie möglich aus dem Staub zu machen, war vergessen. Niemand hätte auf ihn geachtet, hätte er jetzt die Kurve gekratzt. Aber er blieb.

Der Mann in Grau war mitten in der Bewegung des Jackett-Ausziehens erstarrt. Jetzt zog er es hastig wieder an, wobei seine Schulter Sweeneys Kinn streifte. »Ruf die

Mordkommission und einen Unfallwagen, Dave!« bellte er. »Ich versuche, mit dem Hund fertig zu werden.«

Wieder prallte seine Schulter hart gegen Sweeneys Kinn, als er seine Waffe aus dem Schulterhalfter riß. Jetzt, da er den Revolver in der Hand hielt, wurde seine Stimme augenblicklich ruhiger. »Mach die Tür auf, Dave! Der Hund wird sich zum Sprung ducken, und ich komme dann zum Schuß. Ich denke, ich kann ihn streifen.«

Aber er hob die Waffe nicht, und Dave faßte nicht nach dem Türgriff. Denn das Unglaubliche geschah – etwas, das Sweeney sein Leben lang nicht mehr vergessen sollte, genausowenig wie die fünfzehn oder zwanzig Leute, die sich inzwischen vor dem Haus versammelt hatten.

Die Frau tastete sich kriechend unter den Briefkästen und Klingelknöpfen an der Wand entlang. Sie versuchte, ihren Körper aufzurichten, stützte sich aber noch auf ein Knie. Wie ein Bühnenscheinwerfer erfaßte sie der Lichtkegel der Taschenlampe, ließ das Weiß ihres Abendkleides, ihrer Handschuhe und ihrer Haut weißer erscheinen und das rote Blut dunkler. Ihre Augen waren noch immer verschleiert. Die Ursache war gewiß der Schock, denn die Wunde konnte nicht tief oder gar lebensgefährlich sein, sonst hätte sie viel stärker geblutet. Die Frau schloß die Augen und stand auf schwankenden Beinen.

In diesem Augenblick geschah das Unglaubliche.

Der Hund lief hinter sie und erhob sich auf die Hinterläufe, ohne sie mit den Vorderläufen zu berühren. Mit den Zähnen erfaßte er etwas – wie man später feststellte, war es eine seidene Lasche an dem langen Reißverschluß – und zog daran.

Langsam glitt das Kleid an ihrem Körper herab und fiel, ein weißer Seidenkreis, zu Boden. Darunter trug sie nichts, überhaupt nichts.

Minutenlang, so schien es, wahrscheinlich aber nur etwa zehn Sekunden lang, rührte sich nichts und niemand. Nichts geschah, nur die Taschenlampe in der Hand des Polizisten zitterte leicht.

Dann knickte das Mädchen in den Knien ein und sank um. Es fiel nicht, sondern glitt weich zu Boden wie jemand, der zu müde ist, um länger zu stehen.

Nun geschahen zahlreiche Dinge auf einmal: Sweeney holte Luft. Der Blaurock zielte sorgfältig auf den Hund und drückte ab. Der Hund stürzte und blieb reglos im Flur liegen. Der Blaurock öffnete die Tür und ging in das Haus hinein. Über die Schulter rief er dem Graurock zu: »Ruf den Unfallwagen, Harry! Dann binde dem Hund die Läufe zusammen. Ich habe ihn nicht getötet, nur betäubt.«

Sweeney zog sich zurück, und niemand achtete auf ihn, als er sich nach Norden zur Delaware und später nach Westen zum Bughouse Square wandte.

Godfrey lag nicht mehr auf der Bank, aber lange konnte er nicht fort sein, denn sie war noch nicht wieder besetzt, und in Sommernächten blieben Bänke in dieser Gegend nicht lange frei. Sweeney setzte sich und wartete auf den alten Mann.

»Na, wieder da?« sagte Godfrey, als er zurückkam, und setzte sich neben Sweeney. »Hab mir ’n Schnaps geholt. Willst du ’n Schluck?«

Das war eine dumme Frage, und Sweeney machte sich nicht die Mühe zu antworten, sondern streckte nur die

Hand aus. God erwartete auch keine Antwort. Er hielt Sweeney die Flasche hin, und der nahm einen kräftigen Schluck.

»Danke«, sagte er. »Du, die war schön, God! Das schönste Mädchen, das ich je...« Er nahm noch einen Schluck aus der Flasche und reichte sie zurück. »Ich würde meinen rechten Arm für sie hergeben.«

»Für wen?« fragte God.

»Für das Mädchen. Ich ging auf der State Street nach Norden und...« Er unterbrach sich. Unmöglich konnte er davon erzählen. »Lassen wir das! Wo hast du den Schnaps her?«

»Von da hinten.« Godfrey deutete mit dem Daumen über die Schulter. »Hab dir ja gesagt, ich könnte Schnaps kriegen, wenn es dringend genug ist. Vorhin war es nur noch nicht dringend genug. Man kriegt alles, wenn man sich's nur dringend genug wünscht.«

»Du bist verrückt!« brummte Sweeney. Dann lachte er. »Alles?«

»Alles, was du willst«, antwortete God. »Die einfachste Sache der Welt, Sweeney. Zum Beispiel die Reichen. Jeder kann reich werden. Du mußt bloß stark genug am Geld hängen. Wenn es dir mehr bedeutet als alles andere und du dich nur auf Geld konzentrierst, kriegst du auch welches. Wenn dir andere Sachen wichtiger sind, kriegst du keins.«

Sweeney kicherte. Er fühlte sich jetzt besser. Der Alkohol war für ihn genau das Richtige gewesen. Er würde den Alten ein bißchen frotzeln, indem er ihn über sein Lieblingsthema ausholte.

»Und wie ist es mit Frauen?«

»Mit Frauen? Wie mit Frauen?« Godfreys Augen blickten glasig. Der Alkohol begann zu wirken. Wie immer, wenn er blau war, war sein Bostoner Akzent deutlich herauszuhören. »Willst du wissen, ob du jede Frau rumkriegen kannst, wenn du bloß willst?«

»Genau! Nehmen wir mal an, ich kenne ein Mädchen und möchte eine Nacht mit ihr verbringen. Würde ich das schaffen?«

»Wenn es dir wichtig genug ist, klar, Sweeney! Du brauchst bloß alle deine Handlungen – direkt und indirekt – auf das eine Ziel auszurichten. Warum denn nicht?«

Wieder mußte Sweeney lachen.

Er warf den Kopf zurück und blickte zu den dunkelgrünen Blättern der Bäume empor. Sein Lachen wurde leiser, er nahm den Hut vom Kopf und fächelte sich damit Luft zu. Plötzlich starrte er das deformierte Ding an, als habe er es noch nie gesehen. Sorgsam staubte er es mit dem Jackenärmel ab und beulte es aus, damit es wieder Ähnlichkeit mit einem Hut bekam. Dabei war er ganz in sich versunken, wie ein Kind, das eine Nähnadel einfädelt.

Zweimal mußte Godfrey ihn fragen, ehe Sweeney ihn hörte. Zwar war es eine dumme Frage gewesen, und God hatte keine Antwort erwartet. Aber er hielt Sweeney doch die Flasche hin.

Sweeney griff nicht zu. Er stülpte seinen Hut auf den Kopf und stand auf. Er zwinkerte God zu und sagte: »Nein, danke, mein Lieber! Ich habe nämlich eine Verabredung.«

2

In der Morgendämmerung sah alles anders aus. In der Morgendämmerung sieht immer alles anders aus.

Sweeney schlug die Augen auf, und es war Morgen. Ein heißer, grauer, ruhiger Morgen. Reglos hingen die Blätter an den Bäumen über seinem Kopf, und der Boden unter ihm fühlte sich hart an. Sein ganzer Körper schmerzte. Er hatte einen Geschmack und ein Gefühl im Mund, als wäre die Mundhöhle mit etwas Unaussprechlichem überkrustet. Er sprach es trotzdem aus, fuhr mit der Zunge über die Lippen, um sie anzufeuchten, und schluckte ein paarmal.

Seine Hände starrten vor Schmutz. Trotzdem wischte er sich mit den behaarten Handrücken über die Augen und verfluchte eine Amsel, die in einem der Bäume zeterte. Er setzte sich auf und lehnte sich nach vorn, die Hände vor dem Gesicht. Der Stoppelbart kratzte seine Handflächen. Eine Straßenbahn fuhr durch die Clark Street, und es klang nicht lauter als ein Erdbeben oder die Posaunen des Jüngsten Gerichts. Zumindest nicht viel lauter.

Aufzuwachen ist nie angenehm. Manchmal kann es äußerst unangenehm sein. Mit dem Kater einer zweiwöchigen Sauftour aber ist es der reinste Horror.

Er mußte sich bewegen, das wußte Sweeney aus Erfahrung. Hier herumzusitzen und zu leiden brachte nichts, und jeder Versuch, wieder einzuschlafen, war sinnlos. In diesem Zustand schlief man niemals wieder ein. Bis man sich orientiert hatte, war es die Hölle. Wenn man richtig wach war und sich orientiert hatte, war es nur noch ein Fegefeuer. Ein Fegefeuer dumpfer Schmerzen, bis man sich einige Drinks hinter die Binde kippte. Dann wurde es besser. Halbwegs.

Sweeney stieß sich vom Boden ab und stand auf. Seine Beine gehorchten ihm. Sie trugen ihn vom Gras zum Betonstreifen und über den Weg zu der Bank, auf der Godfrey noch schnarchend lag. Neben ihm lag die Flasche – leer.

Nachdem er Godfreys Beine weggeschoben hatte, setzte sich Sweeney vorsichtig auf die eine Ecke der Bank. Er stützte das stoppelige Kinn in die schmutzigen Hände und die Ellbogen auf die Knie, aber er machte nicht die Augen zu; er hielt sie mühsam offen.

Hatte es ihn jetzt endgültig erwischt? Das Mädchen und der Hund! Noch nie hatte er Halluzinationen gehabt.

Das Mädchen und der Hund.

Er konnte es nicht glauben. So etwas konnte nicht passieren. Also war es auch nicht passiert. Das war logisch.

Sweeney streckte eine Hand aus. Sie zitterte ganz schön, aber nicht mehr als sonst auch in solchen Momenten. Er ließ die Hand wieder sinken und stieß sich von der Bank ab. Noch immer trugen ihn seine Beine. Er schlenderte über den Platz zur Dearborn und folgte ihr nach Süden zur Chicago Avenue, mehr ein wandelndes Schmerzbündel als ein Mensch.

Bremsen quietschten, als ein Taxi ihm auswich. Ohne nach rechts oder links zu schauen, war er quer über die Chicago Avenue gewankt. Der Fahrer schrie ihm etwas nach. Sweeney ging die Chicago Avenue hinunter zur State Street und wandte sich dort nach Süden.

Er mußte bis fast zur nächsten Querstraße gehen, ehe er die bewußte Tür fand. Er blieb stehen und spähte hinein.

Drin war es dämmerig, dennoch konnte er durch den Flur den Hinterausgang sehen.

Ein Zeitungsjunge kam heran, seine große Tasche mit den Morgenblättern umgehängt. Neben Sweeney blieb er stehen. »Meine Fresse, hier isses passiert, was?«

»Genau!« brummte Sweeney.

»Ich kenn die Puppe nämlich«, sagte der Zeitungsjunge. »Ich bring ihr immer die Zeitung.« Er griff an Sweeney vorbei nach der Tür. »Lassen Sie mich mal durch!«

Sweeney trat zur Seite.

Als der Zeitungsjunge wiederkam, trat Sweeney in das Haus und ging zu den Briefkästen hinüber. Hier, wo er jetzt stand, hatte sie gelegen. Er blickte zu Boden, dann bückte er sich, um genauer hinzusehen. Deutlich waren ein paar dunkle Flecke zu erkennen.

Sweeney richtete sich wieder auf und schritt zur Hintertür. Er öffnete sie und blickte hinaus. Von hier aus führte ein gepflasterter Weg zu einer Hintergasse. Sonst gab es nichts zu sehen. Leise schloß Sweeney die Tür wieder und knipste das Licht an. Zwei Birnen flammten auf, eine am Fuß der Treppe, die andere über den Briefkästen. Das gelbe Licht wirkte trüb im grauen Schein der Morgendämmerung. Er machte das Licht aus und sofort wieder an, als er am Holz der Hintertür etwas entdeckte. Es waren lange, dicht an dicht verlaufende senkrechte Kratzer, die offenbar frisch waren. Sie sahen aus wie die Krallenspuren eines Hundes: als hätte sich ein Hund gegen die Tür geworfen und dann versucht, sich hindurchzukrallen.

Sweeney machte das Licht wieder aus und nahm eine Zeitung aus dem Briefkastenschlitz, in den sie der Zeitungsjunge gesteckt hatte. An der nächsten Straßenecke setzte er sich auf eine Treppenstufe und faltete das Blatt auseinander.

Sofort fiel sein Blick auf den dreispaltigen Artikel mit zwei Bildern. Das eine zeigte das Mädchen, das andere den Hund, und die Schlagzeile verkündete:

RIPPER SCHLÄGT ZU

TÄNZERIN VON TREUEM HUND GERETTET

ANGREIFER ENTKOMMT

»IDENTIFIZIERUNG NICHT MÖGLICH«,

ERKLÄRT OPFER

Sweeney sah sich die Bilder an, las den Artikel und betrachtete dann wieder die Bilder. Beide Fotos waren gestellt, offenbar Werbeaufnahmen. »Satan« lautete die Legende unter dem Bild des Hundes, und so sah er auch aus. Natürlich konnte der Zeitungsdruck das unheilverkündende gelbe Leuchten seiner Augen nicht wiedergeben, aber auch so wollte man ihm lieber nicht im Dunkeln begegnen. Sweeney fand, daß er immer noch eher wie ein Wolf, und zwar ein bösartiger Wolf, aussah als wie ein Hund.

Seine Augen kehrten zu dem Foto des Mädchens zurück. »Yolanda Lang« stand darunter, und Sweeney fragte sich, wie sie in Wirklichkeit heißen mochte. Aber wenn man sich ihr Gesicht so betrachtete, war einem ihr Name völlig gleichgültig. Das Bild zeigte leider nicht soviel von ihr, wie Sweeney letzte Nacht gesehen hatte. Es war ein Brustbild, und Yolanda Lang trug darauf ein trägerloses

Abendkleid, das so geschnitten war, daß es ihre hervorstechenden Merkmale betonte – die, wie Sweeney wußte, echt und keine Polsterung waren. Ihr weiches Blondhaar fiel auf ihre schönen, vollen Schultern herab. Auch ihr Gesicht war wunderschön. Letzte Nacht hatte er nicht groß auf ihr Gesicht geachtet, was man ihm wohl kaum verübeln konnte. Aber es war ein durchaus beachtliches Gesicht, wie er nun feststellte, da ihn nichts davon ablenkte. Es hatte einen süß-herben und auch herb-süßen Ausdruck. Nur mit den Augen stimmte etwas nicht. Aber bei einem Achtzig-Linien-Rasterdruck konnte man da nicht sicher sein.

Sorgfältig faltete Sweeney die Zeitung zusammen und legte sie auf die Stufe. Er grinste selbstgefällig, stand auf und ging zum Bughouse Square zurück.

Noch immer schnarchte God auf der Bank. Sweeney schüttelte ihn, und God öffnete die Augen. Er glotzte Sweeney an und knurrte: »Hau ab!«

»Gleich. Deshalb komme ich ja. Ich hab's ernst gemeint.«

»Was?«

»Was ich gestern abend gesagt habe.«

»Du bist verrückt!«

Wieder erschien das schiefe Grinsen auf Sweeneys Gesicht. »Du hast das Mädchen nicht gesehen. Du warst nicht dabei, Junge. Mach's gut!«

Sweeney wandte sich zum Gehen. Auf der Clark Street blieb er stehen und sah sich um. Sein Schädel brummte. Er gierte nach einem Drink. Als er die Hand vorstreckte, zitterte sie noch immer. Er steckte sie in die Tasche, damit er nicht mehr daran denken mußte.

Auf der Clark ging er nach Süden. Die Sonne war aufgegangen und fiel schräg in die von Osten nach Westen verlaufenden Straßen ein. Der Verkehr nahm zu, und mit ihm der Lärm.

Sweeney geht durch den Tag, dachte er.

Er schwitzte, und zwar nicht nur wegen der Hitze. Außerdem roch er, und es war ihm bewußt. Die Füße taten ihm weh. Er war völlig verkommen, hatte überall Schmerzen, unten, oben, innen und außen. Und so ging Sweeney dem neuen Tag entgegen.

Schon lag der Loop hinter ihm, und er erreichte die Roosevelt Road. Er wagte nicht stehenzubleiben, wandte sich nach Osten, schlenderte noch anderthalb Blocks weiter und betrat dann ein Appartementhaus.

Nachdem er geklingelt hatte, wartete er, bis der Summer ertönte. Dann öffnete er die Tür und schleppte sich die Treppen hinauf zum dritten Stock. Ein Kahlkopf erschien im Spalt einer Wohnungstür. Zwei Augen musterten Sweeney, und das Gesicht nahm einen angewiderten Ausdruck an.

Die Tür wurde zugeknallt.

Sweeney tastete mit seiner schmutzigen Hand nach der Wand, um sich abzustützen, und ging weiter. Dann klopfte er energisch an die Tür. Er klopfte eine geschlagene Minute lang. Erschöpft lehnte er sich an die Wand, verschnaufte, legte die Hand auf die Stirn und klopfte weiter, diesmal noch lauter.

Schritte schlurften zur Tür. »Hau ab, oder ich hole die Polizei!«

Wieder klopfte Sweeney. »Nur zu, Kumpel. Dann

gehen wir gemeinsam zum Revier und erklären Verschiedenes.«

»Was, zum Teufel, willst du?«

Sweeney sagte: »Mach auf!« und trommelte einen Wirbel.

Die Wohnungstür gegenüber wurde geöffnet, und das ängstliche Gesicht einer Frau starrte Sweeney an.

Der hörte nicht auf zu klopfen.

»Ja, ist ja schon gut!« sagte die Stimme von innen. »Moment!« Die Schritte entfernten sich, kamen zurück, und dann wurde der Schlüssel im Schloß herumgedreht.

Die Tür ging auf, und der Kahlkopf trat einen Schritt zurück. Er trug einen alten Bademantel und Pantoffeln, das war offenbar alles. Er war kleiner als Sweeney, hatte die Hand in der Tasche des Bademantels, und die Tasche hatte eine Ausbuchtung.

Sweeney trat ein und gab der Tür von innen einen Fußtritt, so daß sie zuknallte. In der Mitte des unaufgeräumten Zimmers wandte er sich um und sagte sanft: »Tag, Goetz!«

Der Kahlkopf stand noch immer neben der Tür.

»Verdammt, was willst du?«

»Zwei Zehner«, antwortete Sweeney. »Du weißt schon, wofür. Oder muß ich deutlicher werden?«

»Von wegen zwei Zehner! Hör endlich auf, mir mit dem verdammten Gaul auf den Wecker zu gehen. Ich hab dir doch gesagt, ich hab nichts gesetzt. Ich hab dir deinen Einsatz zurückgegeben, und du hast ihn genommen.«

»Klar, als Anzahlung«, sagte Sweeney. »Damals brauchte ich das Geld nicht so dringend, um mich deswegen auf die Hinterbeine zu stellen. Jetzt schon. Ich weiß noch genau, wie die Sache lief. Du hast mir den Außenseiter schmackhaft gemacht. Auf dein Drängen habe ich dir einen Fünfer gegeben, den du für mich setzen solltest. Und das Pferd hat gewonnen. Fünf zu eins haben sie ausgezahlt. Und du willst mir erzählen, du hättest nicht für mich gesetzt.«

»Verdammt noch mal, wenn ich's dir doch sage. Die Greifer haben Druck gemacht. Bei Mike war geschlossen, und ich wollte nicht...«

»Du warst überhaupt nicht bei Mike. Du hast das Geld einfach behalten. Hätte das Pferd verloren, wäre dir mein Geld sicher gewesen. Also schuldest du mir jetzt den Zwanziger, ganz egal, ob du gesetzt hast oder nicht.«

»Du kannst mich mal. Raus hier!«

Der Glatzkopf zog die Hand aus der Tasche und richtete eine kleine 25er Automatic auf Sweeney.

Der schüttelte nur traurig den Kopf. »Wenn's um zwanzig Riesen ginge, hätte ich vielleicht Schiß vor dem Ding. Aber für einen Zwanziger fängst du keine Schießerei an. Wegen lumpiger zwanzig Piepen würdest du die Bullen nicht bei dir rumschnüffeln lassen. Jedenfalls glaube ich das nicht. Jede Wette.«

Er sah sich im Raum um, bis er eine Hose entdeckte, die über einem Stuhl hing. Ungeniert ging er darauf zu.

Der Glatzkopf entsicherte die Waffe und zischte: »Du verdammtes Schwein!«

Gelassen nahm Sweeney die Hose an den Aufschlägen vom Stuhl und schüttelte sie. Schlüssel und Kleingeld fielen auf den Boden. »Eines Tages, Goetz, nennst du mal jemanden ein Schwein, der eins ist. Und der nimmt dich dann auseinander.«

Eine Brieftasche fiel aus der Hose auf den Teppich, und Sweeney hob sie auf. Er öffnete sie und gab ein Grunzen von sich. Es waren nur ein Zehner und ein Fünfer darin.

Sweeney nahm den Zehner und steckte ihn ein. Die Brieftasche warf er auf die Kommode. »Was ist denn los mit den Pferdewetten, Goetz? Flaute auf der ganzen Linie, was?«

Das Gesicht des Glatzkopfes sah keineswegs anziehend aus. Er knurrte: »Hab dir doch schon gesagt, daß es Druck gibt. Jetzt hast du dein Geld, also verschwinde!«

»Einen Zehner hab ich«, antwortete Sweeney. »Den letzten Fünfer nehme ich keinem weg. Aber für die fehlenden zehn Dollar bade ich bei dir, rasiere mich und erleichtere dich um ein Hemd und ein Paar Socken.«

Freundlich lächelnd zog Sweeney Jacke und Hose aus, setzte sich auf die Kante des zerwühlten Bettes und streifte die Schuhe ab. Dann ging er ins Bad und ließ Wasser einlaufen.

Völlig nackt kam er zurück, in der Hand ein Bündel, das sein Hemd, seine Socken und seine Unterwäsche gewesen war; er warf alles in den Papierkorb.

Der Glatzköpfige stand noch immer neben der Tür, aber er hatte die kleine Automatic wieder eingesteckt.

Sweeney grinste ihn an. Über das Pladdern des einlaufenden Wassers hinweg sagte er: »Ruf jetzt bloß nicht die Bullen, Goetz. So wie ich im Moment angezogen bin, könnten sie leicht auf falsche Gedanken kommen.«

Er ging ins Bad zurück und schloß die Tür.

Im Wasser ließ er sich Zeit. Dann rasierte er sich in aller Gemütsruhe mit dem Apparat seines Gastgebers; zum Glück war es ein Elektrorasierer, denn seine Hände zitterten noch immer.

Als er aus dem Bad kam, lag der Kahlkopf im Bett und wandte dem Zimmer den Rücken zu.

»Schläfst du, Liebling?« fragte Sweeney, bekam aber keine Antwort.

In einer Schublade der Kommode fand Sweeney ein Sporthemd mit weichem Kragen. Es war ihm zu eng in den Schultern, und den Kragenknopf bekam er auch nicht zu, aber immerhin war es ein Hemd, und zwar ein weißes und sauberes. Ein Paar Socken von Goetz erwiesen sich ebenfalls als zu klein, doch Sweeney zog sie trotzdem an.

Seinen Anzug und seine Schuhe musterte er naserümpfend, aber sie mußten es tun. Die von Goetz würden ihm nicht passen. Sweeney bearbeitete seine Sachen mit Schuh- und Kleiderbürste, vergewisserte sich, daß der Zehner noch in der Tasche steckte, und zog sich fertig an.

Auch den Hut bürstete er gründlich ab, ehe er ihn aufsetzte. Dann wandte er sich in der Tür um.

»Nacht, mein Bester! Schönen Dank für alles; jetzt sind wir quitt.« Leise schloß er die Tür und stieg die Treppe hinab. Unten empfing ihn drückende Schwüle. Auf der Dearborn ging er nach Norden, vorbei an Dearborn Station. In einem Restaurant, das dem Bahnhof gegenüberlag, goß er drei Tassen Kaffee in sich hinein und bekam einen der beiden Doughnuts hinunter, die er bestellt hatte. Er schmeckte wie Tapetenkleister.

Im Schatten der Hochbahn, zwei Straßen weiter, ließ er sich die Schuhe putzen und wartete dann – ein wenig fröstelnd – in der Kabine einer Reinigung auf seinen Anzug, der entfleckt und gebügelt wurde. Der Anzug brauchte mehr als Fleckenentferner, sah aber gar nicht so übel aus, als Sweeney ihn wieder anzog.

In dem langen Spiegel des Ladens betrachtete er sich und fand, daß er ganz ordentlich wirkte. Zwar hatte er Ringe unter den Augen, und die Augen selbst – nun, als Schönheit konnte man ihn wohl kaum betrachten, und er mußte unbedingt daran denken, die Hände in den Taschen zu lassen, bis das Zittern vorbei war. Aber er glich wieder einem Menschen.

Er schlug den Hemdkragen über den Kragen des Jacketts. Das machte sich ganz gut.

Auf der Straße hielt er sich im Schatten, als er dem Loop zustrebte. Schon wieder begann er zu schwitzen und kam sich schmutzig vor. Wahrscheinlich würde er sich noch einige Zeit schmutzig vorkommen, ganz gleich, wie viele Bader er nahm. Warum lebte jemand, der seine fünf Sinne beisammen hatte, während einer sommerlichen Hitzewelle in Chicago? Warum lebte überhaupt jemand in Chicago? Warum lebte man überhaupt?

Die Kopfschmerzen hatten etwas nachgelassen. Er spürte nur noch ein anhaltendes, rhythmisches Klopfen hinter Stirn und Augäpfeln. Seine Handflächen waren feucht und fühlten sich klamm an, obwohl ihm heiß war; und sooft er sie auch an den Hosen abwischte, sie waren sofort wieder klebrig und klamm.

Sweeney geht durch den Loop, dachte er. In der Lake

Street, wieder unter der Hochbahn, betrat er einen Drugstore und ließ sich zwei Kopfschmerzpulver und einen Kaffee geben. Er kam sich vor wie eine gespannte Feder, die zu fest zusammengedrückt war, wie ein an Klaustrophobie Leidender, den man in einen winzigen Raum eingesperrt hatte. Es ging ihm lausig. Der Kaffee schien in seinem Bauch hin und her zu schwappen wie das Bilgewasser in einem Schiff, lauwarmes, brackiges Bilgewasser mit kleinen grünen Algen – vorausgesetzt, Algen waren grün. Sweeney hielt die Algen in seinem Bauch jedenfalls für grün, und sie bewegten sich auch noch.

Er überquerte Wacker Drive und hoffte, ein Wagen würde ihn anfahren. Aber nichts passierte. In grellem Sonnenlicht schritt er über die Brücke, setzte einen Fuß vor den andern, und das sechs Blocks weit bis zur Erie Street. Dort wandte er sich nach Osten, vorbei an der Rush; dann – er traute sich nicht stehenzubleiben – steckte er die klammen Hände in die Hosentaschen und ging zwischen zwei Gebäuden hindurch auf eine Haustür zu. Dies war sein Zuhause – falls er noch eins hatte.

Dieser Gang war die größte Hürde des Tages. Er nahm die Rechte aus der Tasche und klopfte leise an eine Tür des Flurs im Parterre. Rasch verbarg er die Hand wieder.

Schwere Schritte näherten sich langsam, und die Tür wurde geöffnet.

»Tag, Mrs. Randall! Äh ...«, sagte Sweeney, aber er kam nicht weiter.

»Nein, Mr. Sweeney«, unterbrach sie ihn.

»Äh – ist mein Zimmer weitervermietet?«

»Nein, aber ich lasse Sie nicht rein. Sie dürfen nichts

mehr versetzen, um weiterzutrinken. Das habe ich Ihnen doch vorige Woche schon zweimal gesagt.«

»So?« fragte Sweeney ausweichend. Er konnte sich nicht entsinnen. Oder doch? Jetzt, da sie davon sprach, tauchte eine nebelhafte Erinnerung in ihm auf. »Ich war wohl ziemlich betrunken.« Er holte tief Luft. »Aber das ist jetzt vorbei. Ich bin nüchtern.«

Sie rümpfte die Nase. »Und wann bekomme ich die Miete, die Sie mir schulden? Sechsunddreißig Dollar für drei Wochen.«

Sweeney zog die Scheine aus seiner Tasche. Einen Fünfer und drei Eindollarscheine. »Mehr habe ich nicht. Ich gebe Ihnen acht Dollar als Anzahlung.«

Die Wirtin sah von den Banknoten zu Sweeneys Gesicht auf. »Ich glaube, Sie sind wirklich wieder in Ordnung. Wenn Sie Geld haben, kommen Sie nicht her, um etwas zum Versetzen zu holen. Für acht Dollar bekommt man 'ne Menge Schnaps.«

»Stimmt«, antwortete Sweeney.

Sie gab die Tür frei. »Kommen Sie rein!« Er folgte ihr.

»Setzen Sie sich! Und stecken Sie das Geld wieder ein. Sie brauchen es jetzt nötiger als ich, bis Sie wieder auf dem Damm sind. Wie lange wird das dauern?«

»Ein paar Tage.« Sweeney setzte sich. »Ich besorge mir Geld, sobald ich wieder auf der Höhe bin.« Er schob die Hände und die Scheine in die Taschen. »Leider habe ich – äh – meinen Schlüssel verloren. Haben Sie vielleicht ...«

»Verloren haben Sie ihn nicht. Am Freitag voriger Woche habe ich Ihnen den Schlüssel abgenommen. Sie wollten Ihren Plattenspieler versetzen.«

Sweeney ließ den Kopf in die Hände sinken. »Meine Güte! Und? Hab ich's getan?«

»Nein. Ich hab Sie nicht gelassen. Und ich hab Ihnen den Schlüssel abgenommen. Auch Ihre Kleider sind noch da, bis auf Ihren Herbst- und Wintermantel. Die müssen Sie schon vorher mitgenommen haben, genau wie Ihre Schreibmaschine und die Uhr. Oder tragen Sie die Uhr?«

Sweeney schüttelte den Kopf. »Nein, die ist weg. Aber vielen Dank dafür, daß Sie den Rest gerettet haben!«

»Sie sehen schlecht aus. Wollen Sie eine Tasse Kaffee? Er ist noch heiß.«

»Er läuft mir zwar schon aus den Ohren heraus, aber ich trinke noch 'ne Tasse. Schwarz, bitte.«

Sie stand auf, watschelte um den Ofen. Er sah ihr nach. Es müßte mehr Vermieterinnen wie Mrs. Randall geben, dachte er. Äußerlich stahlhart – und das mußten sie sein, wenn sie eine Pension führten –, aber innerlich butterweich. Die meisten allerdings waren durch und durch hart.

Mrs. Randall kam mit dem Kaffee zurück, und er trank. Dann bekam er seinen Schlüssel und stieg die Treppe hinauf. Er konnte gerade noch die Tür seines Zimmers hinter sich schließen, ehe das Zittern anfing. An die Tür gelehnt, blieb er stehen, bis das Schlimmste vorüber war. Dann schleppte er sich zum Waschbecken und übergab sich. Das half ein klein wenig, obwohl vom Geräusch des laufenden Wassers seine Kopfschmerzen schlimmer wurden.

Am liebsten hätte er sich hingelegt, um zu schlafen. Statt dessen zog er sich aus, wickelte sich in seinen Bademantel und ging über den Flur zum Bad. Er ließ heißes Wasser ein und blieb lange Zeit in der Wanne liegen.

In sein Zimmer zurückgekehrt, rollte er seinen fleckigen Anzug und das zu enge Hemd von Goetz zusammen und stopfte beides in den Papierkorb. Dann zog er sich von oben bis unten frisch an: seinen besten leichten Sommeranzug, eine reinseidene Krawatte, die fünf Dollar gekostet hatte, und seine besten Schuhe.

Sorgfältig, fast pedantisch, räumte er das Zimmer auf, schaltete dann das Radio seiner Musiktruhe ein und wartete auf eine Zeitansage. Als sie kam, stellte er die Uhr auf der Kommode. Es war elf Uhr dreißig.

Dann nahm er seinen Panamahut aus dem Schrank und verließ sein Zimmer.

Mrs. Randall öffnete ihre Tür, als er die Treppe hinunterging.

»Mr. Sweeney!« rief sie, und er lehnte sich über das Geländer.

»Ja?«

»Ich hab's ganz vergessen, jemand hat angerufen. Heute früh um acht. Ein Walter Krieg von der Zeitung, bei der Sie arbeiten – oder gearbeitet haben. Wie steht's damit?«

»Gearbeitet haben, denke ich«, antwortete Sweeney. »Was wollte er denn?«

»Mit Ihnen sprechen, und ich habe gesagt, Sie sind nicht da. Sie sollten ihn anrufen, falls Sie vor neun kämen. Aber Sie sind nicht gekommen – wie nicht anders zu erwarten –, da hab ich's vergessen.«

Sweeney bedankte sich und ging. Im Drugstore an der Ecke kaufte er sich eine Flasche Whisky und steckte sie in seine Hüfttasche. Dann trat er in die Telefonzelle, wählte die Nummer der ›Blade‹ und ließ sich mit dem Chefredakteur verbinden.

»Krieg?« sagte er dann. »Hier ist Sweeney. Bin gerade heimgekommen. Habe Ihre Nachricht gehört. Bin nüchtern. Was gibt's?«

»Jetzt nichts mehr, es ist zu spät; tut mir leid.«

»Schön, es ist zu spät, und es tut Ihnen leid. Aber was wollten Sie denn?«

»Einen Augenzeugenbericht, vorausgesetzt, Sie sind nüchtern genug, um sich daran zu erinnern, was Sie vergangene Nacht gesehen haben. Ein Streifenbulle hat uns gesagt, Sie wären dabeigewesen, als in der Yolanda-Lang-Sache der Schleier fiel. Erinnern Sie sich?«

»Ich erinnere mich verdammt gut. Da fiel noch ganz was anderes. Warum ist es zu spät? Sie haben einen Teil der Ausgabe draußen, aber der Hauptschwung steht noch aus. Die Hauptausgabe ist doch noch nicht in Druck. Oder?«

»Geht in fünfzehn Minuten in Druck. So schnell können Sie nicht...«

»Was kann ich nicht? Holen Sie mir einen Überarbeiter an die Strippe. Ich kann ihm in fünf Minuten eine halbe Spalte diktieren. Geben Sie mir John Carey. Das ist ein fixer Junge.«

»Schön, Sweeney; bleiben Sie dran.«

Sweeney wartete und ordnete inzwischen seine Gedanken. Nachdem Joe sich gemeldet hatte, begann er fließend zu diktieren.

Als er fertig war, hängte er den Hörer auf und lehnte sich matt an die Zellenwand. Er hatte sich nicht wieder mit

Krieg verbinden lassen. Es war besser, wenn er zu ihm hinging.

Aber jetzt noch nicht.

Sweeney kehrte in sein Zimmer zurück und stellte die Whiskyflasche mit einem Glas auf die Armlehne seines bequemen Sessels. Dann hängte er Jackett und Panamahut auf und öffnete Kragen und Krawatte.

Vor dem Regal mit den Plattenalben kauerte er sich nieder und las die Titel. Aber er wußte ohnehin, daß er die Symphonie Nr. 40, g-Moll, Köchelverzeichnis 550 auswählen würde. Man sah es ihm nicht an, aber das war seine Lieblingssymphonie. Er legte die drei Platten auf, schaltete das Gerät ein, setzte sich und lauschte.

Erster Satz, Allegro molto.

Was soll ich Ihnen groß über Sweeney erzählen? Wenn Sie Mozarts 40. Symphonie kennen, ihre dunkle Ruhelosigkeit, das unheilvolle Drängen hinter ihrem anmutigen Kontrapunkt, dann kennen Sie auch Sweeney. Und wenn Mozarts Vierzigste für Sie nur wie ein lustiges, aber etwas langweiliges Menuett klingt, Hintergrund für ein belangloses Geplauder, dann ist Sweeney für Sie nur ein verdammter Reporter und ein Gelegenheitssäufer.

Manche Sachen sind seltsam, und manche noch seltsamer. Und das Seltsamste? Ein Holzkasten mit Kupferdrahtstücken und Metallplatten, einem halben Dutzend Röhren mit einem Nichts namens Vakuum und einem schwarzen Kabel, das in ein Loch in der Wand gesteckt wird, aus dem unser Trost kommt, aus dem etwas fließt, das wir Strom nennen, weil wir nicht wissen, was es ist. Aber es fließt, und anorganische Materie erwacht zum Leben; vor einem wird ein Teller vorbereitet, der sich dreht. Auf ihm liegt eine Scheibe; eine Nadel kratzt in einer Rille.

Eine Nadel tanzt in einer Rille, und eine Membran schwingt, genau wie die Luft um einen herum. Und die Gedanken eines Menschen, der seit hundertfünfzig Jahren tot ist, stürmen auf einen ein. Man sitzt in Licht und Schatten eines längst Gestorbenen. Man hat teil an den gequälten Gedanken eines adretten kleinen Hofkapellmeisters, dem das Wasser bis zum Hals steht, der vielleicht spürt, daß sein Ende nahe ist, und der mit ungeheurer Geschwindigkeit arbeitet und in wenigen Wochen die größte Symphonie fertigstellt, die er je geschrieben hat.

Ja, manche Sachen sind seltsam.

Beim letzten Teil der Symphonie nahm Sweeney einen zweiten Drink. Dann erhob er sich seufzend. Sein Kopf schmerzte noch immer und seine Seele auch. Aber seine Hände zitterten nicht mehr.

Er spülte das Glas aus, stellte die Flasche weg, die noch mehr als halb voll war. Er drehte die drei Platten um, schaltete wieder ein und setzte sich, um sich den Rest der Vierzigsten anzuhören. Er schloß die Augen und hörte zu, wie der zweite Satz endete und der dunkelhelle dritte mit Menuett und Trio nach viel zu kurzem Leben erstarb und gebar, worauf Sweeney gewartet hatte: den bitteren Schlußsatz, das Allegro assai, Kraft und melancholische Herrlichkeit.

Und dann saß Sweeney da und lauschte der Stille, und nach einer Weile begann er fast unhörbar vor sich hin zu kichern.

Nun war er endgültig über den Berg. Bis zum nächstenmal konnte es Monate oder Jahre dauern. So lange jedenfalls, bis die Hölle in ihm so übermächtig geworden war, daß er sie ertränken mußte. Bis dahin konnte er sich normal benehmen und normal trinken. Ich weiß, Alkoholiker können das nicht, aber Sweeney war kein Alkoholiker. Er konnte regelmäßig und normal trinken und tat das auch. Nur hin und wieder tauchte er in ein Meer von Alkohol. Es gibt diesen Trinkertyp, obwohl in letzter Zeit mehr über Alkoholiker geschrieben wird.

Ja, Sweeney war über den Berg. Vielleicht konnte er sogar seine Stelle wiederbekommen, wenn er bereit war, Staub zu fressen. In ein paar Wochen konnte er aus den Schulden herauskommen und wieder dort stehen, wo er schon einmal war.

Oder –

Ja, er war nüchtern. Aber was war mit dem absurden Entschluß oder Vorsatz oder was immer es gewesen war –

Und wenn? Wieso nicht? Man konnte alles haben. Hatte God da nicht recht? Man konnte alles haben, wenn man es sich nur so stark wünschte, daß man alles darauf konzentrierte. Eine Kleinigkeit wie eine Million Dollar und etwas Großes wie eine Nacht mit – wie hieß sie doch gleich – Yolanda Lang.

Wieder kicherte er leise, schloß die Augen und sah die unglaubliche Szene hinter der Glastür in der State Street erneut vor sich.

Nach ein paar Sekunden hörte er auf zu kichern. Sweeney, sagte er sich, du forderst den Ärger geradezu heraus. Als erstes bräuchtest du Geld. Ein billiger Reporter kann bei der Puppe nicht landen. Und um an sie ranzukommen, müßtest du den Ripper jagen. Möglicherweise würdest du ihn sogar finden.

Und das wäre übel, denn Sweeney hatte einen Horror – fast schon eine Phobie – vor kaltem Stahl, kaltem, scharfem Stahl. Rasiermesserscharfem Stahl in der Hand eines Irren, eines mörderischen Irren. Eine rasiermesserscharfe Klinge, die dir den Bauch aufschlitzen kann, so daß deine Eingeweide auf den Bürgersteig klatschen, Sweeney, wo sie dir gar nichts nützen.

Du bist ein gottverdammter Narr, Sweeney, sagte er sich.

Aber das wußte er schon lange.

3

Sweeney machte sich auf den Weg zur ›Chicago Blade‹.

Manche Leser bestehen übrigens auf Beschreibungen. Sie sind Augenmenschen. Also, falls es Sie interessiert – mich interessiert es nicht –, William Sweeney war einsachtzig groß und wog hundertfünfzig Pfund. Er hatte sandfarbenes Haar, das an der Stirn schon etwas zurückwich und oben ein wenig schütter wurde, aber zum größten Teil noch da war. Sein langgezogenes, schmales Gesicht erinnerte entfernt an ein Pferd, wirkte aber nicht unsympathisch auf den unvoreingenommenen Betrachter. Man hätte ihn wohl auf dreiundvierzig geschätzt, was keineswegs verwunderlich ist, denn er war dreiundvierzig. Zum Lesen und bei der Arbeit trug er eine Brille mit hellem Schildpattgestell, aber er sah auch ohne sie auf jede

Entfernung über anderthalb Meter. Zum Arbeiten brauchte er sie auch nicht unbedingt, obwohl er Kopfschmerzen bekam, wenn er es übertrieb. Trotzdem war es gut, daß er eine Weile ohne sie auskommen konnte, denn das würde er müssen. Vor zwei Wochen, am Anfang seiner Sauftour, hatte er sie noch in der Tasche gehabt, und Gott allein wußte, wo sie jetzt war.

Sweeney betrat das Büro des Chefredakteurs, setzte sich auf die Lehne des Sessels vor dem Schreibtisch und sagte: »Tag, Walter!«

Krieg sah flüchtig auf und las dann den Brief zu Ende, den er in der Hand hielt. Er machte den Mund auf, schloß ihn aber wieder.

»Ich kann Ihnen die Standpauke abnehmen, Walter«, sagte Sweeney. »Ich bin ein Scheißkerl, weil ich Sie im Stich gelassen habe und verschwunden bin, ohne Sie zu benachrichtigen. Sie sind fertig mit mir. Sie können sich nicht mit solchen Typen abgeben. Leute wie mich kann man nicht brauchen. Die Tage des saufenden Reporters sind vorüber. Eine moderne Zeitung ist ein seriöses Unternehmen und keine Soldatenzeitung aus dem Weltkrieg. Sie müssen sich auf Ihre Leute verlassen können. Stimmt's bis dahin?«

»Jawohl, Sie Scheiß ...«

»Augenblick, Walter! Das habe ich doch schon für Sie gesagt. Außerdem würde ich gar nicht für Ihr verdammtes Blatt arbeiten, wenn Sie mich nicht angeheuert hätten. Wie war der Augenzeugenbericht?«

»Gut, Sweeney, verdammt gut sogar. Ein Riesenschwein, daß Sie dort waren.«

»Ein Streifencop soll mich gesehen haben? Ich kann mich an keinen entsinnen. Wer war's?«

»Da müssen Sie Carey fragen, der bearbeitet den Fall. Hören Sie mal, Sweeney, wie oft machen Sie eigentlich solche Sauftouren? Oder wollen Sie mir einreden, so was käme nie wieder vor?«

»Wie könnte ich? Es kommt sicher wieder vor. Wann, weiß ich nicht. Vielleicht in den nächsten paar Jahren. Vielleicht schon in sechs Monaten. Deshalb verzichten Sie auf meine Mitarbeit. Schön! Aber da ich entlassen bin, darf ich mir wohl einen Scheck für den Augenzeugenbericht abholen. Einen Gefallen können Sie mir noch tun, Walter, den letzten. Sie können mir einen Barscheck geben. Der Artikel ist fünfzig Dollar wert, wenn Carey ihn so geschrieben hat, wie ich's ihm gesagt habe; einigen wir uns auf fünfundzwanzig?«

Krieg starrte ihn an. »Nicht einen Cent holen Sie aus mir raus.«

»Nein? Warum nicht, zum Teufel? Seit wann sind Sie so ein lausiger...?«

»Halten Sie die Klappe!« Der Chefredakteur brüllte fast. »Sie sind der ausgekochteste Bursche, Sweeney, der mir je über den Weg gelaufen ist. Sie gönnen mir nicht mal das Vergnügen, Ihnen eine Zigarre zu verpassen. Sie nehmen mir das Wort aus dem Mund und verderben mir den Spaß. Wer hat von Entlassung gesprochen? Sie! Warum wohl kriegen Sie kein Geld für Ihre lumpige kleine Geschichte? Weil Sie immer noch für uns arbeiten. Wir ziehen Ihnen den Lohn für zwei Arbeitstage ab, weiter nichts.«

»Das kapier ich nicht. Wieso zwei Tage? Ich war doch zwei Wochen fort. Wie kommen Sie auf zwei Tage?«

»Heute ist Donnerstag, Sweeney. Heute vor zwei Wochen haben Sie angefangen zu saufen. Freitag und Samstag waren Sie nicht im Büro. Sie hatten zwei Wochen Urlaub zugute. Vielleicht haben Sie's vergessen, aber Sie waren in der Urlaubsliste für September vorgemerkt. Ich habe Ihnen den Gefallen getan, Sie seit Montag vor einer Woche als beurlaubt zu führen. Im Augenblick sind Sie also noch in den Ferien und brauchen erst am Montag wiederzukommen. – Hier!« Krieg zog seine Schreibtischschublade auf und nahm drei Schecks heraus. Er reichte sie Sweeney. »Wahrscheinlich erinnern Sie sich nicht mehr, aber Sie waren hier, um Ihr Gehalt abzuholen. Wir haben es Ihnen allerdings nicht gegeben. Hier haben Sie's, abzüglich zwei Tage, und hier sind zwei weitere Schecks für je eine Woche bezahlten Urlaubs.«

Staunend nahm Sweeney die Schecks entgegen.

»Jetzt machen Sie, daß Sie fortkommen, Sweeney! Vor Montagmorgen will ich Sie nicht sehen.«

»Donnerwetter, ich kann's nicht glauben.«

»Dann lassen Sie's sein. Wenn das aber vor Ihrem nächsten Urlaub – und das ist nächstes Jahr – noch mal passiert, dann haben Sie es bei mir endgültig verspielt.«

Langsam nickte Sweeney und stand auf.

»Hören Sie, Walter, ich möchte Ihnen gern ...«

»Schnauze! Hauen Sie ab!«

Sweeney grinste leicht und haute ab.

Neben Joe Careys Schreibtisch blieb er stehen und sagte: »Tag!«

Joe sah zu ihm auf. »Na, wie geht's?«

»Möchte mit dir sprechen, Joe. Hast du schon gegessen?«

Carey sah auf seine Uhr. »Nein, ich gehe in zwanzig Minuten. Aber falls du auf eine Einladung spekulierst, muß ich dich enttäuschen, Sweeney. Ich bin pleite. Meine Frau hat vorige Woche wieder ein Kind gekriegt, und du weißt, wie das ist.«

Sweeney grinste. »Nein! Gottseidank weiß ich nicht, wie das ist. Trotzdem, herzlichen Glückwunsch! Ich nehme an, es ist entweder ein Mädchen oder ein Junge.«

»Stimmt.«

»Na wunderbar! Übrigens wollte ich nicht nassauern. Ob du's glaubst oder nicht – ich bin flüssig. Die Vorsehung meint es gut mit mir. Schulde ich dir eigentlich noch was?«

»Einen Fünfer. Mittwoch vor vierzehn Tagen. Weißt du noch?«

»Dunkel, jetzt, wo du davon sprichst. Gehen wir zu Kirby. Dort kann ich einen Scheck einlösen und dir deinen Fünfer geben. Ich gehe schon vor und warte auf dich.«

Sweeney ließ sich bei Kirby für einen Scheck Geld geben und setzte sich dann an einen Tisch, um auf Carey zu warten. Bei dem Gedanken an Essen wurde ihm immer noch übel. Er wollte es hinter sich haben, wenn Carey kam. Dem Kollegen beim Essen zuschauen zu müssen, war schon schlimm genug.

Deshalb bestellte sich Sweeney eine Tasse Suppe, als kleinstes aller Übel. Es schmeckte wie Spülwasser für ihn, aber er brachte das meiste hinunter und schob die Tasse weg, als Joe kam und sich ihm gegenüber an den Tisch setzte.

»Hier ist dein Fünfer, Joe, und vielen Dank! Ehe ich's vergesse, wer hat mich eigentlich gestern nacht in der State Street gesehen? Ich habe keinen von den Bullen gekannt.«

»Fleming heißt er, Pete Fleming.«

»Aha! Jetzt erinnere ich mich. Ich hab ihn vorher auf der Clark Street getroffen. Wie war das gleich noch mal? Ich bin die Clark nach Süden gegangen, also war er in nördlicher Richtung unterwegs. Ich bin noch ein paar Blocks weiter, bin dann nach Osten abgebogen und auf der State Street nach Norden gegangen. Aber ihn habe ich vor dem bewußten Haus nicht gesehen.«

»Wahrscheinlich ist er gekommen, als du gerade am Gehen warst. Der Einsatzwagen, der auf das Telefongespräch hin losjagte, fuhr mit Sirene. Die von der Funkstreife heißen übrigens Kravich und Guerney. Fleming ist sicher gekommen, als er die Sirene hörte. Danke für den Fünfer, Sweeney!«

Der Kellner kam, und Sweeney bestellte sich Kaffee zu Careys Essen.

Dann beugte er sich vor. »Joe, ich wollte dich fragen, was es mit dieser Ripper-Geschichte auf sich hat. Ich könnte zwar auch im Archiv nachsehen, aber du weißt bestimmt mehr. Seit wann geht denn das schon?«

»Hast du in den letzten zehn Tagen keine Zeitung gelesen?«

Sweeney schüttelte den Kopf. »Bloß das, was heute früh über diese Yolanda-Lang-Geschichte drinstand. Und da war von mehreren Fällen die Rede. Wie viele sind es eigentlich?«

»Zwei oder drei. Man weiß es nicht genau. Vor zwei Monaten gab's auf der South Side einen Überfall, das könnte derselbe Kerl gewesen sein. Lola Brent hieß das Opfer, und es gibt da einige Parallelen zu den drei neueren Fällen. Aber die Polizei ist nicht sicher, denn manche Einzelheiten passen nicht ins Bild.«

»Die Brent ist tot?«

»Ja. Genau wie die beiden anderen. Nur die Lang hatte Glück. Der Köter rettete ihr das Leben. Aber das weißt du ja schon.«

»Was gibt's Neues über die Lang? Ist sie noch im Krankenhaus?«

»Soll heute abend entlassen werden. Die Verletzung ist halb so wild. Die Spitze der Klinge hat nur ihre Haut geritzt. Aber sie hat einen Schock erlitten.«

»Nicht nur sie. Ich auch.«

Joe Carey grinste anzüglich. »Du hast in deinem Artikel doch nicht übertrieben?«

Sweeney lachte. »Im Gegenteil! Du hast was verpaßt, Joe.«

»Aber, aber, ich bin ein verheirateter Mann. Übrigens, die Polizei wird die Lang überwachen lassen.«

»Warum?«

»Sie vermuten, daß der Killer sich noch mal an sie ranmacht, weil er glaubt, daß sie ihn vielleicht identifizieren könnte. Aber das kann sie nicht. Jedenfalls behauptet sie das. Ein großer Mann, dunkel gekleidet. Mehr weiß sie nicht.«

»Im Treppenhaus brannte kein Licht«, sagte Sweeney.

»Der Ripper wartet an der Hintertür am Fuß der Treppe, wahrscheinlich vor der Tür, die er einen Spaltbreit aufhält. Er hört ihre Schritte im Treppenhaus, geht hinein und will zustechen. Im selben Augenblick springt ihn der Hund an; der Kerl fährt zurück, ritzt die Frau dadurch nur leicht und entgeht dem Hund mit knapper Not durch die Hintertür.«

»Klingt einleuchtend«, sagte Sweeney. »Er konnte ihre Silhouette vor dem Licht ausmachen, das von der Straße her durch die Vordertür hereinfiel, und er stand im Schatten. Die Frage ist, war er auf Yolanda Lang aus, oder wartete er auf die erstbeste?«

Carey zuckte die Achseln. »Beides ist möglich. Sie wohnt dort, und er kann gewußt haben, daß sie nach ihrem letzten Auftritt nach Hause ging. Aber wenn er sie kannte, wußte er auch, daß der Hund dabeisein würde, und es sieht so aus, als hätte er damit nicht gerechnet. Vielleicht aber doch. Vielleicht hat er gedacht, er kann sie erstechen und durch die Hintertür abhauen, ehe der Hund ihn erwischt. Falls ja, hat er sich verkalkuliert.«

»Kam sie immer um diese Zeit nach Hause?«

»Wochentags ja. Da hat sie um halb zwei Uhr früh ihren letzten Auftritt. Samstags und sonntags dauert die Vorstellung länger. Sie geht aber nicht immer sofort nach Hause, sagt sie. Manchmal bleibt sie noch im ›El Madhouse‹. Das ist der Nachtklub, in dem sie auftritt. Kennst du den?«

Sweeney nickte, und Carey fuhr fort:

»Ab und zu trinkt sie da noch einen und bleibt bis um

drei, wenn geschlossen wird. Manchmal hat sie auch eine Verabredung. So 'ne Puppe ist nie einsam – es sei denn, sie will es so.«

»Wer bearbeitet die Sache – im Außendienst, meine ich?«

»Horlick. Aber der geht Montag in Urlaub. Keine Ahnung, wen Walter dann darauf ansetzt.«

»Du könntest mir einen riesigen Gefallen tun, Joe«, sagte Sweeney. »Ich möchte die Sache unbedingt übernehmen. Aber ich kann Walter nicht darum bitten. Wie wär's, wenn du das tätest, wenn du das nächste Mal mit ihm redest? Kannst ja argumentieren, daß ich sozusagen in dem Fall drinstecke mit meinem Augenzeugenbericht. Und da Horlick Montag abhaut und ich dann gerade zurückkomme, würde es doch ausgezeichnet passen. Krieg macht bestimmt mit, wenn du ihn darum angehst. Mir schlägt er's vielleicht aus reiner Sturheit ab.«

»Klar, mach ich für dich, Sweeney! Aber du mußt die anderen Fälle durchgehen und dich mit der Polizei in Verbindung setzen. Die haben übrigens eine Ripper-Sonderkommission, die sich nur damit beschäftigt. Captain Bline von der Mordkommission leitet sie, und die Labors analysieren alles, was sie in die Finger bekommen. Aber bis jetzt war das herzlich wenig.«

»Ich werde mich informieren. Bis zum Montag habe ich Zeit genug, im Archiv nachzulesen und mich mit den Bullen kurzzuschließen.«

»Warum? Ich meine, warum willst du das in deiner Freizeit machen, Sweeney? Hast du einen bestimmten Grund?«

»Klar«, log Sweeney. »Ich habe von einem Kriminalmagazin den Auftrag, über den Fall zu schreiben, sobald er gelöst ist. Sie drucken nur Berichte über gelöste Fälle, aber ich habe eine feste Zusage, vorausgesetzt, der Fall wird geknackt. Werden ein paar Hunderter dabei herausspringen. Joe, wenn du es fertigbringst, daß Krieg mich ranläßt, so daß ich alles zusammenschreiben kann, wenn sie den Kerl haben, beteilige ich dich mit zehn Prozent. Das bringt dir zwischen zwanzig und fünfzig.«

»Was kann ich schon verlieren? Einverstanden; aber ich hätte es auch umsonst getan.«

»Jetzt wirst du überzeugender wirken. Wie hießen übrigens die anderen Opfer? Die, die gestorben sind? Hast du nicht gesagt, die von der South Side hieß Lola Brent?«

»Genau. Die anderen waren Stella Gaylord vor zehn Tagen. Vor fünf Tagen Dorothy Lee.«

»Waren das auch Striptease-Tänzerinnen oder Revuegirls?«

»Die Brent war ein Ex-Revuegirl. Hat mit einem Betrüger namens Sammy Cole zusammengelebt. Die Bullen dachten, er hätte sie umgelegt, sie konnten es aber nicht beweisen und haben ihn auch nicht weichgekriegt. Wegen kleiner Betrugsaffären haben sie ihn trotzdem eingelocht, und er sitzt noch. Wenn er also Lola umgebracht hat, dann hat der Fall weder mit dem Ripper noch mit Yolanda zu tun.«

»Was waren die anderen beiden von Beruf?«

»Stella Gaylord war Bardame in der West Madison Street. Die Lee arbeitete als Privatsekretärin.«

»Was für 'ne Privatsekretärin? So eine, die außer den Kommaregeln noch ein paar andere Sachen draufhat?«

»Keine Ahnung. Dazu gab's keine Informationen. Gearbeitet hat sie für einen Direktor der Reiss Corporation. Seinen Namen habe ich vergessen. Er war in New York, als es passierte.«

Joe Carey sah nach der Uhr. Er war fertig mit seinem Essen. »Das sind die wichtigsten Punkte, Sweeney. Ich muß jetzt gehen.«

»Okay! In welchem Krankenhaus liegt die Lang?«

»Michael Reese. Spar dir den Weg! Die Polizei steht dort in Sechserreihen auf den Korridoren. Horlick hat's auch schon versucht und ist nicht reingekommen.«

»Du weißt nicht, wann sie wieder auftreten soll?«

»Nein, aber das kannst du von ihrem Manager erfahren. Er nennt sich Doc Greene.«

»Weißt du etwas über ihn?«

»Sweeney, ich muß in die Redaktion. Frag ihn selbst!«

Carey stand auf. Sweeney griff nach der Rechnung. »Ich habe dich eingeladen. Aber sag mir noch, wo ich diesen Greene finden kann. Wie heißt er mit Vornamen?«

»Keine Ahnung. Alle nennen ihn Doc. Warte mal – er hat sein Büro im Goodman-Block. Greene, hinten mit e. Danach müßtest du ihn eigentlich finden. Vielleicht nennen sie dir auch im ›El Madhouse‹ seine Adresse. Er betreut, glaube ich, alle ihre Künstler. Mach's gut!«

Sweeney trank einen Schluck von seinem Kaffee, den er vergessen hatte und der kalt geworden war. Er schüttelte sich und verließ eilends Kirbys Restaurant.

Vor dem Restaurant überlegte er kurz, dann wandte er sich in Richtung ›Blade‹. Diesmal betrat er die Redaktionsräume nicht, sondern holte sich sein Geld von der

Kasse und ging ins Archiv. Er sah die Zeitungen durch, die etwa zwei Monate alt waren, bis er auf den Brent-Mordfall stieß. Dann kaufte er sich sämtliche Ausgaben, die den Fall Brent erwähnten, und die Blätter der letzten zehn Tage.

Es wurde ein ganz schöner Stapel Papier, obwohl er die Sonntagsbeilagen herausgenommen hatte, und deshalb nahm er sich ein Taxi, um nach Hause zu fahren. Er klopfte an Mrs. Randalls Tür, zahlte ihr die sechsunddreißig Dollar, die er ihr schuldete, und zwei weitere Wochenmieten im voraus.

In seinem Zimmer legte er die Zeitungen auf das Bett, trat wieder auf den Flur und suchte Greenes Nummer im Telefonbuch. Er fand einen Theateragenten J. J. Greene im Goodman-Block, wählte die Nummer, stritt sich kurz mit der Sekretärin und wurde mit Greene verbunden.

»Hier ist Sweeney von der ›Blade‹. Können Sie mir sagen, wann Ihr Schützling aus dem Michael Reese entlassen wird?«

»Tut mir leid, Mr. Sweeney, aber die Polizei hat mich gebeten, keine Informationen zu geben. Wenden Sie sich bitte dorthin. Sagen Sie, haben Sie den Artikel in der heutigen Ausgabe der ›Blade‹ geschrieben?«

»Ja.«

»Gut gemacht. Und eine prima Reklame für Yolanda. Schade, daß sie noch drei Wochen im ›El Madhouse‹ auftreten muß. Jetzt könnte ich ihr bessere Engagements verschaffen.«

»Sie tritt also binnen drei Wochen wieder auf?«

»Vielleicht schon in drei Tagen. Sie hat viel Glück gehabt. Es ist nur eine Schramme.«

»Kann ich vorbeikommen und mit Ihnen reden, Mr. Greene?«

»Worüber? Die Polizei will nicht, daß ich mich mit Reportern unterhalte.«

»Dürfen Sie nicht mal grüßen, wenn Sie einen auf der Straße treffen? Mir ist noch kein Agent untergekommen, der Reporter scheut. Vielleicht könnte ich auch für Ihre anderen Klienten Reklame machen, und dagegen hat die Polizei doch wohl nichts einzuwenden. Oder sind Sie in dunkle Geschäfte verwickelt?«

Greene kicherte. »Ich kann Sie nicht herbitten, wenn die Cops nein sagen. Aber ich verlasse mein Büro in ungefähr zwanzig Minuten, und meist trinke ich etwas in einem der Lokale, die ich betreue. Möglich, daß ich heute ins ›El Madhouse‹ gehe. Falls ja, bin ich in etwas über einer halben Stunde dort. Wenn Sie zufällig auch dort hinkommen ...«

»Kann sein, daß es der Zufall so will. Danke! Und Miss Lang, nehme ich an, ist noch im Michael-Reese-Krankenhaus?«

»Ja. Aber dort werden Sie bestimmt nicht vorgelassen.«

»Dann versuche ich's gar nicht erst. Bis gleich!«

Er hängte ein und trocknete sich mit einem Taschentuch den Schweiß von der Stirn. Dann ging er in sein Zimmer zurück und setzte sich ungefähr fünf Minuten lang still hin. Als er sich besser fühlte, rappelte er sich hoch und brach auf.

Es war heiß in der Sonne, und Sweeney ließ sich Zeit. Auf der State Street bestellte er in einem Blumenladen zwei Dutzend Rosen und ließ sie Yolanda Lang ins Krankenhaus schicken. Dann schlenderte er langsam weiter, bis er zum ›El Madhouse‹ auf der Clark, Nähe Grand, kam.

Kein uniformierter Türsteher empfing ihn zu dieser Stunde, um ihn zu einem Besuch zu überreden. Der Mann kam erst abends, wenn das Programm begann. Die Plakate waren allerdings schon angeschlagen:

YOLANDA LANG UND SATAN
in
dem berühmten Tanz
DIE SCHÖNE UND DIE BESTIE

Und natürlich hingen überall Fotos. Sweeney blieb nicht stehen, um sie anzuschauen. Er flüchtete aus der Gluthitze in die kühle, dämmerige Bar. Sie war getrennt von dem Raum mit der Bühne und den Tischen, wo man zusätzlich zu den gesalzenen Preisen noch ein Gedeck bezahlen mußte.

In der Bar blieb Sweeney blinzelnd stehen, um sich an das Halbdunkel zu gewöhnen. Dann sah er zum Tresen hinüber, an dem nur drei Leute saßen. Am anderen Ende besabberte ein schwer angetrunkener Mann eine stocknüchterne, dralle Blondine, und sechs Hocker weiter vorn saß ein Einzelgänger, der sich im Spiegel hinter der Bar betrachtete und eine Bierflasche und ein Glas vor sich stehen hatte. Er saß da wie aus Holz geschnitzt, und Sweeney zweifelte daran, daß dies Greene war.

Sweeney stieg auf einen der Hocker am Ende des Tresens, und der Barmann kam auf ihn zu.

»Greene schon dagewesen?« fragte Sweeney. »Doc Greene?«

»Heute noch nicht.« Der Barmann bearbeitete die saubere Theke mit einem schmutzigen Handtuch. »Manchmal kommt er um diese Zeit. Aber ich weiß nicht, ob er sich heute blicken läßt. Yo ist doch im Krankenhaus.«

»Yo gefällt mir«, sagte Sweeney sinnend. »Klingt so nach Südstaaten.«

»Was darf's sein?« unterbrach der Barmann die Meditationen des Gastes.

Sweeney überlegte. Er mußte etwas Nahrhaftes zu sich nehmen, wenigstens eine Kleinigkeit, bis er wieder richtig essen konnte, ohne daß ihm übel wurde. »Ein Bier mit Ei.«

Der Barmann wandte sich um, und Sweeney tat dasselbe, als er die Eingangstür hinter sich aufgehen hörte.

Ein Mann mit einem Mondgesicht kam heran. Mit breitem, aber nichtssagendem Lächeln musterte er die Leute an der Theke. Sein Blick ruhte jetzt auf Sweeney, und das breite Lächeln wurde noch breiter. Seine Augen, von dikken Brillengläsern vergrößert, sahen riesig aus.

Eigenartigerweise wirkte sein Blick ausdruckslos und zugleich tödlich. Er wirkte wie der hundertfach vergrößerte Blick eines Reptils, und man rechnete jeden Moment damit, daß sich eine Nickhaut über die Augen schob.

Äußerlich bewegte sich Sweeney nicht, aber innerlich schüttelte er sich. Zum erstenmal in seinem Leben haßte er jemanden auf den ersten Blick. Und fürchtete sich auch ein wenig vor ihm. Es war eine seltsame Mischung seltsamer Gefühle, denn Haß war – außer auf abstrakte Weise – William Sweeney fast völlig fremd. Und Angst ist nicht gerade alltäglich für jemanden, der sich normalerweise um nichts und niemanden soviel schert, daß er sich davor fürchtet.

»Mr. Sweeney?« sagte das Mondgesicht, und es war mehr eine Feststellung als eine Frage.

Sweeney nickte und sagte: »Nehmen Sie Platz, Doc!«

Er steckte rasch die Hände in die Taschen, denn er ahnte, daß er gleich wieder das Zittern kriegen würde.

4

Der Mann mit dem Mondgesicht kletterte auf den Hocker, der dem Sweeneys gegenüberstand, sah Sweeney an und sagte: »Ihr Artikel über – die Geschehnisse der vergangenen Nacht war ausgezeichnet, Mr. Sweeney.«

»Freut mich, daß er Ihnen gefallen hat.«

»Ich habe nicht gesagt, daß er mir gefallen hat. Ich habe gesagt, es war ein ausgezeichneter Artikel. Das ist etwas anderes.«

»Durchaus. Und worin besteht der Unterschied in diesem speziellen Fall?«

Doc Greene stützte die Ellbogen auf den Tresen und verschränkte die dicken Finger. Bedächtig sagte er: »Manchmal, Mr. Sweeney, liest man als Mann ganz gern die anzügliche Beschreibung einer Frau; dann wieder gefällt sie einem überhaupt nicht. Zum Beispiel, wenn man mit der Frau verheiratet ist.«

»Yolanda Lang ist Ihre Frau?«

»Nein. Ich wollte Ihnen nur ein Beispiel nennen. Haben Sie schon etwas bestellt?«

Sweeney nickte. Greene sah zum Barmann hinüber und hob einen Finger. Der Barmann kam und stellte das Eierbier vor Sweeney und ein Glas vor Greene hin.

Als er Greene einschenkte, nahm Sweeney vorsichtig die Hand aus der Tasche und legte die Fingerspitzen auf die Theke. Langsam, damit man das Zittern nicht sah, tastete er nach dem Glas.

Mit dem Blick hielt er die durch die dicke Brille riesenhaft erscheinenden Augen seines Gegenübers fest.

Greene hatte aufgehört zu lächeln, doch jetzt grinste er wieder und hob sein Glas. »Auf Ihr Unwohl, Mr. Sweeney!«

Sweeney hielt sein Glas fest umklammert. »Ihr Wohl, Doc!« Seine Hand war ruhig, als er das Glas zum Mund führte. Er stellte es auf die Theke zurück und nahm die andere Hand aus der Tasche. Das Zittern war vorüber.

Er sagte wohlüberlegt: »Vielleicht würden Sie gerne dazu beitragen, daß mein Zustand sich verschlechtert. Falls Sie es versuchen möchten, stehe ich Ihnen gerne zur Verfügung.«

Das Lächeln auf dem Mondgesicht wurde noch breiter. »Keineswegs, Mr. Sweeney. Seit ich erwachsen bin, habe ich abgetan, was kindisch ist, wie der große Dichter sagt.«

»Die Bibel, Doc, nicht Shakespeare.«

»Besten Dank für die Belehrung, Mr. Sweeney. Sie sind, wie ich fürchtete, als ich Ihren Artikel las, ein gebildeter Mensch. Und, wie mich Ihr Name vermuten ließ, ein dickköpfiger Ire. Wenn ich Ihnen, um es umgangssprachlich auszudrücken, raten würde, die Finger von Yolanda zu lassen, würde Sie das nur noch dickköpfiger machen.«

Er hielt einen Finger in die Höhe, um nachgeschenkt zu bekommen. »Drohungen verfangen bei Ihnen nicht. Ebenso sinnlos wäre es, Sie auf die Fruchtlosigkeit Ihrer Bemühungen hinzuweisen, bei meiner – äh – Klientin zu landen. Wie Sie vielleicht – oder sogar sicher – bemerkt haben, ist Yolanda nicht unattraktiv. An ihr haben sich schon Experten versucht.«

»Sie schmeicheln sich, Doc.«

»Vielleicht, vielleicht auch nicht. Außerdem reden wir hier nicht über meine Beziehungen zu Yolanda.«

Sweeney nahm einen Schluck von seinem Bier. »Da bin ich nicht ganz Ihrer Meinung. Worüber reden wir denn sonst? Sie haben sich ja wohl kaum mit mir getroffen, um über Reklamemaßnahmen für eines Ihrer anderen Schäfchen zu reden. Und Sie sagen selbst, daß Drohungen ebensowenig verfangen würden wie der Hinweis auf die Sinnlosigkeit dessen, was ich Ihrer Meinung nach vorhabe. Was also wollen Sie von mir?«

»Sie kennenlernen, Mr. Sweeney. Als ich Ihren Artikel las – ich bin übrigens eine Art Psychiater –, wußte ich, daß Sie mir ein Dorn im Fleisch sein würden. Ihr Beitrag hatte ein gewisses Etwas. So hätte Dante vielleicht über Beatrice geschrieben und Abälard über Heloise.«

»Und Casanova über Guinevere, vorausgesetzt, sie hätten im selben Jahrhundert gelebt und er hätte sie je ohne Höschen gesehen.« Sweeney grinste. »Wissen Sie, Doc, Sie sind mir so zuwider, daß ich Sie schon fast wieder mag.«

»Besten Dank! Mir geht's mit Ihnen genauso. Wir bewundern die Fähigkeiten des Gegners. Sie werden dazu noch Gelegenheit haben, wenn Sie mich besser kennen.«

»Ich bewundere jetzt schon Ihre Masche. Ungeheuer! Das einzige, was mir an Ihnen zuwider ist, sind Sie!«

Greene lächelte breit. »Ist es nicht wundervoll, daß wir zivilisierte Menschen sind, Mr. Sweeney? Zwei Männer sitzen sich gegenüber und beleidigen sich, freundschaftlich, aber allen Ernstes, und die Unterhaltung macht ihnen Spaß. Lebten wir vor ein oder zwei Jahrhunderten, hätte einer von uns dem anderen längst ins Gesicht geschlagen, und Sie oder ich müßten sterben, ehe die Sonne am Morgen ganz über den Horizont aufsteigt.«

»Eine wundervolle Vorstellung, Doc! Nichts wäre mir lieber. Leider ist die Polizei in solchen Sachen etwas heikel. Doch zurück zu Yolanda! Angenommen, Sie hätten zwischen den Zeilen meines Artikels das Richtige herausgelesen – was wollen Sie dagegen unternehmen?«

»Ich werde Ihnen Fallen stellen. Selbstverständlich werde ich Yolanda vor Ihnen warnen. Nicht plump, sondern geschickt, versteht sich. Ich werde ihr einreden, daß Sie ein Trottel sind. Das sind Sie nämlich.«

»Ja«, sagte Sweeney. »Aber vielleicht gibt sie nichts auf diese Information, da sie von einem Bastard kommt. Denn das sind Sie.«

»Ihre Intuition überrascht mich, Mr. Sweeney. Zufällig bin ich das wirklich, und zwar im wörtlichen Sinne. Möglicherweise auch im übertragenen, aber das ist unwichtig. Anders gesagt, es ist durchaus wahrscheinlich, daß ich ein uneheliches Kind bin; ich weiß nur, daß ich in einem Waisenhaus groß wurde. Was ich heute bin, verdanke ich einzig und allein mir selbst.«

»Nur Sie konnten das schaffen.«

»Sie schmeicheln mir. Ein Kompliment hätte ich nicht erwartet. Aber das nur nebenbei. Ich werde Ihnen nicht nur Fallen stellen, sondern ich werde Ihnen auch helfen.«

»Das beruhigt mich sehr.«

Der Mann mit dem Mondgesicht legte die Fingerspitzen aneinander. »Sie sind auf der Suche nach dem Ripper. Das ist ganz natürlich, denn erstens sind Sie Reporter, und zweitens, was viel mehr ins Gewicht fällt, hoffen Sie auf Yolandas Dankbarkeit. Während Sie den Ripper jagen, können Sie sich in ihrer Nähe aufhalten – nicht so nahe vielleicht, wie Sie's gerne hätten, aber immerhin können Sie mit ihr reden, und wenn Sie ihn haben, so glauben Sie, wird sie selig in Ihre Arme sinken; denn Sie sind der Held, der sie vor der Bestie gerettet hat. Kommt das annähernd hin?«

»Sprechen Sie ruhig weiter. Aber das hatten Sie wohl ohnehin vor.«

»So haben Sie also zwei Gründe, nach ihm zu suchen. Und ich habe zwei Gründe, Ihnen zu helfen. Erstens: Wenn Sie ihm begegnen, steckt er Ihnen vielleicht sein Messer zwischen die Rippen. Das wäre mir sehr lieb, denn Sie sind mir auch zuwider, Mr. Sweeney.«

»Besten Dank.«

»Und zweitens hat die Polizei vielleicht mit ihrer Vermutung recht, daß der Killer unter Umständen noch einmal bei Yolanda auftaucht, um sie mundtot zu machen. Obwohl Yo ihn – was ja auch in der Presse stand – nicht identifizieren kann, beschließt er möglicherweise, auf Nummer sicher zu gehen und sie umzubringen. Das wäre mir gar nicht lieb.«

»Verständlich«, sagte Sweeney. »Und dieser Grund gefällt mir besser als Ihr erster.«

»Sollten Sie den Ripper wirklich finden, wird Sie das bei Yolanda meiner Meinung nach trotzdem nicht viel weiterbringen. Das Risiko gehe ich jedenfalls ein.«

»Schön, Doc! Die Sache hat nur einen kleinen Haken: Die Chicagoer Polizei ist in der Überzahl. Deshalb die neugierige Frage: Warum sollte gerade ich mit meinen beschränkten Mitteln mehr erreichen als die ganze blaue Truppe?«

»Weil Sie ein verrückter Ire sind. Weil Sie nicht ganz von dieser Welt sind; das habe ich schon aufgrund von ein, zwei Sätzen Ihres Artikels vermutet, aber jetzt weiß ich es. Und weil der liebe Gott Säufer und Narren liebt, und Sie sind beides. Außerdem verbirgt sich hinter der versoffenen Fassade ein ganz schön scharfer Verstand, Mr. Sweeney; auch das habe ich schon vermutet und weiß ich jetzt. Und Sie haben etwas leicht Verdrehtes, das Sie vielleicht an Orte führt, wo die Polizei nie suchen würde. Wie der Narr, der das Pferd gefunden hat, weil er sich selbst für ein Pferd hielt, und überall hinging, wo ein Pferd hingehen würde. Nicht daß ich Sie mit einem Pferd vergleichen möchte, Mr. Sweeney. Jedenfalls nicht durchweg.«

»Besten Dank. Ich bin also ein Riesenroß mit einem ganz schön scharfen Verstand. Reden Sie weiter, ich bin ganz Ohr.«

»Ich könnte Ihnen durchaus noch mehr erzählen. Ich bin nämlich wirklich Psychiater, Mr. Sweeney, obwohl ich nicht praktiziere. Ein unglückliches Ereignis im letzten Jahr meiner Assistentenzeit hat zu meiner Kündigung geführt. Mir kam nämlich der Gedanke, daß Satyriasis die logische Therapie für Nymphomanie sein könnte. Wir hatten einen Patienten, der an fortgeschrittener Satyriasis litt, und ich habe mir die Freiheit genommen, ihn ins Zimmer einer begeisterten Nymphomanin zu bringen und die beiden längere Zeit allein zu lassen. Meine Vorgesetzten waren deswegen ziemlich verschnupft.«

»Das kann ich mir denken.«

»Wenn sie erst gewußt hätten, was ich sonst noch für Experimente gemacht habe! Aber wir kommen schon wieder vom Thema ab.«

»Richtig«, sagte Sweeney. »Sie wollten mir helfen, den Ripper zu finden. Also dann – helfen Sie mir.«

Greene spreizte die Finger. »Viel weiß ich nicht. Zum Beispiel kenne ich den Namen des Mörders und seine Adresse nicht, Mr. Sweeney. Aber ich sorge dafür, daß Sie mit Yolanda sprechen können, und das ist schon viel, wenn Sie bedenken, wie scharf die Polizei Yolanda bewacht.«

Er sah auf seine Armbanduhr. »Leider muß ich jetzt gehen. Eine geschäftliche Verabredung. Der Mensch braucht Geld zum Leben. Wollen Sie sich morgen um dieselbe Zeit hier mit mir treffen, Mr. Sweeney?«

Sweeney runzelte die Stirn. »Ich weiß nicht. Vielleicht verschwende ich mit Ihnen nur meine Zeit. Oder haben Sie mir etwas zu bieten?«

»Yolanda. Sie wird heute entlassen. Ich bringe sie morgen mit. Sie kommen doch?«

»Selbstverständlich!«

»Gut. Wir werden uns in der nächsten Zeit des öfteren

sehen, also lassen wir die Liebenswürdigkeiten und die verlogenen Floskeln. Meine beiden Drinks gehen auf Sie. Besten Dank, und zum Teufel mit Ihnen!«

Er ging.

Sweeney holte tief Luft und atmete langsam aus.

Der Barmann trat heran. »Das macht einen Dollar fünfundzwanzig. Mögen Sie Ihr Bier nicht?«

»Nein. Schütten Sie's in den Ausguß! Bringen Sie mir ein Kopfschmerzpulver und Soda!«

»Gern. Gemixt?«

»Nein.«

Er legte zwei Dollar auf die Theke, als der Barmann zurückkam.

»Komische Type, dieser Doc Greene«, sagte Sweeney.

»Das kann man wohl sagen.«

»Mich wundert nur eins: Seine Zähne scheinen echt zu sein. Sie waren für ein künstliches Gebiß nicht regelmäßig genug. Wieso hat ihm noch keiner die Zähne eingeschlagen?«

Der Barmann kicherte. »Vielleicht liegt's an seinen Augen. Er hat 'nen Blick wie ein Hypnotiseur. Gehört schon viel Mumm dazu, dem Doc eine zu verpassen. Ich möchte mich nicht mit ihm anlegen. Eigenartig – aber die Frauen mögen ihn.«

»Yolanda Lang auch?«

»Keine Ahnung. Yo ist sonderbar. Man schaut bei ihr nicht durch.« Er nahm Sweeneys Geld, tippte ein Dollar achtzig auf der Kasse und gab zwanzig Cent heraus.

Sweeney legte noch einen Vierteldollar dazu und sagte: »Trinken Sie einen mit mir!«

»Gern, danke!«

»Prost! Wem gehört ›El Madhouse‹ eigentlich? Immer noch Harry Yahn?«

»Ja, jedenfalls zum größten Teil; aber Geschäftsführer ist jemand anders, weil er noch einen Laden auf der Randolph hat.«

»Auch so 'n Nepplokal wie ›El Madhouse‹?«

Der Barmann lächelte schwach. »Nicht diese Art von Nepp.«

»Aha! Also ist es eine kleine Bar mit Hinterzimmer, und wenn man Joe, den Türsteher, kennt, kann man sein Hemd dort lassen.«

Die dralle Blondine am anderen Ende der Bar klopfte ungeduldig mit ihrem Glas auf die Theke.

»Der Türsteher heißt Willie«, antwortete der Mixer und ging zu der Blonden hinüber.

Sweeney schüttete sein Pulver ins Glas, gab Soda darauf und trank.

Dann stand er auf und ging auf die dämmrige Clark Street hinaus. Er wandte sich nach Süden zum Loop und schlenderte langsam und ziellos dahin, aber es wollte ihm nicht recht gelingen, klar zu denken. Dieses Stadium kannte er. Sein Hirn war umnebelt, seine Gedanken wandelten wie Schemen durch dichte Dunstschwaden. Seine Sinne jedoch schienen überwach. Das Hupen der Autos und das Klingeln der Straßenbahnen taten ihm weh, Gerüche, die er sonst nicht wahrnahm, verursachten ihm Übelkeit, grelle Farben stachen ihm buchstäblich in die Augen.

Er mußte etwas essen, und zwar bald, damit er wieder zu Kräften kam. Nur eine kräftige Mahlzeit würde den

Nebel auflösen, ihn von dem Gefühl der Benommenheit befreien und die körperliche Müdigkeit verscheuchen, die ihn allmählich bis ins Mark zu durchdringen schien.

Zu alledem kamen noch die pochenden Kopfschmerzen.

Wie schön wäre es zu sterben, still und schmerzlos, ohne überhaupt zu wissen, daß es passierte; einfach einzuschlafen und nicht mehr aufzuwachen. Auch Schlaf war etwas Schönes, aber wenn man aufwachte, stand man jedesmal wieder vor der gleichen Konfusion und Komplikation, den tausend kleinen Unerfreulichkeiten, die sich regelmäßig zu einer einzigen gewaltigen Unerfreulichkeit steigerten, von der einem nur der Suff eine Atempause verschaffte.

Nur jetzt, heute, war das nicht so. Der eine Drink, den er in der Bar des ›Madhouse‹ genommen hatte, hatte nicht den Wunsch nach einem zweiten geweckt. Und er hatte weder für einen klaren noch für einen benebelten Kopf gesorgt. Er hatte nicht einmal besonders gut oder schlecht geschmeckt.

Als Sweeney auf die Brücke kam, wurde es besser. Er ließ sich die kühle Brise um die Nase wehen, die vom Wasser heraufstrich, dann hielt er ein Taxi an und fuhr nach Hause.

In seinem Zimmer nahm er die unterste Zeitung aus dem Stoß, setzte sich in den Sessel und begann zu lesen.

Den Bericht über den Mord an Lola Brent fand er auf Seite zwei. Einzelheiten wurden nicht groß angegeben, vom Ripper war noch keine Rede.

Es war einfach ein Artikel über eine Frau – eine ziemlich

unbedeutende Frau –, die in einem Durchgang zwischen zwei Gebäuden der 38. Straße tot aufgefunden worden war. Als Mordwaffe kam vermutlich ein Messer oder ein Rasiermesser in Frage. Das Verbrechen war am Tag begangen worden, zwischen vier und fünf Uhr nachmittags. Augenzeugen gab es nicht. Ein Kind, das vom Spielplatz nach Hause kam, hatte die Leiche gefunden. Die Polizei fahndete nach einem Mann, bei dem die Brent gewohnt haben sollte.

Sweeney griff zur nächsten Zeitung. Der Artikel war ausführlicher, und eines der beiden Fotos zeigte die Brent. Sie sah hübsch aus mit ihrem blonden Haar und wirkte nicht wie fünfunddreißig, sondern wie Anfang Zwanzig.

Das zweite Foto zeigte Sammy Cole, den die Polizei verhaftet hatte. Sein schwarzes Lockenhaar umrahmte ein gutaussehendes Gesicht mit einem ungezwungen-ehrlichen Ausdruck, der das Kapital des Trickbetrügers ist. Cole leugnete den Mord an Lola Brent.

Die nächste Ausgabe brachte eine kurze Wiederholung. Cole hatte lediglich einige Betrügereien gestanden. Die folgenden Nummern gaben keine weiteren Hinweise. Der Fall Lola Brent war der Vergessenheit anheimgefallen und nicht gelöst worden. Sweeney wußte, daß in den fünfeinhalb Wochen, von denen er die Zeitungen nicht mitgenommen hatte, über den Fall Brent auch nichts veröffentlicht worden war.

Nun nahm er das vor zehn Tagen erschienene Blatt und überflog den Artikel über den Mord an Stella Gaylord, der Bardame aus der Madison Street. Diesmal prägte er sich keine Einzelheiten ein, denn er nahm sich vor, sich jeweils nur auf einen Fall zu konzentrieren. Im Augenblick suchte er nach Hinweisen auf den Mord an Lola Brent. In der Nummer, die zwei Tage nach dem Mord an Stella Gaylord erschienen war, stieß er darauf. Hier wurde zum erstenmal angedeutet, daß der Mörder ein Psychopath sein könnte, und zwar derselbe, der vor sechseinhalb Wochen Lola Brent erstochen hatte.

Die nächste Nummer befaßte sich ausführlicher mit dieser Theorie. Hier wurde eine genaue Beschreibung der Wunden beider Opfer gegeben. Beide waren durch einen waagerechten Messerschnitt quer über den Leib getötet worden. Im Fall Brent war die Klinge der Mordwaffe nicht außergewöhnlich scharf gewesen, im Fall Gaylord jedoch rasierklingenscharf.

Sweeney sah die restlichen Nummern durch, immer noch auf der Suche nach Einzelheiten über den Fall Brent. So benommen, wie er sich im Augenblick fühlte, konnte er immer nur einen Fall auf einmal bewältigen. Offensichtlich hatte man keine weiteren Anhaltspunkte entdeckt. Die Polizei war nicht völlig davon überzeugt, daß derselbe geistesgestörte Mörder Lola Brent, Stella Gaylord und fünf Tage später Dorothy Lee umgebracht hatte. Die beiden letzten Opfer jedoch waren von ein und demselben Täter ermordet worden.

Nachdenklich legte Sweeney die letzte Nummer beiseite. Er wußte jetzt alles, was die Zeitungen über den Brent-Mord veröffentlicht hatten, aber nichts war sehr aufschlußreich. Was konnte überhaupt Aufschluß geben, abgesehen von einem Zufallstreffer, wenn man hinter einem Killer her war, der ohne erkennbares Motiv mordete? Jedenfalls ohne ein Motiv, das sich ausschließlich auf das jeweilige Opfer und nicht auf jede beliebige hübsche Blondine bezog. Ja, das war die einzige Übereinstimmung: Alle drei Opfer – auch Yolanda Lang – waren blond und hübsch gewesen.

Sweeney ging zum Telefon auf dem Flur und wählte eine Nummer. Als er die Verbindung hatte, fragte er: »Ist Sammy Cole, der Kerl, mit dem diese Lola Brent zusammengelebt hat, noch hier in Chicago im Knast?«

»Ja«, sagte der Mann am anderen Ende. Er soll ungenannt bleiben, denn er hat immer noch den gleichen Job, es geht ihm ganz gut dabei, und er bekäme nur Ärger. Sweeney hatte nämlich etwas gegen ihn in der Hand, und gegen hohe Beamte dürfen Reporter normalerweise nichts in der Hand haben. Oft haben sie aber.

»Ich möchte ihn gern sprechen. Heute noch.«

»Heute? Na, hör mal, Sweeney, du kannst doch sicher bis morgen warten, wenn die offizielle Besuchszeit...«

»Leider nicht. Ich verlasse mich ganz auf dich.«

Eine halbe Stunde nach dem Anruf saß er auf dem Schreibtisch des Gefängnisdirektors, und Cole hockte vor ihm auf einem Stuhl. Sie waren allein. Cole hatte kaum Ähnlichkeit mit dem Zeitungsfoto, das Sweeney gesehen hatte. Das schwarze Lockenhaar war so kurz geschnitten worden, daß es sich nicht mehr kräuseln konnte, der betont treuherzige Blick hatte einem verdrießlichen Ausdruck Platz gemacht.

»Ich hab alles gesagt«, meinte Cole. »Jede Einzelheit. Ich hab geredet wie ein Wasserfall. Ich hab ja selber ein Interesse dran, daß der Kerl, der Lola kaltgemacht hat, gegrillt wird. Hätte ja sein können, daß es mit irgendwas zu tun hat, was sie gemacht hat, oder? Also hab ich geredet wie ein Wasserfall, und was hab ich davon? Die lassen mich solange brummen, daß ich nach meiner Entlassung nur noch Bleistifte verhökern kann – falls ich überhaupt je wieder rauskomme.«

»Pech!« Sweeney zog einen Zettel und einen Bleistift hervor. »Willst du einen trinken?« schrieb er auf den Zettel und reichte ihn Sammy.

»Mein Gott!« entfuhr es Cole, keineswegs ohne Ehrfurcht. Falls es einen Lauscher gab, wurde er jetzt wohl hellhörig. Trotzdem nahm Sweeney die zuvor gekaufte Whiskyflasche aus seiner Hüfttasche und reichte sie Cole. Leer gab Sammy sie ihm zurück und wischte sich die Lippen mit dem Handrücken. »Was wollen Sie wissen?« fragte er.

»Keine Ahnung. Das ist ja die Misere. Aber irgendwo muß ich ja anfangen. Wann haben Sie Lola zum letztenmal gesehen?«

»An dem Morgen – oder gegen Mittag –, als sie zur Arbeit ging.«

»Zur Arbeit? Waren Sie so auf dem trockenen, Sammy?«

»Ja und nein. Ich hatte eine große Sache laufen, mit der ich mich gesundgestoßen hätte. Wollte nicht mehr von der Hand in den Mund leben. Wäre mir der Coup gelungen, dann hätte es für Florida gereicht. Lachen Sie nicht, aber danach wollte ich sauber bleiben. Für Lola. Sie hielt nichts von schmutzigen Geschäften. Sie verdiente die Brötchen, bis ich mein Ding drehen konnte.«

»Hat sie bei der Sache mitgemischt?«

»Nein, das habe ich allein eingefädelt. Aber sie hatte einen kleinen Nebenverdienst, der ein bißchen was einbrachte. Hundert pro Woche für wenige Stunden Arbeit. Da mußte sie an dem Tag hin.«

»Wo war das?«

Sammy Cole wischte sich wieder die Lippen und beugte sich mit einem fragenden Blick auf Sweeneys Hüfttasche zur Seite. Sweeney schüttelte den Kopf und zeigte Cole seine leeren Hände.

Cole seufzte. »Ein Geschenkartikelladen in der Division Street. ›Raouls Geschenke‹. Es war ihr erster Tag dort, deshalb weiß ich nur, was sie mir vom Vorstellungsgespräch erzählt hat und was ich gesehen habe, als ich um sechs dort war. Das gehörte nämlich zu dem Trick dazu. Dieser Raoul ist ein Schwuler.«

»Was hätte Lola denn da für einen Nebenverdienst machen können? Es sei denn, Sie ...«

»Nein, so war das nicht. Lola ließ sich als Verkäuferin einstellen, wo sie Aussicht hatte, teure Waren abzusetzen. Keine Cent-Artikel. Meist in kleinen Läden, wo der Chef sie allein lassen mußte, wenn er zum Essen ging. Dann sollte sie den Erlös von ein paar Verkäufen unterschlagen – zehn bis fünfzig Dollar, je nachdem, wie das Geschäft lief. Wir gingen ganz auf Nummer Sicher, weil sie noch nicht vorbestraft war. Das sollte sie auch bleiben. Ich kam dann zu einer Zeit, die wir verabredet hatten. Sie behielt die Kohlen nie lange bei sich. Sie versteckte sie irgendwo im Laden und holte sie erst, ganz kurz ehe ich kam. War 'ne ganz sichere Masche. Sobald sie jemand schief ansah, ließ sie den Job sausen. Sie arbeitete nirgends länger als ein paar Tage. Dann machte sie Pause – und so weiter.«

»Und den Job bei Raoul bekam sie einen Tag vor dem Mord? – Wie eigentlich?«

»Zeitungsinserat. Sie hatte prima Empfehlungen. Das war mein Bier. Der Job stand in den Morgenzeitungen, mittags hatte sie ihn, und am nächsten Tag sollte sie anfangen. Raoul hat bis neun Uhr abends geöffnet, und sie sollte von zwölf bis neun arbeiten, mit einer Stunde Pause von vier bis fünf.«

»Warum haben Sie sich nicht für die Mittagspause mit ihr verabredet?«

Sammy Cole bedachte Sweeney mit einem verächtlichen Blick. »Überlegen Sie doch mal. Dann hätte sie mit dem Zaster rauskommen müssen, und so was ist gefährlich. Wenn sie von vier bis fünf frei war, ging er wahrscheinlich um fünf. Für sie die beste Gelegenheit, auf eigene Rechnung zu verkaufen. Und um sechs wollte ich kommen. Wäre er noch fort gewesen, um so besser. War er da, konnte ich was kaufen, und sie gab mir das Geld mit in die Tüte. Ganz sichere Masche.«

»Und Sie waren um sechs da?«

»Klar! Sie war fort, und ich dachte mir, es muß was schiefgegangen sein. Ich hab in der Wohnung angerufen, und ein Bulle hat sich gemeldet. Da habe ich eingehängt und bin weggeblieben. Nicht, daß ich mir ausgemalt hätte, was wirklich passiert war. Ich dachte, man hätte sie beim Klauen erwischt, und hielt es für besser, von draußen zu versuchen, sie rauszuholen. Ich war doch verrückt nach ihr. Ich wollte irgendwie ein paar Kröten auftreiben, ihr einen Anwalt besorgen und sie auf Kaution rausholen. Hätte sogar jemanden umgelegt, um sie freizukriegen. Und die glauben immer noch, ich hätte sie umgebracht!«

»Wann haben Sie erfahren, was wirklich passiert ist?«

»Durch die Morgenzeitung. Ich hatte mich in einem Hotel verkrochen. Wäre fast übergeschnappt. Mein einziger Gedanke war, den Kerl zu fassen, der's getan hat, und ihn zu Hackfleisch zu verarbeiten. Aber wie sollte ich an ihn rankommen, ohne den Plattfüßen in die Finger zu laufen? Und im Knast konnte ich überhaupt nichts ausrichten. Also mußte ich in Deckung bleiben, bis der Rummel vorbei war. Bloß war ich viel zu durcheinander, um vorsichtig zu sein. Sie haben mich erwischt, und bis ich hier rauskomme, ist Lolas Mörder an Altersschwäche gestorben. Weiß Gott, ich hasse die Cops, aber ich hab ihnen trotzdem geholfen. Ich hab ihnen alles erzählt, bloß für den unwahrscheinlichen Fall, daß ihnen das irgendeinen Hinweis liefert.«

Sammy Cole sank müde in sich zusammen und seufzte. Dann sah er auf und fragte: »Ha'm Sie vielleicht 'n Glimmstengel?«

Sweeney reichte ihm ein Päckchen und eine Schachtel Streichhölzer und sagte: »Können Sie behalten. Wenn man Sie nicht eingebuchtet hätte, Sammy, wo hätten Sie mit Ihrer Suche nach dem Mörder angefangen?«

»Bei dem Schwulen. Bei Raoul. Vielleicht hatte er was damit zu tun, vielleicht auch nicht. Aber ich hätte ihn Stück für Stück auseinandergenommen, um sicherzugehen.«

»Was ist eigentlich in Raouls Geschenkartikelladen

passiert? Hat Raoul sie bei einer Unterschlagung erwischt? Er muß sie doch rausgeworfen haben, wenn sie an dem Nachmittag nach Hause gegangen ist. Schließlich hat man sie in der Nähe Ihrer Wohnung gefunden.«

Sammy Cole sagte: »Darüber weiß ich nichts. Die Cops stellen mir Fragen, aber sie erzählen mir nichts. Vielleicht könnte ich aus den Zeitungen was erfahren. Man kriegt ja welche, wenn man Geld hat. Aber ich bin restlos pleite.«

Mit einem Nicken zog Sweeney seine Brieftasche hervor, entnahm ihr eine Zehndollarnote und reichte sie Sammy.

Für einen eventuellen Zuhörer sagte er: »Von mir bekommen Sie nichts, Freundchen, wenn das ein Wink mit dem Zaunpfahl sein sollte. – Wäre es übrigens möglich, daß Lola sich irgendwelche Artikel unter den Nagel gerissen hat? Ringe vielleicht? So ein Geschenkeladen verkauft auch kleine Sachen, die wertvoll sind.«

Energisch schüttelte Sammy den Kopf. »Das hat sie nicht gemacht, dafür garantiere ich. Das habe ich ihr eingehämmert. Dabei wird man zu leicht geschnappt. Und mehr als zwanzig Prozent vom Wert bekommt man sowieso nicht. Sie durfte nicht mal 'n Ring oder 'n Paar Ohrklips für sich mitnehmen.«

»Und die große Sache, an der Sie gearbeitet haben? Könnte die etwas mit dem Mord zu tun haben?«

»Nein, ausgeschlossen. Darüber habe ich den Mund gehalten, weil ich da mit jemandem zusammengearbeitet habe, den ich nicht verpfeifen wollte. Die Bullen hätten's nicht mal mit dem Gummiknüppel aus mir herausgeholt. Ich bin nämlich keiner, der singt. Der Kumpel, mit dem ich zusammengearbeitet habe, und der andere, den wir bearbeiten wollten, hatten keinen blassen Dunst von Lolas Existenz. Und Lola kannte keine Namen, sie wußte nur, worum es ging.«

»Schön, Sammy, danke!« sagte Sweeney. »Ich kann nichts für Sie tun, aber ich werde Sie auf dem laufenden halten. Machen Sie's gut.«

Er gab Sammy die Hand, was diesen sehr erstaunte. Dann verließ er das Büro und nickte dem Schließer zu, der vor der Tür gewartet hatte.

Eine Uhr im Flur zeigte ihm, daß es fünfzehn Minuten nach acht war. Vor dem Gefängnis hielt er nach beiden Seiten Ausschau, bis ein Taxi kam. Er winkte es heran und stieg ein.

»Division Street«, sagte er. »Wir müssen die Nummer unterwegs suchen, ich habe sie nicht notiert. Es ist ein Geschenkartikelladen. Heißt Raoul.«

Der Fahrer lachte. »Den Laden kenne ich. Der Typ hat mal versucht, sich an mich ranzumachen. Is' ne Tunte Sagen Sie mal, Sie sind doch nicht etwa...« Er drehte sich zu Sweeney um.

»Nee, wohl doch nicht«, meinte er und schaute wieder nach vorn.

5

Sweeney betrachtete die Auslagen in Raouls Fenster. Er tat so, als sähe er sich die Geschenkartikel an, in Wirklichkeit beobachtete er über die kleine Trennwand hinweg den

Laden. Zwei Kundinnen waren drin. Zusammen mit Raoul, dem Besitzer, lag das weibliche Kontingent im Laden damit bei hundert Prozent. Bei Raoul gab es kein Vertun.

Das Schaufenster war im Gegensatz zu vielen Geschenkartikelläden nicht mit billigem Kitsch und teuren Geschmacklosigkeiten überladen. Es lagen nur wenige Dinge im Fenster, und die waren gediegen. Neben chinesischen Hunden standen mexikanische Vögel, lag geschmackvoller Modeschmuck, der höchstens ein wenig zu auffällig war, stand ein kupferner Leuchter, dessen schlichte Ausführung ihm eine aparte Note verlieh. Sweeney fand an nichts etwas auszusetzen – außer vielleicht an den Preisen; die aber waren im Fenster wohlweislich nicht angegeben. Seine Meinung über Raoul hob sich etwas.

Eine der Kundinnen hatte etwas gekauft und kam heraus. Die andere sah sich offenbar noch um, und nachdem Raoul ihr seine Dienste vergeblich angeboten hatte, lehnte er sich entspannt an den Ladentisch.

Sweeney trat ein. Der Ladeninhaber kam lächelnd auf ihn zu. Das Lächeln wurde zu einem leichten Stirnrunzeln, als Sweeney sagte: »Ich bin von der ›Blade‹ und möchte mich gern mit Ihnen über Lola Brent unterhalten.« Trotzdem ging Raoul mit Sweeney nach hinten, wo die Kundin nicht zuhören konnte.

»Wann hat sie die Stelle bekommen? Am Tag vor dem Mord?« fragte Sweeney.

»Ja. Ich habe eine Anzeige aufgegeben – in Ihrer Zeitung, der ›Blade‹ –, auf die sich mehrere Bewerberinnen gemeldet haben. Lola Brent hatte ausgezeichnete Empfehlungen von einem Geschenkartikelhändler in New York. Ich bin nicht auf den Gedanken gekommen, daß sie gefälscht sein könnten. Sie war gut angezogen und hatte ein angenehmes Auftreten. Und sie war frei, sie konnte sofort anfangen. Ich bat sie, am nächsten Tag zu kommen.«

»Und sie ist gegen Mittag gekommen?«

»Ja.«

»Und dann? Sie haben sie bei einer Unterschlagung erwischt und gefeuert?«

»Nicht direkt. Ich habe das alles schon der Polizei erklärt.«

Sweeney sagte: »Ich könnte mich auch an die Polizei wenden. Aber lieber würde ich es von Ihnen hören. Wenn es Ihnen nicht allzuviel ausmacht.«

Raoul seufzte. »Von zwölf bis kurz nach drei waren wir beide im Geschäft. Wir hatten nicht viel Kundschaft, und ich verbrachte die meiste Zeit damit, sie einzuarbeiten, ihr die Preise zu nennen und die Waren zu zeigen, ihr eben alles Nötige über das Geschäft zu erzählen. Viertel nach drei mußte ich in einer persönlichen Angelegenheit fort und mag wohl eine gute halbe Stunde weg gewesen sein. Als ich zurückkam, fragte ich, wie das Geschäft in meiner Abwesenheit gegangen sei. Sie behauptete, es sei nur eine Kundin dagewesen, die ein Paar Buchstützen für sechs Dollar gekauft habe. Und das war auch der einzige Betrag, der in die Kasse eingetippt war. Doch dann sah ich, daß noch etwas fehlte.«

»Was?«

»Eine Plastik für vierundzwanzig Dollar. Sie hatte dort drüben gestanden.« Raoul deutete auf ein Regal. »Zufällig hatte die Plastik etwas schief gestanden, und ich hatte sie zurechtgerückt, ehe ich ging. Kurz nach meine Rückkehr bemerkte ich zufällig, daß sie nicht mehr da war. Vorher hatten drei Plastiken auf dem Regal gestanden, nach meiner Rückkehr waren es nur noch zwei, die enger zusammengerückt worden waren, offensichtlich, damit das Fehlen der dritten nicht auffiel. Deshalb fragte ich Miß Brent, ob sie die Statuen umgestellt hätte. Sie hat es abgestritten.« Er seufzte leise. »Es war unangenehm. Ich wußte, daß sie log, denn ich hatte die Plastik gesehen, ehe ich ging.«

»Und an einen Ladendieb haben Sie nicht gedacht?«

»Nein, denn das war unwahrscheinlich. Die Plastik war fünfundzwanzig Zentimeter hoch. Sie war zwar schmal, aber das dargestellte Mädchen hatte die Arme nach vorn gestreckt. Einen solchen Gegenstand kann man nur schwer unter einer Jacke oder einer Bluse verbergen, und in die Tasche konnte man ihn schon gar nicht stecken. Ladendiebe wählen unauffällige Objekte aus, das können Sie mir glauben. Außerdem hatte Miß Brent mir gesagt, es sei nur ein Kunde im Laden gewesen. Ich zweifelte also nicht daran, Mister...«

»Sweeney«, stellte sich der Reporter nachträglich vor. »Sie haben ihr also auf den Kopf zugesagt, sie hätte die Plastik verkauft und das Geld behalten?«

»Was hätte ich sonst tun sollen? Ich sagte ihr, mir läge nichts an einer Anzeige, und wenn sie sich von mir durchsuchen ließe – im Lagerraum –, könnte sie gehen, ohne daß ich die Polizei verständigen würde.«

»Und Sie haben das Geld bei ihr gefunden?«

»Nein. Als sie merkte, daß ich tatsächlich die Polizei rufen wollte, wenn sie nicht gestand, gab sie den Diebstahl zu. Sie hatte das Geld, eine Zwanzigdollarnote und vier einzelne Dollar, in ihrem Strumpf. Typischer Aufbewahrungsort einer Frau.«

»Also brauchten Sie die Brent nicht zu durchsuchen. Oder?«

»Selbstverständlich habe ich sie trotzdem durchsucht. Das Fehlen des einen Gegenstandes war mir aufgefallen, und sie hatte den Verkauf zugegeben. Wie konnte ich, da ihre Unehrlichkeit erwiesen war, sicher sein, ob nicht noch mehr fehlte? Ich war nicht in der Lage, eine Inventur durchzuführen, also blieb mir nur eine Leibesvisitation übrig. Sie konnte für fünf Dollar Modeschmuck verkauft und das Geld in ihrem anderen Strumpf versteckt haben. Oder im Büstenhalter oder sonstwo.«

»War es so?«

»Nein. Ich fand lediglich einige Dollar in ihrer Handtasche, und ich glaubte, daß das ihr eigenes Geld war. Sie ließ die Untersuchung ziemlich verschnupft über sich ergehen, sah aber ein, daß ich allen Grund dazu hatte.«

»Dann ist sie gegangen?«

»Ja. Die genaue Zeit weiß ich allerdings nicht.«

»Ist sie allein gegangen?«

»Natürlich! Und um gleich Ihre nächste Frage zu beantworten: Ich habe nicht gesehen, daß sie sich draußen mit jemandem traf. Da ich wußte, mit wem ich es zu tun hatte, beobachtete ich sie selbstverständlich, bis sie aus der Tür war. Danach nicht mehr. Ich weiß nicht, in welche Richtung sie sich wandte, aber sie muß direkt nach Hause gegangen sein, denn ich hörte, daß sie um fünf Uhr zwischen den beiden Gebäuden tot aufgefunden wurde. Sie mußte umsteigen und durch den Loop gehen. Also war sie von hier aus mindestens eine halbe Stunde unterwegs, möglicherweise länger.«

»Es sei denn, sie ist in ein Taxi gestiegen, oder jemand hat sie mitgenommen.«

»Stimmt! Aber das mit dem Taxi ist unwahrscheinlich, denn sie hatte nur wenig Geld bei sich.«

»Und daß jemand sie mitgenommen hat, glaube ich auch nicht, denn ihr Freund sollte um sechs hier im Laden erscheinen. Also trieb er sich wohl kaum schon um vier Uhr fünfzehn in der Nachbarschaft herum.«

Raoul hob die Augenbrauen ein wenig. »Er wollte sie hier treffen?«

»Ja. Um das Geld abzuholen, das sie bis dahin unterschlagen hatte.«

»Wirklich? Das hat mir die Polizei nicht gesagt.«

Sweeney grinste. »Die Polizei ist selten sehr gesprächig. Deshalb wollte ich auch lieber mit Ihnen sprechen. Hat Lola Brent übrigens einen der Kunden gekannt, die nachmittags ins Geschäft kamen?«

»Nein, ich glaube nicht.«

»Was für eine Plastik war es, die sie unter der Hand verkauft hat? Ein Mädchen, sagten Sie, glaube ich. Bekleidet? Oder unbekleidet?«

»Unbekleidet. Ganz eindeutig unbekleidet, wenn Sie verstehen, was ich meine.«

»Ich denke schon«, meinte Sweeney. »Von Statuen mal abgesehen, schaffen es auch manche Frauen, unbekleidet nackter auszusehen als andere. Das ist ein spezielles Talent.«

Raoul hob beschwörend die Hände.

»Ich wollte damit nicht andeuten, Mr. Sweeney, daß die Statue in irgendeiner Weise pornographisch oder aufreizend ist. Im Gegenteil, sie ist auf sehr sonderbare Art jungfräulich.«

»Sie verwirren mich. Gibt es denn mehrere Arten von Jungfräulichkeit? Ich dachte, ich wüßte Bescheid, aber...«

Raoul lächelte. »Es gibt viele Arten, eine einzige Eigenschaft auszudrücken, sie gewissermaßen zu vermitteln. In diesem Fall wird Jungfräulichkeit durch Angst, Entsetzen, Ekel ausgedrückt. Jungfräulichkeit – oder besser gesagt Keuschheit...«

»Was ist denn da der Unterschied?« fragte Sweeney und antwortete sich dann selbst: »Moment, ich glaube, ich verstehe Sie. Das eine ist körperlich und das andere geistig. Stimmt's?«

»Richtig. Die beiden können, müssen aber nicht zusammenfallen. Viele verheiratete Frauen sind keusch, obwohl sie keine Jungfrauen sind. Sie sind im tiefsten Sinne des Wortes unberührt; der körperliche Akt allein... Andererseits ist ein Mädchen, das *virgo intacta* ist, möglicherweise alles andere als keusch, dann nämlich, wenn ihre Gedanken – äh... Sie verstehen, was ich meine?«

»Ja. Aber wir sind etwas abgeschweift.«

»Nicht sehr. »Möchten Sie die Plastik sehen? Nicht die, die Miss Brent verkauft hat, sondern ein Duplikat. Ich hatte zwei bestellt, und die Statue gefiel mir so gut, daß ich eine in meiner Wohnung, eine Straße weiter, aufgestellt habe. Ich schließe jetzt, also könnten wir rasch hinübergehen.«

»Danke!« sagte Sweeney. »Aber das ist nicht nötig. Die Plastik hat sicher nichts mit dem Mord zu tun.«

»Natürlich nicht. Ich dachte nur, es würde Sie beiläufig interessieren. Die ›Schreiende‹ ist eine kleine, aber außergewöhnliche Plastik.«

»Die ›Schreiende‹?«

»Ja. Der Künstler hat die Pose eines vor Angst schreienden Mädchens festgehalten.«

»Ich habe mir's anders überlegt. Wenn ich darf, möchte ich diese ›Schreiende‹ ganz gern kennenlernen, Mister... Heißen Sie mit Nachnamen Raoul?«

»Reynarde, Mr. Sweeney. Raoul Reynarde. Entschuldigen Sie mich einen Augenblick.«

Er trat zu der Kundin und sagte ihr, daß er schließen wolle. Sweeney folgte ihr zur Tür und wartete dort, bis Reynarde die Lichter gelöscht hatte. Dann gingen sie gemeinsam die Division Street in östlicher Richtung hinunter. Anderthalb Blocks von dem Laden entfernt betraten sie ein Wohnhaus und stiegen zum zweiten Stock hinauf.

»Lange können Sie nicht bleiben, denn ich – äh – erwarte einen Gast«, sagte Reynarde, als er das Licht einschaltete. »Möchten Sie einen Highball?«

»Danke, ja.« Sweeney sah sich um. »Aber wo ist das Mädchen?«

»Dort auf dem Kamin.«

Sweeneys Blick, der in dem geschmackvoll eingerichteten Raum umhergeschweift war, richtete sich auf eine

Plastik von fünfundzwanzig Zentimeter Höhe, und der Reporter trat zum Kamin.

Er sah jetzt, was Reynarde gemeint hatte. Die schlanke, nackte Gestalt hatte in der Tat etwas Jungfräuliches, aber das nahm man erst nach einer Weile wahr. »Angst, Entsetzen, Ekel«, hatte Reynarde gesagt, und man sah es deutlich, nicht nur im Gesicht, sondern auch in der verkrümmten Starrheit des Körpers. Der Mund war weit geöffnet in stummem Schrei. Die Arme waren ausgestreckt, die Handflächen nach vorn gerichtet, als wehre sie etwas Entsetzliches ab.

»Außergewöhnlich, nicht wahr?« fragte Reynarde, während er die Drinks mixte. Er stand vor einer komplett eingerichteten Hausbar, in der auch die Eiswürfel nicht fehlten. »Sie besteht aus einem Kunststoff, den man nicht von Ebenholz unterscheiden kann, wenn man die Plastik nicht in die Hand nimmt. Für das Auge hat sie den gleichen seidenmatten Glanz wie Ebenholz. Wenn sie wirklich aus handgeschnitztem Ebenholz wäre, ein Original also, dann würde sie eine Menge Geld kosten.« Er wies auf die übrigen Kunstgegenstände, die im Raum standen. »Das meiste, was Sie hier sehen, sind Originale. Ich bevorzuge echte Stücke.«

Sweeney meinte: »Da bin ich nicht Ihrer Ansicht. Ich würde mir lieber einen Druck nach Renoir hinhängen als das Original eines Anfängers. Aber das ist Geschmackssache. Kann ich so eine Plastik haben?«

Raoul Reynarde stand jetzt hinter Sweeney. »Ihr Cocktail, Mr. Sweeney. Ja, ich kann Ihnen eine ›Schreiende‹ besorgen. Ich hoffe es jedenfalls. Die Firma – ein kleiner

Betrieb in Louisville, Kentucky, ausgerechnet Kentucky! – hat sicher noch ein paar Exemplare auf Lager. Sie stellen meist ein paar hundert Stück her. Aber wenn Sie wirklich wollen, kann ich Ihnen auch diese hier verkaufen. Sie steht zwar auf meinem Kaminsims, aber sie ist nach wie vor jungfräulich.«

Er lachte. »Oder ich stelle sie wieder in den Laden und verkaufe sie Ihnen von dort, dann können Sie sich einbilden, sie ist antiquarisch. Das ist einer der Vorteile, wenn man Kunsthändler ist, Mr. Sweeney. Wenn man sich satt gesehen hat an den Dingen, verkauft man sie wieder. Und die ›Schreiende‹ hat lange genug auf meinem Kaminsims gestanden. Ich bin die kleine Dame über. Zum Wohl, Sir!«

Gedankenverloren trank Sweeney, ohne den Blick von der kleinen Plastik losreißen zu können. Er leerte sein Glas in einem Zug. »Ehe Sie sich's anders überlegen«, sagte er dann, stellte das Glas auf den Kaminsims und zog seine Brieftasche. Er zählte vierundzwanzig Dollar ab und reichte sie Reynarde.

»Wo hat sie den Namen her? Von Ihnen oder von der Firma?«

Reynarde schürzte die Lippen. »Ich glaube – ich weiß nicht mehr... Oder doch! Der Name stammt von der Firma, die sie herstellt. Inoffiziell allerdings. Der Vertreter sagte mir, die Katalognummer ist SCHR-1. Und ein Angestellter der Firma hat sie danach die ›Schreiende‹ genannt.«

»Wer hat sie geschaffen? Das Original, meine ich.«

»Das weiß ich nicht. Die Firma heißt Ganslen-Art-Company. Sie stellt hauptsächlich Buchstützen und Schachfiguren her, fertigt aber auch Plastiken an; manchmal erstaunlich gute Sachen, wenn man die niedrigen Preise bedenkt. Soll ich sie Ihnen einpacken?«

Sweeney kicherte. »Wollen Sie ihr Höschen anziehen? Aber nicht doch. Ich trage sie nackt durch die Straßen.«

»Noch einen Cocktail, Mr. Sweeney?«

»Nein, danke! Das Mädchen und ich wollen nach Hause.« Er nahm die Plastik behutsam in die Hand.

»Nehmen Sie doch bitte noch einen Moment Platz«, sagte Reynarde. »Etwas interessiert mich noch.« Er sank in einen Polstersessel. »Es geht mich ja nichts an. Aber sind Sie Sadist?«

»Ich?«

»Ja, Sie. Ich komme darauf, weil Ihnen diese Plastik gefällt. Das Ding ist eine Orgie von Masochismus. So etwas kann meiner Meinung nach nur einem Sadisten gefallen.«

Nachdenklich sah Sweeney ihn an. »Nein, ich bin kein Sadist. Aber Sie haben recht. Die Plastik übt einen eigenartigen Reiz auf mich aus. Sie hat mir auf den ersten Blick gefallen. Warum? Keine Ahnung.«

»Als Kunstwerk?«

»Sicher nicht. Sie ist gut gemacht, schön ausgeführt, aber kein großes Kunstwerk.«

Reynarde schürzte die Lippen. »Vielleicht eine unbewußte Assoziation.«

»Möglich«, sagte Sweeney. »Jedenfalls besten Dank. Ich muß jetzt gehen.«

Reynarde begleitete ihn zur Tür und verbeugte sich leicht, als Sweeney ging.

Als sich die Tür hinter ihm schloß, fragte sich Sweeney, was ihn wirklich an der Statue reizte. Und warum er sich darüber geärgert hatte, daß Raoul Reynarde ihn nach seinen Motiven aushorchte. Er betrachtete die kleine Figur in seiner Hand und schauderte leicht – zumindest innerlich. Sie war weder hübsch noch sinnlich. Verdammt, Reynarde hatte recht; sie würde nur einem Sadisten gefallen oder jemandem, der sonstwie verdreht war. Und trotzdem hatte er, Sweeney, über vierundzwanzig Dollar bezahlt, um sie mit nach Hause nehmen zu können. War er vielleicht weggetreten?

Nein. Der Nebel in seinem Kopf hob sich eindeutig. Und durch den Nebel war ihm plötzlich eine Gedankenverbindung greifbar nahe: die Assoziation, von der Reynarde gesprochen hatte. Sie entglitt ihm jedoch, ehe sie ihm noch recht bewußt geworden war.

Na, er würde schon noch darauf kommen. Sweeney seufzte und ging die Treppe hinunter. Von unten kam ihm ein pummeliger, hübscher junger Mann mit blonden Locken entgegen. Als sie aneinander vorbeikamen, musterte er neugierig die Statue in Sweeneys Hand, sagte aber nichts. Es klingelte an Reynardes Wohnungstür.

Draußen auf der Straße war es heiß und feucht, Laternen und Lichtreklamen hellten die Nacht auf. Sweeney wandte sich auf der Division Street nach Westen und bog in die Dearborn nach Süden ein.

Wie lange konnte, wie lange mußte er noch so weitergehen, um endlich müde und hungrig zu werden? Er spürte wieder die Übelkeit, die ihm vom Magen her die Kehle heraufkroch. Der Gedanke an Essen war ihm widerlich. Und doch mußte er diese Hürde nehmen.

Früher oder später.

In der Chicago Avenue wandte er sich nach Westen, schlenderte einen halben Block weit und betrat dann ein kleines sauberes Restaurant. An der Theke nahm er Platz. Ein Mann in weißer Schürze, die Sweeney an einen Chirurgen erinnerte, kam heran und blieb ihm gegenüber stehen. Über die Theke hinweg starrte er auf die Plastik, die Sweeney vor sich hingestellt hatte.

»Darf ich bekannt machen – die ›Schreiende‹, Joe. Oder heißen Sie nicht Joe?«

»Doch, so ungefähr.« Der Mann mit der weißen Schürze grinste unsicher. »Ich heiße Jack. Was fehlt denn der Kleinen?«

»Sie schreit«, antwortete Sweeney. »Könnten Sie mir ein ganz spezielles Essen servieren, Jack?«

»Zum Beispiel? Wenn wir die Zutaten haben, wird's schon gehen.«

»Brot«, sagte Sweeney. »Zwei Scheiben Weißbrot ohne Butter. Nicht zu frisch, aber auch nicht hart. Mit Kruste. Auf einem weißen Teller. Ich glaube, das könnte ich essen. Das Brot, meine ich, nicht den Teller. Kann ich das bekommen?«

»Ich rede mal mit dem Koch. Auch Kaffee?«

»Schwarz«, sagte Sweeney. »In einer Tasse.«

Er schloß die Augen und versuchte, sich auf etwas anderes zu konzentrieren als auf die Gerüche des Restaurants, aber sie fanden immer wieder den Weg von seiner Nase in sein Bewußtsein. Als Teller und Tasse klappernd vor ihn hingestellt wurden, öffnete er die Augen.

Er nippte an dem heißen Kaffee und biß in das Brot. Er würde es hinunterbekommen, und es würde unten bleiben.

Er hatte die zweite Scheibe fast gegessen, als der Kellner zurückkam, stehenblieb und sich an die Theke lehnte. »Das Ding verfolgt einen regelrecht«, sagte er und betrachtete die Plastik. »Macht einen richtig kribblig. Wo haben Sie's her?«

»Von 'nem Schwulen. – Was macht's?«

»Ungefähr fünfzehn Cents. – Wissen Sie, woran mich die Statue erinnert? An den Ripper.«

Beinahe hätte Sweeney seine Kaffeetasse fallen lassen. Vorsichtig stellte er sie ab.

Der Kellner hatte nichts bemerkt. Er sagte: »Ich meine, an eine Frau, die von dem Ripper angegriffen wird. So eine Wahnsinnsangst hat normalerweise keine, auch nicht vor Vergewaltigung oder so. Aber wenn ein Irrer mit einem Messer auf sie zukommt und sie in eine Ecke drängt …«

Langsam stand Sweeney auf. Er nahm eine Fünfdollarnote aus seiner Brieftasche und legte sie auf die Theke. »Stimmt so, Jack«, sagte er, packte die ›Schreiende‹ fest um die Taille und ging.

Wieder einmal wäre er fast von einem Wagen überfahren worden, als er die Chicago Avenue achtlos überquerte.

Der Nebel in seinem Gehirn war endgültig gewichen. Jetzt wußte er, warum er die ›Schreiende‹ hatte haben wollen. Es hätte ihm klarwerden müssen, als Reynarde sagte, die Plastik könne nur einem Sadisten gefallen. Unter normalen Umständen wäre es ihm auch sofort klargeworden.

Aber jetzt war ihm alles klar wie Gin. Ein, zwei Stunden vor ihrem Tod hatte Lola Brent eine ›Schreiende‹ verkauft. Daß sie den Verkauf unterschlagen hatte, war belanglos.

Wichtig war nur, daß sie ihn getätigt hatte. Der Kunde, ein wahnsinniger Sadist, hatte draußen auf sie gewartet und sie verfolgt. Daß sie zufällig entlassen wurde und gleich nach Hause ging, spielte ihm in die Hände. In der Abgeschiedenheit des Grundstücks zwischen den beiden Häusern hatte er über sie herfallen können. Ob er sie wohl auch getötet hätte, wenn sie nur zum Essen gegangen und nicht entlassen worden wäre?

Sweeneys Gehirn arbeitete wieder einwandfrei. Aber sein Körper schmerzte. Er ging rascher. Sicher konnte er jetzt schlafen. Und er mußte schlafen. Er beeilte sich, nach Hause zu kommen, ehe er vor Müdigkeit umfiel.

6

Am Freitagmorgen – es war fast schon Mittag – erwachte Sweeney und blieb eine Zeitlang im Bett liegen, ehe er die Beine über die Kante schwang. Sein Kopf schmerzte nicht mehr. Abgesehen davon konnte er nicht viel Positives über sich feststellen. Das Zimmer schien mit unsichtbarem Nebel angefüllt. Aber es gelang ihm, die Uhr ins Auge zu fassen; es war zehn vor zwölf. Also hatte er fast zwölf Stunden geschlafen.

Eine schwarze Statue stand auf der Musiktruhe, die Statue eines nackten Mädchens, die Arme nach vorn gereckt, um den Ripper abzuwehren, den Mund zu einem stummen, niemals endenden Schrei geöffnet. Der Körper, der entspannt wunderschön gewesen wäre, war verkrampft, starr vor Angst und Entsetzen. Nur einem Sadisten konnte eine solche Plastik gefallen. Aber Sweeney war keiner. Er schüttelte sich und sah weg.

Aber die ›Schreiende‹ hatte ihn geweckt. Der Alptraum begann von neuem.

Am liebsten hätte er jetzt etwas getrunken. Voller Sehnsucht dachte er an den benebelten Zustand von Gedankenleere, in dem er sich noch vor zwei Tagen – vor anderthalb Tagen – befunden hatte. Und warum nicht? Warum nicht losziehen, jetzt gleich, und ein paar kippen? Er hatte genug Geld.

Sein Körper war schweißnaß, das Atmen fiel ihm schwer. Er stand auf, streckte sich, als wolle er die Hitzewellen, die durch das Fenster hereindrangen, von sich schieben, und nahm seinen Bademantel aus dem Schrank. Dann ging er über den Flur ins Bad und blieb auf dem Rand der Wanne sitzen, während das kalte Wasser einlief.

Das kühle Bad weckte seine Lebensgeister. Er holte tief Luft, ließ sich bis zum Hals in die Wanne sinken und spürte, wie das kalte Wasser die Hitze aus seinem Körper zog und wie sich die Nebel verflüchtigten.

Wärme, überlegte er, ist etwas, wofür der Mensch lebt und arbeitet, was er sich wünscht, bis er zuviel davon bekommt. Und dann ist Kälte etwas wundervoll Erfrischendes. Der Gedanke an ein kühles Grab war eine furchterregende Vorstellung im Winter; im Sommer jedoch...

Aber das war Gefühlsduselei. Genau wie der Gedanke an Lola Brent, das Ex-Revuegirl, das aus lauter Liebe zu einem Trickbetrüger selbst krumme Dinger gedreht hatte. Sie hatte einem Mann eine kleine schwarze Statue verkauft, und dessen Blicke waren von der Plastik zu ihr geglitten.

Sweeney fluchte. Was ging es ihn an, daß eine abgehalfterte ehemalige Hupfdohle jetzt unter der Erde lag? Da wäre sie ohnehin gelandet, früher oder später, in fünf Jahren oder in fünfzig. Der Tod ist eine unheilbare Krankheit, mit der Männer und Frauen geboren werden; früher oder später erwischt es sie alle. Ein Mörder tötet eigentlich gar nicht; er nimmt nur vorweg. Er tötet immer jemanden, der bereits stirbt, bereits zum Untergang verurteilt ist.

Und er tut nie denen weh, die er tötet, sondern denen, die zurückbleiben und weiterleben müssen. Wer Lola Brent umgebracht hatte, hatte Sammy Cole mehr wehgetan als Lola.

Wenn er, Sweeney, Doc Greene wirklich hassen würde und ihm übel weh tun wollte...

Er setzte sich in der Wanne auf. Und wenn es nun wirklich...

Aber nein, das war lächerlich. Sicher, jemand konnte Doc Greene so sehr hassen, daß er versucht hatte, ihn durch die Ermordung von Yolanda zu treffen. Aber das erklärte die anderen Morde nicht – nicht den Tod von Lola Brent, von Stella Gaylord und von Dorothy Lee. Ein Mensch, ein normaler Mensch – aber was ist schon normal? – konnte unmöglich vier Männer derartig hassen, daß er deren Freundinnen umbrachte. Außerdem fehlten bei dieser Theorie zwei wichtige Aspekte: Sadismus und die ›Schreiende‹. Die ›Schreiende‹ aber war der Angelpunkt.

Diesmal tauchte er mit den Schultern nicht mehr ins Wasser, sondern stieg aus der Wanne und frottierte sich ab. Dabei sah er zu, wie das Wasser gurgelnd im Ablauf verschwand, und fragte sich, ob er soeben nicht auch einen Mord begangen hatte. Ist eine Wanne Wasser, einmal eingelassen, nicht auch eine Wesenheit? Ein Ding an sich, das existiert, wenn nicht gar lebt? Und läßt sich das Leben eines menschlichen Körpers nicht mit Wasser in einer Wanne vergleichen? Kann es nicht sein, daß es durch das Röhrensystem der Venen und Arterien in irgendeinen Lake Michigan und schließlich einen Ozean zurückfließt, wenn der Stöpsel gezogen wird? Und dennoch ist es Mord; diese konkrete Wanne Wasser wird es nie mehr geben, das Wasser selbst allerdings schon.

Er beseitigte die Spuren des Verbrechens, indem er die Wanne ausspülte, dann ging er in sein Zimmer zurück und zog Shorts und Socken an, was vollauf genügte, bis er hinausging in die Gluthitze der Straße.

Als nächstes wollte er sich mit den Zeitungen beschäftigen, die den Mord an Stella Gaylord, der Bardame in der Madison Street, schilderten. Chronologisch vorzugehen erschien ihm am günstigsten. Der Mordfall Brent lag zwei Monate zurück, der Fall Gaylord zehn Tage.

Sweeney stapelte die alten Zeitungen auf den Stuhl und rückte ihn neben das Bett, so daß er ihn in Reichweite hatte. Dann lehnte er das Kissen ans Kopfbrett des Bettes.

Warum keine Musik? überlegte er. Bei Musik konnte er sich immer besser konzentrieren, auch sein Gedächtnis arbeitete genauer, wenn er Hintergrundmusik spielen ließ.

Er überflog die Titel der Plattenalben und fragte sich, was zum Mord an einer Bardame paßte. Etwas Großes und Geheimnisvolles, vielleicht. Seine Hand verharrte bei

›Sacre du Printemps‹ und glitt dann weiter. ›Tod und Verklärung‹ von Strauß? Die ›Pathétique‹? Wunderschön, aber unpassend. Zu schwer. Seine Hand griff nach ›Tod und Verklärung‹, und er legte die Platte auf. Dann suchte er die erste Zeitung, die vom Mord an Stella Gaylord berichtete, und streckte sich damit auf dem Bett aus.

Die Nachricht stand zwar auf der ersten Seite, aber in der unteren rechten Ecke, unter einer großen Schlagzeile:

FRAU ERSTOCHEN AUFGEFUNDEN

Sweeney las die Meldung und fand, daß die Schlagzeile, was wirklich wichtige Details anging, eigentlich schon alles sagte.

Name und Adresse des Opfers waren angegeben – West Madison Street – und die Adresse des Tatortes: Die Einmündung einer Gasse in die Huron Street zwischen State und Dearborn. Die Leiche war um drei Uhr dreißig morgens gefunden worden, und der Arzt hatte festgestellt, daß der Tod eine knappe Stunde zuvor eingetreten sein mußte.

Ein Raubmord lag offensichtlich nicht vor, und zu Sweeneys erstaunter Belustigung hieß es, dem Opfer sei keine Gewalt angetan worden.

Die Polizei schrieb die Tat einem Irrsinnigen zu, obwohl der Fall Brent vergessen zu sein schien, denn er wurde nicht erwähnt.

In der Ausgabe vom nächsten Tag erschien ein Foto von Stella Gaylord. Es war ein schlechtes Bild, offenbar die Vergrößerung eines Schnappschusses. Man konnte erkennen, daß Stella Gaylord hübsch gewesen war, sonst nichts.

Diesmal wurde auch angegeben, wo Stella Gaylord gearbeitet hatte, nämlich in einer Bar in der West Madison Street. Man hatte sie zuletzt gesehen, als sie die Bar gegen zwei Uhr verließ, also anderthalb Stunden bevor die Leiche gefunden worden war.

Zum erstenmal wurde nun auch auf die Gleichartigkeit der Fälle Brent und Gaylord hingewiesen und die Vermutung aufgestellt, daß beide Mädchen demselben psychopathischen Mörder zum Opfer gefallen sein könnten.

Die Ausgabe vom folgenden Tag enthielt noch einige weitere Einzelheiten, aber keine neuen Anhaltspunkte.

Sweeney stand auf und schaltete den Plattenspieler aus. Die schwarze Statue auf der Musiktruhe erinnerte ihn an etwas. Er zog den Bademantel über und ging auf den Flur hinaus, um zu telefonieren.

Er meldete ein Ferngespräch an und verlangte die Nummer der Ganslen-Art-Company in Louisville. Nach einigen Minuten Wartezeit wurde er mit dem kaufmännischen Leiter, einem Ralph Burke, verbunden.

»Hier ist die ›Chicago Blade‹«, sagte Sweeney. »Eine Ihrer Plastiken, das Modell SCHR-1, scheint in einer Mordaffäre eine Rolle zu spielen. Erinnern Sie sich an die Statue?«

»Ich müßte nachsehen.«

»Vielleicht hilft Ihnen folgendes: Es ist die Darstellung eines verängstigten Mädchens. Irgendwer in Ihrem Betrieb hat sie die ›Schreiende‹ getauft.«

»Ach ja, richtig. Was möchten Sie darüber wissen?«

»Können Sie mir sagen, wie viele Sie davon verkauft haben, und zwar speziell in Chicago?«

»Viele waren es bestimmt nicht, das weiß ich genau. Es wurde kein Verkaufsschlager. Wir haben sie nicht einmal im Katalog aufgeführt. Wir haben mit dieser Serie nur einen Versuch gemacht, und die meisten Stücke davon haben wir noch. Vor sechs Monaten bekam jeder Vertreter ein Muster, und manche haben auch ein paar verkauft. Wenn Sie warten wollen, sehe ich nach, wie viele in Chicago verkauft wurden. Oder soll ich zurückrufen?«

»Nein, ich warte lieber«, sagte Sweeney.

Es dauerte keine Minute, dann meldete sich der Geschäftsführer wieder. »Ich hab's schon. Zum Glück führen wir Buch über jedes einzelne Exemplar. In Chicago wurden zwei verkauft. Nur zwei. Und beide an einen Laden, der sich ›Raouls Geschenkartikel‹ nennt. Im ganzen wurden ungefähr vierzig verkauft. Die meisten an der Ost- und Westküste. Soll ich Ihnen die genauen Zahlen durchgeben?«

»Nein, danke!« lehnte Sweeney ab. »Was bedeutet eigentlich die Bezeichnung SCHR-1?«

»Nur eine Artikelbezeichnung. Das Exemplar davor trägt die Bezeichnung SCHQ, das nächste SCHS. Die Ziffer eins gibt die Ausführung an. In anderer Größe oder aus anderem Material hätte die Statue die Bezeichnung SCHR-2, SCHR-3 und so weiter. Aber in diesem Fall wird es keine weiteren Ausführungen geben. Wenn unsere Vertreter beim ersten Angebot nicht Aufträge für einige hundert Exemplare erhalten, streichen wir den Artikel aus dem Katalog. Es rentiert sich nicht. Und nur die Verkaufsschlager werden in verschiedenen Größen und Materialien hergestellt.«

»Was tun Sie mit den übrigen ›Schreienden‹?«

»Wir verkaufen sie nächstes Jahr als Gemischtsendungen. Wenn zum Beispiel ein Kunde ein Dutzend Plastiken sortiert bestellt, bekommt er sie zum halben Preis. So werden wir die Ladenhüter los, zwar mit Verlust, aber es ist immer noch besser, als sie wegzuwerfen.«

»Selbstverständlich«, antwortete Sweeney. »Erinnern Sie sich daran, wer die SCHR-1 ›Schreiende‹ getauft hat?«

»Unser Buchhalter. Er denkt sich für alle Plastiken Namen aus, die zu ihnen passen und die mit den Buchstaben der Artikelbezeichnung übereinstimmen. Er behauptet, er kann sie auf diese Weise besser auseinanderhalten, und ich glaube es ihm.« Der Geschäftsführer kicherte. »Manchmal trifft er es genau. Zum Beispiel unsere Nummer SB. Er nannte sie Sexbombe, und das war sie auch.«

»Ich bin fast versucht, eine zu bestellen«, sagte Sweeney. »Aber zurück zur ›Schreienden‹! Wer hat sie entworfen oder geschnitzt oder modelliert?«

»Ein gewisser Chapman Wilson, Maler und Bildhauer in Brampton, Wisconsin. Er hat sie in Ton modelliert.«

»Und Ihnen geschickt?«

»Nein. Ich habe sie in Brampton gekauft. Ich kaufe nämlich selbst ein, mache mehrere Fahrten im Jahr. Es gibt viele Künstler, die für uns arbeiten, und es ist viel praktischer, sie in ihren Ateliers aufzusuchen und sich anzusehen, was sie haben, als sich einen Haufen Zeug schicken zu lassen, das man dann zum größten Teil zurückschicken muß. Ich habe die SCHR-1 ungefähr vor einem Jahr von ihm gekauft, zusammen mit zwei anderen Plastiken. Die anderen waren ein guter Griff. Sie gehen ausgezeichnet.«

»Hat dieser Chapman Wilson die Plastik nach einem lebenden Modell hergestellt?«

»Keine Ahnung; danach habe ich ihn nicht gefragt. Das Original war in Ton und hatte die gleiche Größe wie unsere Kopien, ungefähr fünfundzwanzig Zentimeter. Ich ging das Risiko ein, weil es etwas Ungewöhnliches war. Solche Sachen kommen entweder ganz groß an oder überhaupt nicht. Damit muß man immer rechnen.«

»Kennen Sie Chapman Wilson gut?«

«Nur flüchtig. Er ist ein komischer Kauz, wie viele Künstler.«

»Verheiratet?«

»Nein. Glaube ich jedenfalls nicht. Habe ihn nicht gefragt. Aber eine Frau ist mir bei ihm nicht begegnet.«

»Ein komischer Kauz sagen Sie. Vielleicht sogar ein Psychopath?«

»Glaube ich nicht. Er ist ein bißchen verdreht, weiter nichts. Die meisten Sachen von ihm sind saubere Handwerksarbeit und gehen gut.«

»Besten Dank!« sagte Sweeney. »Das wär's. Wiederhören!«

Er ließ sich die Gebühren durchgeben, damit er mit Mrs. Randall abrechnen konnte, und ging in sein Zimmer.

Dort setzte er sich auf die Bettkante und starrte die schwarze Statue an. Er hatte mehr Glück gehabt, als er gehofft hatte. Nur zwei Plastiken gab es in Chicago. Und eine hatte er. Die andere – betrachtete vielleicht in diesem Augenblick der Ripper.

Das sprichwörtliche Glück der Iren, dachte Sweeney. Er arbeitete erst einen Tag an dem Fall und hatte bereits einen Anhaltspunkt, für den die Bullen alles gegeben hätten.

Und außerdem fühlte er sich den Umständen entsprechend sehr wohl. Er spürte sogar etwas Hunger. Wahrscheinlich konnte er heute ein richtiges Essen verdrücken.

Er stand auf, hängte seinen Bademantel an den Haken und streckte sich genußvoll.

Es ging ihm gut. Er lächelte der ›Schreienden‹ zu und dachte: Wir beide sind den Bullen voraus, Baby. Wir brauchen nur deine Schwester zu finden.

Die schwarze Statue schrie unhörbar, und Sweeneys Lächeln verschwand. Irgendwo in Chicago schrie eine zweite, und zwar mit mehr Grund, denn ihr Besitzer war ein Wahnsinniger mit einem Messer. Jemand mit einem verbogenen Geist und einem geraden Rasiermesser.

Jemand, der sich nicht von Sweeney aufstöbern lassen wollte.

Sweeney schob diese Gedanken von sich und trat an den Spiegel über dem Waschbecken. Er rieb sich das Gesicht mit der Hand. Es war besser, wenn er sich rasierte. Wenn Doc Greene Wort hielt, würde er am späten Nachmittag Yolanda treffen. Und er glaubte, daß der Doc Wort halten würde.

Er hielt die Hand ausgestreckt vor sich hin. Ja, sie war so ruhig, daß er sich mit dem Messer rasieren konnte, ohne sich zu schneiden. Er nahm die Rasierschale von dem Wandbrett über dem Waschbecken, ließ heißes Wasser hineinlaufen und schlug Schaum mit dem Pinsel. Sorgfältig strich er sich den Schaum ins Gesicht, dann griff er nach dem Messer. Es war nicht da, wo es hätte liegen sollen.

Seine Hand blieb in der Schwebe, wenige Zentimeter über dem Brett, erstarrt wie die ›Schreiende‹. Endlich zog er die Hand zurück.

Er beugte sich vor und betrachtete eingehend – und ungläubig – die dünne Staubschicht mit dem sauberen Streifen darin, der die Form des Rasiermessers hatte.

Mit einem angefeuchteten Handtuch wischte er sich den Schaum aus dem Gesicht und zog sich an.

Dann ging er zu Mrs. Randall hinunter. Ihre Tür stand offen, und sie rief: »Kommen Sie rein, Mr. Sweeney!«

Er blieb in der Tür stehen. »Wann haben Sie das letzte Mal bei mir abgestaubt, Mrs. Randall?«

»Gestern früh, wieso?«

»Wissen Sie noch, ob Sie dabei ...« Er hatte gerade nach dem Rasiermesser fragen wollen, als ihm aufging, daß die Frage sich erübrigte. Ob sie sich nun erinnerte oder nicht, der saubere Streifen in der Staubschicht bewies, daß das Messer nach dem Abstauben noch dagewesen war. Er formulierte die Frage anders. »War gestern abend oder gestern nachmittag jemand in meinem Zimmer?«

»Aber nein. Jedenfalls weiß ich nichts davon. Ich war gestern abend nicht zu Hause. Bin ins Kino gegangen. Fehlt was?«

»Nichts Wertvolles«, sagte Sweeney. »Ich hab's vielleicht mitgenommen, als ich betrunken war. Waren Sie seit gestern früh überhaupt in meinem Zimmer?«

»Nein. Gehen Sie übrigens heute nachmittag weg? Ich möchte gern Ihr Bett machen. Und wenn Sie zu Hause bleiben, kann ich's ja gleich tun.«

»Ich gehe in ein paar Minuten. – Danke!«

Er ging wieder auf sein Zimmer und schloß die Tür. Dann zündete er ein Streichholz an und untersuchte die Staubschicht. Auch auf dem schmalen Streifen, der die Form des geschlossenen Rasiermessers hatte, lag etwas Staub. Ungefähr halb soviel wie drum herum. Also hatte das Messer nach dem Abstauben noch dort gelegen. Es mußte gestern nachmittag oder abend weggekommen sein.

Sweeney setzte sich in seinen Lieblingssessel und versuchte, sich zu erinnern, ob er das Messer gesehen hatte, als er gestern abend mit der Plastik nach Hause gekommen war, oder davor, als er sich umgezogen hatte. Er konnte sich nicht daran erinnern. Allerdings hatte er auch nicht darauf geachtet, denn er war ja rasiert gewesen – mit dem elektrischen Rasierapparat von Goetz.

Fehlte sonst noch etwas? Er trat zur Kommode und öffnete die oberste Schublade, in der er verschiedene Kleinigkeiten aufbewahrte.

Es schien noch alles da zu sein. Dann fiel ihm ein, daß im Schubfach auch ein Taschenmesser mit zwei Klingen gelegen hatte.

Es war nicht mehr an seinem Platz.

Sonst fehlte nichts. Ein Paar goldene Manschettenknöpfe lagen offen in der Schublade. Sie hatten dreimal soviel gekostet wie das Taschenmesser. Und daneben lag eine Krawattennadel mit einem Zirkon, den ein Einbrecher durchaus für einen Edelstein hätte halten können. Aber nur das Messer war aus der Schublade genommen worden. Und ansonsten fehlte nur ein Rasiermesser.

Sweeney sah die ›Schreiende‹ an, und er konnte ihr Entsetzen nachfühlen.

7

Das blitzende Rasiermesser schwebte unmittelbar über Sweeneys Kehle. Jetzt verschwand es unter seinem Kinn und strich sanft daran empor, schabte Schaum und Stoppeln ab und hinterließ eine saubere, glatte Schneise. Dann hob es sich wieder.

»Zum Beispiel diese Ripper-Geschichte«, sagte der Friseur. Er wischte das Rasiermesser an einem Tuch ab und setzte es wieder an. »Die ganze Stadt hat Schiß deswegen. Und ich bin gestern deswegen mit der Polizei zusammengerasselt.«

Sweeney gab einen fragenden Laut von sich.

»Weil ich ein Rasiermesser bei mir hatte«, erklärte der Friseur. »Meinen guten Schleifstein habe ich zu Hause. Hier könnte er mir zu leicht wegkommen. Also nehme ich von Zeit zu Zeit ein Rasiermesser mit nach Hause. Hab mir noch nie was dabei gedacht. Stecke es in die Brusttasche meiner Jacke, und es guckt oben raus. Hält mich doch tatsächlich 'n Bulle auf der Straße an und spuckt große Töne. Ich hatte Glück, daß ich mich als Friseur ausweisen konnte, sonst hätte er mich glatt zum Revier geschleppt. Hätt er beinah auch so gemacht. Hat gesagt, der Ripper könnte ja Friseur sein. Aber das ist er nicht.«

Das Rasiermesser schabte über Sweeneys Gesicht. »Woher wissen Sie das?«

»Ein durchgedrehter Friseur würde anderen die Kehlen durchschneiden. Täglich liegen Männer vor ihm auf dem Stuhl und halten ihm die Kehle hin. Da muß er ja daran denken, wie einfach es wäre – na, Sie verstehen schon.«

Sweeney sagte: »Da ist was dran. Heute ist Ihnen aber hoffentlich nicht danach, eine Kehle durchzuschneiden.«

»Nein, heute nicht.« Der Friseur grinste. »Aber hin und wieder... Tja, man kommt auf die komischsten Sachen.«

»Das kann man wohl sagen.«

Das Rasiermesser schabte weiter.

»Eines von den drei ermordeten Mädchen arbeitete hier in der Nähe. In einer Kneipe vorn an der Ecke.«

»Ich weiß. Ich bin auf dem Weg dorthin. Haben Sie das Mädchen gekannt?«

»Hab sie mal gesehen und nach dem Zeitungsfoto wiedererkannt. Aber ich gehe nicht oft in Bars. Kann ich mir nicht leisten bei meinem Verdienst. Die hauen einen doch nur übers Ohr, und im Nu ist man fünf bis zehn Dollar los. Und was hat man davon? Nicht, daß ich keine fünf oder zehn Mäuse ausgeben würde, wenn ich außer 'ner kleinen Unterhaltung noch was anderes dafür bekäme. Aber Unterhaltung hab ich den ganzen Tag genug. Was glauben Sie, wie viele Bekloppte an einem einzigen Tag hier in dem Sessel sitzen!«

Er drückte ein dampfendes Handtuch auf Sweeneys Gesicht und fuhr fort: »Ich glaube ja, daß der Ripper ein Messer benutzt und kein Rasiermesser. Natürlich könnte man auch ein Rasiermesser dafür nehmen. Aber ich glaube, das wäre ziemlich unpraktisch für so einen langen, kräftigen Schnitt in den Bauch, wie der Ripper ihn macht. Man müßte den Griff umwickeln, damit er gut in der Hand liegt, und dann könnte man das Messer nicht mehr zusammenklappen und es würde den Mörder sofort verraten, falls es jemand zu Gesicht kriegt. Ich glaube viel eher, daß er ein Taschenmesser benutzt. Ein kleines, wie sie erlaubt sind. So ein importiertes Vorkriegsmesser mit echter Stahlklinge. Das kann man so scharf schleifen wie ein Rasiermesser. – Haarschnitt?«

»Nein«, sagte Sweeney.

»Was glauben Sie denn? Benutzt er ein Messer oder ein Rasiermesser?«

»Ja«, sagte Sweeney nur und erhob sich aus dem Sessel. »Was macht's?«

Er zahlte und trat hinaus in die heiße Augustsonne. Langsam schlenderte er in westlicher Richtung davon zu der Adresse, die die Zeitung genannt hatte.

Die Fassade des Lokals war ziemlich protzig. Gewundene Neonröhren, die im Sonnenlicht rot schimmerten, bildeten den Schriftzug ›Susie's Cue‹. Sechseckige Fenster mit Vorhängen gewährten keinen Blick ins Innere, dafür gewährten die Damen auf den Fotos hinter den Scheiben um so mehr Einblick. Durch einen rautenförmigen Spion in der Tür konnte man ins Lokal sehen, wenn man wollte.

Aber Sweeney hielt sich nicht damit auf. Er stieß die Tür auf und ging hinein.

In der Bar war es kühl, dämmerig und leer. Ein Barmann lehnte hinter der Theke, und zwei Mädchen – die eine trug ein grellrotes Kleid, die andere ein weißes mit Goldfäden – saßen zusammen auf Hockern am anderen Ende der Theke. Sie hatten keine Drinks vor sich stehen, und alle drei sahen Sweeney erwartungsvoll entgegen, als er eintrat.

Er suchte sich einen Hocker in der Mitte der Reihe aus und legte eine Fünfdollarnote auf die Mahagoni-Theke.

Der Barmann kam heran, und das Mädchen im roten Kleid glitt vom Hocker. Der Barmann war schneller als das Mädchen. So hatte Sweeney Zeit, einen Whisky-Soda zu bestellen, ehe das Mädchen, das sich auf den Hocker neben ihm gesetzt hatte, »Hallo« flötete.

»Hallo!« gab Sweeney zurück. »Einsam?«

»He, das ist mein Text! Die Frage wird von mir erwartet. Wie steht's mit einem Drink für mich?«

Sweeney nickte. Der Barmann schenkte bereits ein. Dann zog er sich zurück, um nicht zu stören. Das Mädchen im roten Kleid strahlte Sweeney an. »Ich bin froh, daß du gekommen bist. Es war stinklangweilig hier, seit ich vor 'ner Stunde angefangen habe. Du siehst gar nicht so behämmert aus wie die meisten, die hier reinkommen. Mein Name ist Tess – so, das wäre die Vorstellung. Komm, setzen wir uns in eine Nische, und Joe bringt uns ...«

»Hast du Stella Gaylord gekannt?«

Mitten im Satz unterbrochen, sah das Mädchen ihn argwöhnisch an. »Bist du etwa auch 'n Plattfuß? Die haben hier nämlich ihre Zelte aufgeschlagen, nachdem das mit Stella passiert ist.«

»Also hast du sie gekannt«, stellte Sweeney fest und fuhr fort: »Nein, ich bin nicht von der Polizei. Ich arbeite für die Presse.«

»Ach so, einer von der Sorte! Krieg ich noch was zu trinken?«

Sweeney nickte, und der Barmann, der in der Nähe geblieben war, kam heran und schenkte ein.

»Erzähl mir von Stella!« verlangte Sweeney.

»Was denn?«

»Alles, was du weißt. Tu so, als hätte ich nie von ihr gehört. Eigentlich stimmt das ja auch, weil ich den Fall nicht bearbeitet habe. Ich war – auf Urlaub.«

»Ach so. Aber jetzt bearbeitest du ihn?«

Sweeney seufzte. Er mußte ihre Neugierde befriedigen, ehe sie die seine stillen würde. Deshalb sagte er: »Nicht für die Zeitung. Ich schreibe die Geschichte für ein Kriminalmagazin. Nicht nur über Stella Gaylord, sondern die ganze Ripper-Affäre. Sobald der Fall geknackt ist. Die Zeitschriften, die wahre Detektivgeschichten bringen, kaufen nur Beiträge über gelöste Fälle. Aber sobald der Täter entlarvt ist, muß ich fix sein. Deshalb sammle ich jetzt schon Material.«

»Aha! Die zahlen doch ganz gut, wie? Was ist denn für mich drin?«

»Ein Drink«, sagte Sweeney und nickte dem Barmann zu. »Hör zu, Schwester! Ich muß mich mit mindestens fünfzig Leuten unterhalten, die Stella Gaylord, Dorothy Lee und Lola Brent gekannt haben, mit Bullen, Journalisten und Mädchen wie dir. Was glaubst du wohl, was bei mir hängenbliebe, wenn ich jedem was abgeben würde. Selbst wenn der Fall gelöst wird und man mir meine Geschichte abkaufen würde, müßte ich dann noch drauflegen.«

Sie lächelte. »Man kann's ja mal versuchen, oder?«

»Klar. Und ich teile sogar mit dir, wenn der Fall sich durch deine Aussage löst. Du weißt wohl nicht zufällig, wer der Killer ist?«

Ihr Gesicht wurde hart. »Mister, wenn ich das wüßte, hätte ich's den Bullen gesteckt. Stella war ein netter Kerl.«

»Erzähl mir von ihr! Wie alt war sie? Woher kam sie? Wie sah sie aus?«

»Wie alt sie war, weiß ich nicht. Um die Dreißig, glaube ich. Sie kam aus Des Moines, ungefähr vor fünf Jahren, hat sie mir jedenfalls erzählt. Ich hab sie nur kurz gekannt.«

»Hast du damals hier angefangen oder sie?«

»Ich. Sie hatte hier schon ein paar Monate gearbeitet. Ich war vorher auf der Halsted beschäftigt. Der Laden war noch schlimmer als der hier, aber ich habe mehr eingenommen. Allerdings gab's dort ständig Ärger. Und Ärger kann ich nicht leiden. Ich vertrage mich mit den Leuten, wenn sie sich mit mir vertragen. Ich fange nie...«

»Um bei Stella zu bleiben«, sagte Sweeney, »wie sah sie aus? Das Zeitungsfoto war nicht besonders.«

»Ich weiß. Ich hab's gesehen. Stella war ziemlich hübsch. Jedenfalls hatte sie eine tolle Figur. Sie wollte mal Fotomodell werden, aber dafür braucht man Beziehungen. Sie war ungefähr dreißig. Sie hatte dunkelblondes Haar. Sie sollte es tönen lassen, aber das wollte sie nicht. Stella hatte blaue Augen. Sie war ungefähr einsfündundsechzig groß.«

»Was für ein Mensch war sie? Hatte sie Ziele?«

Das Mädchen im roten Kleid zuckte die Achseln. »Wer von uns hat schon Ziele? Man will sein Auskommen haben. Konnte ich in sie hineinschauen? Du stellst komische Fragen. – Krieg ich noch einen?«

»Okay!« sagte Sweeney. »Hast du in der Mordnacht hier gearbeitet?«

»Klar! Hab den Bullen schon alles gesagt, was ich weiß.«

»Sag's mir auch!«

»Sie hat sich für später verabredet. Für nach zwei. Um zwei wird geschlossen. Mit einem, der zwischen zehn und elf kam und 'ne halbe Stunde mit ihr geredet hat. Ich habe ihn vorher noch nie gesehen, und er ist seither nicht wieder gekommen.«

»Hat er sie um zwei Uhr abgeholt?«

»Sie wollte sich mit ihm treffen. In einem Hotel, glaube ich. Wir machen das normalerweise nicht. Aber manchmal, wenn uns einer gefällt – warum nicht?«

»Warum nicht?« sagte Sweeney. »Und von den Prozenten allein wird der Kohl nicht fett, oder?«

»Jedenfalls nicht so, daß wir uns vernünftig anziehen können. Und auch sonst reicht's vorne und hinten nicht. Es ist nicht besonders schön, aber es gibt Schlimmeres. Wenigstens können wir's uns aussuchen, mit welchen Männern wir losziehen, und wir kriegen zehn bis zwanzig Anträge am Tag.« Sie grinste ihn herausfordernd an. »Allerdings selten so früh. Deiner ist der erste heute, wenn du endlich dazu kommst.«

»Falls ich dazu komme«, sagte Sweeney. »Was weißt du noch von dem Mann, mit dem sie sich verabredet hat?«

»So gut wie nichts, denn ich habe gar nicht auf ihn geachtet. Als er weg war, kam Stella zu mir. Ich saß gerade ein paar Minuten allein da. Sie sprach davon, daß sie ihn treffen wollte und was ich von ihm halte. Ich hatte ihm bloß einen flüchtigen Blick zugeworfen und fand, daß er ein ganz durchschnittlicher Bursche war. Ich glaube, er trug einen grauen Anzug. Er war weder besonders jung noch alt, weder groß noch klein oder fett oder sonstwas, denn sonst könnte ich mich daran erinnern. Ich würde ihn sicher nicht wiedererkennen, wenn ich ihn sähe.«

»Er hatte nicht zufällig ein rundes Gesicht und eine Brille mit dicken Gläsern?«

»Ich kann mich nicht erinnern. Schwören möchte ich's nicht. Und eins kann ich dir ersparen. Du brauchst die anderen nicht zu fragen. Damit haben die Bullen schon ihre Zeit verschwendet. George, der Barmann, oder Emmy, das Mädchen da drüben, wissen auch nicht mehr. Sie haben an dem Abend nicht soviel mitgekriegt wie ich.«

»Hatte Stella Feinde?«

»Nein, sie war ein netter Kerl. Sogar wir Mädchen mochten sie. Und das will was heißen, Mister. Deine nächste Frage kann ich auch gleich beantworten. Sie hatte keinen festen Freund, und sie hat auch nicht mit jemandem zusammengelebt. Sie ist schon mal eine Nacht weggeblieben, aber was Ernstes war nicht dabei.«

»Hatte sie Familie in Des Moines?«

»Ihre Eltern sind tot, hat sie mir mal erzählt. Vielleicht hatte sie sonstwo noch Verwandte, aber sie sprach nicht darüber. Ich glaube, sie hatte keine Angehörigen.«

»Ihre Wohnung lag ungefähr drei Blocks von hier. Ist das ein Hotel oder eine Pension?«

»Ein Hotel. Das ›Claremore‹. Ein ziemliches Loch. – Kriege ich noch einen?«

Sweeney winkte dem Barmann. »Mir auch noch einen!« Er schob seinen Panama ins Genick. »Hör mal, Tess, du hast mir erzählt, wie sie ausgesehen und was sie gemacht hat. Aber was war sie? Was ging in ihr vor? Was hat sie sich gewünscht?«

Das Mädchen im roten Kleid griff zum Glas, trank und stierte hinein. Dann sah sie Sweeney groß an. »Du bist ein komischer Kerl. Ich glaube, du könntest mir gefallen.«

»Freut mich!«

»Ich mag sogar die Art, wie du das eben gesagt hast. Sarkastisch bis dort hinaus, aber... ach, ich weiß auch nicht. In dem Geschäft lernt man alle möglichen Kerle kennen, und ...« Sie lachte und trank ihr Glas aus. »Wenn mich der Ripper erwischt hätte, würde es dich dann auch interessieren, was in mir vorgegangen ist und was ich mir wirklich gewünscht habe?«

»Nur nicht sentimental werden«, sagte Sweeney. »Du bist ein liebes Mädchen!«

»Na sicher. Ich weiß, was ich bin. Lassen wir das. Reden wir von Stella. Sie wollte später mal einen Kosmetiksalon aufmachen. In einer kleinen Stadt, weit weg von Chicago. Ja, lach nur! Aber dafür hat sie die ganze Zeit gespart. Sie hatte schon ein ganz schönes Sümmchen beisammen, das sie als Kellnerin verdient hatte. Dann wurde sie krank, und das Geld ging flöten. Die Arbeit hier hat ihr auch nicht besser gefallen als uns. Aber sie war schon ein Jahr dabei, und sie wollte noch ein Jahr aushalten, dann hätte es gereicht.«

»Wer erbt ihr Geld?«

Das Mädchen zuckte die Achseln. »Keiner, wenn nicht ein paar Verwandte auftauchen. Warte mal, da fällt mir was ein. Stella hatte eine Freundin – Kellnerin. Sie arbeitet in der Nähe der Stelle, wo Stella ermordet wurde. Das Restaurant liegt in der State Street nördlich der Chicago Avenue, es ist die ganze Nacht geöffnet. Stella hat dort oft noch etwas gegessen, ehe sie nach Hause ging. Ich habe den Bullen gesagt, daß sie dort vor der Verabredung mit diesem Kerl vielleicht noch ein Sandwich gegessen hat. Vielleicht hat sie sich aber auch im Restaurant mit ihm getroffen anstatt im Hotel.«

»Wie heißt die Kellnerin?«

Tess zuckte die Achseln. »Weiß ich nicht. Aber das Restaurant ist das dritte oder vierte Haus in der State Street, Westseite, hinter der Chicago Avenue.«

»Danke, Tess!« sagte Sweeney. »Dann will ich mal gehen.« Er sah auf das Geld, das auf der Theke lag. Drei Dollar und etwas Kleingeld waren von dem Zehner noch übrig, mit dem er gezahlt hatte. »Steck dir's unters Kopfkissen! – Wiedersehen!«

Sie legte ihm die Hand auf den Arm. »Warte! Ist das dein Ernst? Kommst du wieder?«

»Vielleicht.«

Tess seufzte und ließ seinen Arm los. »Verstehe, du kommst nicht wieder. Die Netten kommen nie wieder.«

Als Sweeney auf die Straße hinaustrat, traf ihn die Hitze wie ein Schlag. Er blieb einen Augenblick stehen und wandte sich dann nach Westen.

Von der Straße aus war das Claremore Hotel nichts weiter als ein Schild und eine schmutzige Treppe. Sweeney stieg die Stufen hinauf zu einem kleinen Empfangsraum im ersten Stock.

Ein stämmiger, dunkelhäutiger Mann, der sich mindestens zwei Tage nicht rasiert hatte, sortierte Post hinter einer kurzen Theke. Er warf Sweeney einen flüchtigen Blick zu, sagte: »Alles besetzt« und beschäftigte sich wieder mit der Post.

Sweeney lehnte sich an die Theke und wartete.

Endlich sah der Stämmige wieder auf.

»Stella Gaylord hat hier gewohnt«, sagte Sweeney.

»Gott im Himmel, schon wieder einer von der Polizei oder von der Presse! Ja, sie hat hier gewohnt. Und?«

»Nichts und.« Sweeney wandte sich um und betrachtete den dunklen Flur, die Türen, von denen die Farbe abblätterte, und die Treppe ohne Läufer, die nach oben führte. Er roch die stickige Luft. Stella Gaylord mußte sich den Kosmetiksalon sehr ernsthaft gewünscht haben, um es in einem solchen Loch auszuhalten.

Noch einmal musterte er den Stämmigen. Er wollte ihm eine Frage stellen, überlegte es sich dann aber anders.

Er wandte sich um und ging wieder auf die Straße.

Die Uhr im Schaufenster eines billigen Juweliergeschäftes neben dem Hotel zeigte an, daß Sweeney noch über eine Stunde Zeit hatte bis zu seiner Verabredung mit Greene und Yolanda Lang im ›El Madhouse‹.

Sie erinnerte ihn außerdem daran, daß er keine Uhr mehr besaß, und so ging er in den Laden und kaufte sich eine.

Während er das Wechselgeld einsteckte, fragte er den Juwelier: »Kannten Sie Stella Gaylord?«

»Wen?«

»So geht's mit dem Ruhm. Schon gut.«

Vor dem Geschäft winkte Sweeney ein Taxi herbei und fuhr zur State Street, Ecke Chicago Avenue. Die Kellnerin, die mit Stella befreundet gewesen war, hatte jetzt sicher frei, aber vielleicht konnte er ihre Adresse bekommen oder sonst irgend etwas erfahren.

Das Restaurant hieß ›Dinner Gong‹. Zwei Kellnerinnen arbeiteten hinter dem Tresen, und ein Mann in Hemdsärmeln, der aussah, als sei er der Besitzer, stand an der Kasse hinter dem Zigarettenstand.

Sweeney kaufte sich Zigaretten. »Ich bin von der ›Blade‹«, sagte er. »Bei Ihnen arbeitet eine Kellnerin, die mit Stella Gaylord befreundet war. Macht sie noch immer Nachtschicht?«

»Sie meinen Thelma Smith. Sie hat vor einer Woche aufgehört. Hat eine Heidenangst vor der Gegend gehabt, seit das mit der Gaylord passiert ist.«

»Haben Sie Thelmas Adresse?«

»Nein. Sie wollte weg, mehr weiß ich nicht. Sie sagte was von New York. Vielleicht ist sie dorthin gegangen.«

»In der Mordnacht war Stella doch hier?« fragte Sweeney.

»Ja. Ich war nicht im Geschäft, aber ich war dabei, wie die Polizei später mit Thelma gesprochen hat. Sie hat gesagt, Stella ist kurz nach zwei gekommen, und hat ein Sandwich und Kaffee bestellt. Dann ist sie gegangen.«

»Hat sie Thelma gesagt, wohin sie gehen wollte?«

Der Wirt schüttelte den Kopf. »Aber wahrscheinlich war's hier irgendwo in der Nähe, sonst wäre sie nicht extra von der Madison hergekommen, um ein Sandwich zu essen. Sie war ein Flittchen. Die Bullen vermuten, daß sie hier in der Nähe eine Verabredung hatte.«

Sweeney bedankte sich und ging. Es würde sich wohl kaum lohnen, Thelma Smith aufzuspüren. Die Polizei hatte sie schon verhört. Und wäre ihre Abreise verdächtig gewesen, hätte man längst nach ihr gefahndet.

Während Sweeney versuchte, die Chicago Avenue zu überqueren, fiel ihm ein, daß er vergessen hatte, Tess etwas zu fragen. Als er endlich eine Lücke im Verkehr fand und durchgeschlüpft war, rief er vom Drugstore an der Ecke ›Susie's Cue‹ an.

»Hier ist der Mann, mit dem du vor 'ner halben Stunde gesprochen hast, Tess. Mir ist gerade noch etwas eingefallen. Hat Stella jemals eine kleine Statue erwähnt? Schwarz, fünfundzwanzig Zentimeter hoch, stellt ein Mädchen dar.«

»Nein. Wo bist du?«

»Im Nebel verirrt«, sagte Sweeney. »Warst du mal in Stellas Zimmer?«

»Ja, einmal. Ein paar Tage bevor sie – ehe sie starb.«

»Und sie hatte keine schwarze Statue?«

»Nein, aber eine weiße. Sie stand auf der Kommode. Eine kleine Madonna. Sie hatte sie schon sehr lange, hat sie gesagt. Warum? Was ist mit der Statue?«

»Möchte ich auch gern wissen.«

»Soll das Ganze ein Witz sein?«

»Nein, aber ich kann dir das jetzt nicht alles erklären. Jedenfalls vielen Dank. Wiedersehen!«

»Schön wär's ja!«

Sweeney verließ den Drugstore, wandte sich nach Westen zur Clark Street und dann nach Süden in Richtung ›El Madhouse‹.

Sie sah genauso aus, wie Sweeney sie in Erinnerung hatte. Nur war sie diesmal angezogen. Sweeney lächelte sie an. Sie erwiderte das Lächeln, und Doc Greene sagte: »Sie erkennen sie doch, Sweeney? Jedenfalls glotzen Sie sie an, seit Sie sich zu uns gesetzt haben.«

»Kümmern Sie sich nicht um ihn, Mr. Sweeney«, sagte Yolanda. »Hunde, die viel bellen, beißen nicht.«

Greene kicherte. »Hilf ihm bloß nicht noch auf die Sprünge, Yo! Er hält mich sowieso für eine Kreuzung zwischen Hund und Wildschwein.« Er starrte Sweeney durch die dicken Gläser seiner Brille an und sagte mit sanfter Stimme: »Und ich beiße auch.«

»Jedenfalls schnappt er nach meinen Fersen«, sagte Sweeney zu Yolanda. »Ich kann ihn nicht leiden.«

»Doc ist in Ordnung, Mr. Sweeney. Mit der Zeit wird er einem ganz sympathisch.«

»Das soll er bloß nicht bei mir versuchen. Rasieren Sie sich mit einem Messer, Doc?«

»Zufällig ja.«

»Mit Ihrem eigenen? Oder leihen Sie sich jedesmal eins aus?«

Die Augen hinter den dicken Brillengläsern wurden schmal. »Hat sich jemand Ihres ausgeliehen?«

Sweeney nickte. »Wieder einmal verblüfft mich Ihr Scharfsinn. Jawohl, jemand hat sich mein Rasiermesser und mein Taschenmesser ausgeliehen. Die einzigen scharfen Gegenstände in meinem Zimmer.«

»Abgesehen von Ihrem Verstand, Sweeney. Den hat er

Ihnen gelassen. Er war zur Zeit des Diebstahls doch anwesend?«

»Das bezweifle ich stark. Wahrscheinlich ist es abends passiert, als ich fort war, und nicht nachts, als ich schlief. Ich folgere das aus der Tatsache, daß heute morgen, als ich in den Spiegel sah, keine Schnittwunde an meiner Kehle zu entdecken war.«

»Da haben Sie die falsche Stelle untersucht.« Doc Greene schüttelte bedächtig den Kopf. »Unser Freund, der Ripper, bevorzugt die Bauchgegend. Haben Sie da auch nachgeschaut?«

»Nein. Aber ich hätte es wohl beim Duschen sehen müssen.«

Yolanda Lang schauderte leicht und schob ihren Stuhl zurück. »Ich muß leider gehen, Mr. Sweeney. Der Maestro will mit mir über eine neue Nummer sprechen. Sehen Sie sich heute abend meinen Auftritt an? Die erste Nummer beginnt um zehn.«

Sie hielt ihm lächelnd die Hand hin. Sweeney ergriff sie und lächelte ebenfalls. »Aber sicher, Yo! Oder darf ich Sie Yolanda nennen?«

Sie lachte. »Das wäre mir lieber. Sie sprechen meinen Namen aus, als wäre er etwas Besonderes.«

Sie trat zu dem Bogengang, der von der Bar aus zum Nachtklub führte. Der Schäferhund, der neben ihrem Stuhl gelegen hatte, folgte ihr. Die beiden Polizisten in Zivil am Nebentisch erhoben sich und beschlossen den Zug.

»Die reinste Prozession«, sagte Doc Greene.

Sweeney setzte sich wieder und ließ sein Glas auf der

Tischdecke kreisen. Nach einer Minute sah er auf. »Ah, Doc, Sie hatte ich ganz vergessen.«

»Schon was rausgefunden? Einen Hinweis?«

»Nein.«

Greene seufzte tief. »Ich habe den Eindruck, Sie vertrauen mir nicht, mein Bester.«

»Sollte ich?«

»In gewissem Maße, ja. Und in welchem Maße? Das will ich Ihnen sagen: soweit es sich auf die Suche nach dem Ripper beschränkt.« Er beugte sich vor, die Ellbogen auf dem Tisch. »In bezug auf Yolanda, nein. In bezug auf Sie, nein. In bezug auf Geld, nein – obwohl sich diese Frage zwischen uns beiden wohl kaum stellen wird. Aber in bezug auf den Ripper: ja. Ich werde mir um Yolanda Sorgen machen, bis er gefaßt ist. Mir wäre sogar lieber, wenn er getötet statt gefangen würde, denn er hat es gewagt, sie anzurühren.«

»Mit einer kalten Klinge. Nicht mit einer heißen Hand.«

»Egal! Aber das ist Vergangenheit. Mir macht die Zukunft Sorgen. Im Augenblick bewachen zwei Detektive Yolanda auf Schritt und Tritt, in drei Schichten zu acht Stunden. Aber das wird nicht ewig so bleiben. Finden Sie den Ripper für mich, Sweeney!«

»Und dann?«

»Soll Sie meinetwegen der Teufel holen!«

»Danke, Doc! Das Problem ist nur, Sie sind so ehrlich, daß ich Ihnen mißtraue.«

Wieder seufzte Greene. »Sweeney, ich möchte nicht, daß Sie Ihre Zeit damit verschwenden, mich zu verdächtigen. Das hat die Polizei gestern schon besorgt, weil ich nicht beweisen konnte, wo ich zu dem Zeitpunkt war, als Yolanda angegriffen wurde. Und ich weiß auch gar nicht, wo ich war. Auf jeden Fall irgendwo auf der South Side. Ich war bis Mitternacht mit einem Klienten, einem Sänger vom Cairo Club, zusammen und habe mich fürchterlich besoffen. Dann kam ich nach Hause, aber wann genau, weiß ich nicht. Von Beweis überhaupt nicht zu reden.«

»So was kommt vor«, sagte Sweeney. »Aber warum sollte ich das glauben?«

»Aus demselben Grund, aus dem es die Kriminalbeamten geglaubt haben. In zwei der anderen drei Fälle habe ich hieb- und stichfeste Alibis. Ich habe alles nachgeprüft, und die Polizei hat meine Angaben nachgeprüft. Nicht im Fall Brent, der liegt zu weit zurück. Aber sie haben mir gesagt, der zweite Mord an – wie hieß das Mädchen noch?«

»Stella Gaylord.«

»... wurde in der Nacht zum 27. Juli verübt, und da war ich in New York. Ich hatte dort vom 25. bis 30. geschäftlich zu tun. Und zum Glück habe ich den Abend des 27. mit sehr angesehenen Leuten verbracht, und zwar vom Abendessen bis drei Uhr früh. Verschwenden Sie nicht Ihre Zeit mit der Frage, was ich bei angesehenen Leuten zu suchen hätte. Das tut nichts zur Sache. Die Polizei hat das überprüft. Erkundigen Sie sich bei Captain Bline.

Und vorige Woche, am 1. August, als diese Sekretärin, Dorothy Lee, umgebracht wurde, war ich hier in Chicago. Aber da habe ich vor Gericht als Zeuge ausgesagt. Es ging um eine Klage wegen Vertragsbruches gegen einen Intendanten. Richter Goerring, der Gerichtsdiener, der Schreiber und drei Rechtsanwälte – meiner und die zwei des

Intendanten – stehen für mein Alibi gerade. Wenn Sie nun annehmen möchten, daß ich ein halber Ripper bin, der den ersten und vierten Fall selbst erledigt hat und sich im zweiten und dritten hat vertreten lassen, dann tun Sie das. Aber so dämlich sind Sie nicht!«

»Klingt alles sehr plausibel!« räumte Sweeney ein. Er nahm ein zusammengefaltetes Stück Durchschlagpapier und einen Bleistift aus seiner Jackentasche. »Mir genügt sogar ein Alibi, wenn es wasserdicht ist. Richter Goerrings Verhandlung, sagten Sie. Von wann bis wann dauerte sie?«

»Die Verhandlung hat um drei angefangen und bis kurz nach vier gedauert. Davor habe ich ungefähr eine halbe Stunde mit den drei Rechtsanwälten in einem Vorzimmer des Gerichtssaales geredet. Nach den Zeitungsmeldungen hat Dorothy Lee ihr Büro um Viertel nach drei verlassen, um nach Hause zu gehen. Sie wurde um fünf in ihrem Appartement tot aufgefunden, und der Sachverständige nimmt an, daß sie seit einer Stunde tot war, als man sie fand. Ein besseres Alibi als meines gibt's gar nicht. Sie ist ermordet worden, während ich mich drei Kilometer weit vom Tatort entfernt im Zeugenstand befand. Nehmen Sie mir das ab?«

»Klar«, sagte Sweeney. »Wie heißen die Anwälte?«

»Sie sind eine harte Nuß, Sweeney. Warum bin ich verdächtiger als Joe Blow dort an der Bar oder der Bursche neben ihm?«

»Weil gestern jemand in meinem Zimmer war und ein Rasiermesser und ein Taschenmesser gestohlen hat. Das sieht ganz nach Ripper aus. Bis gestern abend haben aber nur verdammt wenig Leute gewußt, daß ich mich für den Ripper interessiere. Und einer davon sind Sie.«

Greene lachte. »Und wie bin ich darauf gekommen? Durch Ihren Augenzeugenbericht, den Sie für die ›Blade‹ geschrieben haben. Wie hoch ist die Auflage der ›Blade‹? Eine halbe Million?«

Sweeney sagte: »Entschuldigen Sie, daß ich geboren bin. Darauf können Sie sich einen Drink bestellen, auf meine Rechnung.«

»Bourbon pur. Also was jetzt? Haben Sie nun einen Hinweis auf den Ripper?«

Sweeney winkte dem Kellner, bestellte und antwortete dann: »Nein. Wie heißen die drei Rechtsanwälte, Doc?« Er hielt den Bleistift schreibbereit übers Papier.

»Ich dachte, Sie wären hauptsächlich Airedale, Sweeney, aber Sie sind zur Hälfte Bulldogge. Mein Rechtsanwalt ist Hymie Fieman, Central Building. Die gegnerischen Anwälte heißen Raenough, Dane & Howell. Dane, Carl Dane glaube ich, und ein Neuling namens Brady, der noch nicht zur Firma gehört, waren bei der Besprechung anwesend. Und der Richter hieß Goerring.« Er buchstabierte. »Er ist Republikaner, also würde er nie einem Ripper ein Alibi geben.«

Sweeney nickte. Wäre ich doch bloß meinen Kater los und könnte klar denken. Ich bin sehr nervös.

Er faltete das Blatt auseinander und glättete es. Dann streckte er die rechte Hand aus, den Handrücken nach oben, spreizte die Finger und legte das Blatt darauf. Das Zittern der Hand übertrug sich auf das Blatt, dessen Ecken vibrierten.

»Nicht so schlimm, wie ich dachte«, sagte er. »Wetten, daß Sie nicht besser sind?« Er sah Greene an. »Fünf Dollar, daß Sie nicht besser sind.«

Greene antwortete: »Wer wetten will, betrügt, aber bei Ihnen mache ich mit. Sie sind ein Wrack, und ich habe Nerven wie Stahl.«

Greene griff nach dem Papier, legte es sich auf den Handrücken und streckte die Hand vor. Die Ecken vibrierten leicht, aber sichtlich weniger als bei Sweeney.

Sweeney beobachtete das Papier aufmerksam, als er fragte: »Schon mal was von einer ›Schreienden‹ gehört, Doc?«

Das Zittern der Papierecken hatte sich nicht verstärkt. Den Blick auf das Blatt gerichtet, sagte Greene: »Sieht so aus, als hätte ich gewonnen, was, Sweeney? Geben Sie's zu?«

Sweeney hatte keine Reaktion feststellen können. Insgeheim aber verfluchte er sich, denn der Mann, der die Plastik gekauft hatte, kannte die Bezeichnung der Firma für die Figur ja nicht. Und Lola Brent, eine neue Angestellte, konnte sie auch nicht gekannt und dem Käufer gesagt haben.

»Eine kleine schwarze Statue von einer Frau, die vor Entsetzen schreit«, sagte Sweeney.

Doc Greene blickte auf, aber das Papier – Sweeney ließ es nicht aus den Augen – zitterte genausowenig wie vorher.

Der Agent ließ seine Hand sinken. »Was soll das? Wollen Sie mich verscheißern?«

»Ja. Aber die Wette haben Sie gewonnen.« Sweeney

reichte Greene den Fünfer. »Den ist es mir wert. Sie haben mir meine Fragen glaubhaft beantwortet.«

»Wegen der schwarzen Statue, der ›Schreienden‹, oder wie sie heißt?«

»Genau. Sie haben die Plastik nie gesehen und auch die Bezeichnung nie gehört. Ihnen würde ich das nicht glauben, aber den Papierecken schon.«

»Schlau eingefädelt, Sweeney. Ein selbstgebastelter Lügendetektor, oder vielmehr ein Reaktionsprüfer. Ich behalte den Fünfer, aber ich spendiere Ihnen davon einen Drink. Das gleiche nochmal?«

Sweeney nickte, und Greene winkte dem Kellner.

»Also haben Sie mich angelogen«, sagte Doc und stützte die Ellbogen auf den Tisch. »Sie haben eine Spur. Erzählen Sie's Papi. Vielleicht hilft Papi weiter.«

»Baby will sich nicht helfen lassen. Papi möchte Baby vielleicht den Bauch aufschlitzen.«

»Sie unterschätzen mich, Sweeney. Ich kriege es auch ohne Ihre Hilfe raus. Und jetzt bin ich neugierig. Verlassen Sie sich drauf, ich kriege es raus.«

»Beweis?«

»Bitte!« Doc Greenes Augen wirkten groß und hypnotisch hinter den Gläsern. »Eine kleine schwarze Statue, genannt die ›Schreiende‹. Die meisten Plastiken werden in Geschenkartikelläden verkauft. Eine der Ermordeten hat einen Tag – an dem Tag, an dem sie umgebracht wurde – in einem Geschenkartikelladen gearbeitet. Ich habe vergessen wo, aber es steht sicher in der Zeitung. Wenn ich den Besitzer herausfinde und ihn frage, ob er je etwas von einer ›Schreienden‹ gehört hat, brächte mich das weiter?«

Sweeney hob sein Glas. »Ich habe Sie wirklich unterschätzt, Doc.«

»Und ich Sie, Sweeney. Beinahe hätte ich Ihnen geglaubt, daß Sie keinen Anhaltspunkt haben. Auf Ihr Unwohl!«

»Gleichfalls.«

Sie tranken, und dann fragte Greene: »Muß ich jetzt zu dem Ladenbesitzer gehen, oder sagen Sie's mir?«

»Ich erspare Ihnen den Weg. Lola Brent hat kurz vor ihrer Ermordung eine kleine schwarze Statue verkauft, die Aktdarstellung einer schreienden, entsetzten Frau. Es besteht Grund zu der Annahme, daß der Ripper der Käufer war, sie nach Hause verfolgt und dort getötet hat. Möglicherweise war die Plastik der Auslöser. Die Statue kann nur einem Psychopathen gefallen.«

»Gefällt sie Ihnen?«

»Nein, aber ich finde sie faszinierend. Sie ist übrigens sehr gut gemacht. Ich habe erfahren, daß nur zwei Exemplare nach Chicago gingen. Das eine habe ich, das andere hat der Ripper.«

»Weiß das die Polizei?«

»Glaube ich nicht.«

»Na bitte, Sweeney, das sprichwörtliche Glück der Iren. Strapazieren Sie eigentlich Ihr Glück, oder sind Sie eisenhaltig?«

»Eisenhaltig?«

»Haben Sie eine Wumme dabei? Einen Ballermann? Um ganz deutlich zu werden: Sind Sie bewaffnet? Wenn mir der Ripper einen Besuch abgestattet und die leichten Waffen wie Rasier- und Taschenmesser gestohlen hätte, würde ich Artillerie auffahren. Wenn der Ripper wüßte, wo ich wohne, würde ich mir vor dem Einschlafen eine Schrotflinte mit abgesägtem Lauf auf die Brust legen. Oder weiß er es vielleicht aus erster Quelle?«

»Was meinen Sie damit? Soll das heißen ...?«

»Genau!«

Sweeney grinste. »Möchten Sie meine Alibis haben? Was vor zwei Monaten gewesen ist, weiß ich nicht mehr. Und ich bezweifle, daß ich darüber jetzt noch etwas herausfinden könnte. Was die beiden nächsten Morde angeht, da war ich auf einer zweiwöchigen Sauftour. Keine Ahnung, wo ich überall war und was ich gemacht habe. Und vorgestern, als Yolanda angegriffen wurde, war ich ungefähr zur Tatzeit in der Nähe des Tatortes. Wie gefallen Ihnen diese Alibis?«

Doc Greene meinte: »Ich habe schon Besseres gehört, aber selten Schwächeres. Als Psychiater sage ich, Sie sind kein Schlächtertyp. Aber ich kann mich irren. Vielleicht sind Sie doch der Ripper?«

Sweeney stand auf: »Das werde ich Ihnen gerade auf die Nase binden, Doc. Bei unserem kleinen Duell von Liebenswürdigkeiten ist das der einzige größere Vorteil, den ich Ihnen gegenüber habe. Ich werde Sie weiter im ungewissen lassen. Aber falls ich es bin, besten Dank für die Warnung, daß Sie mit 'ner Schrotflinte zu Bett gehen.«

Er trat hinaus in die Dämmerung. Seine Kopfschmerzen hatten aufgehört, und er fühlte sich fast wieder wie ein Mensch.

Ziellos schlenderte er die Clark Street nach Süden hinunter, ohne an etwas zu denken. Er ließ seinen Verstand in

Ruhe, und sein Verstand ließ ihn in Ruhe; so kamen sie prächtig miteinander aus. Er hörte sich summen und lauschte eine Zeitlang, bis er herausgefunden hatte, welche Melodie er summte. Es war ein ungarischer Tanz von Brahms. Als er das Thema erkannt hatte, hörte er nicht weiter hin.

Statt dessen sah er dem Film in seinem Kopf zu. Es war ein sehr schöner Film: Yolanda saß ihm, wie noch vor ein paar Minuten, am Tisch gegenüber. Satan hatte sich, wohlerzogen wie ein Blindenhund, zu ihren Füßen zusammengerollt, am Kopf einen kleinen, aber auffälligen Verband, Folge des sehr gekonnten Streifschusses, den der Kriminalbeamte durch die Glastür auf ihn abgegeben hatte. Sweeney bewunderte die Treffsicherheit des Polizisten fast so sehr – wenn auch auf andere Weise – wie die nächste Sequenz seines inneren Films: Yolandas herrlicher Körper im Lichtkegel der Taschenlampe des anderen Polizisten.

Er seufzte, dann mußte er grinsen. Er hätte nie geglaubt, daß eine Frau so hübsch sein konnte. Noch immer glaubte er es nicht so recht. Er hatte eigentlich eine Enttäuschung erwartet, als er zum ›El Madhouse‹ gegangen war, um Doc Greene und Yolanda zu treffen. Schließlich war er in der Nacht, als er Yolanda zum erstenmal gesehen hatte, ziemlich betrunken gewesen. Es hätte ihn enttäuscht, aber nicht allzusehr überrascht, wenn sie bei weitem nicht so hübsch gewesen wäre oder Brooklyn-Akzent gesprochen hätte.

Statt dessen hatte er sie hübscher gefunden als in seiner Erinnerung. Jedenfalls ihr Gesicht. Und außerdem strahlte sie etwas faszinierend Geheimnisvolles aus, das Sweeney vor ungefähr vierzig Stunden zum erstenmal empfunden, jedoch den besonderen Umständen zugeschrieben hatte. Aber es war tatsächlich da. Yolanda Lang besaß außer der schönsten Figur, die Sweeney je gesehen hatte, noch etwas anderes.

Hoffentlich hast du recht, Godfrey, dachte Sweeney, und dann mußte er wieder lachen. Er fühlte selbst, daß Godfrey recht hatte. Wenn man sich etwas heftig genug wünschte, konnte man es bekommen.

Und er würde es bekommen.

Vielleicht hätte er sein Vorhaben noch aufgegeben, wenn er nicht Doc Greene kennengelernt hätte. Jetzt aber gab es kein Zurück mehr. Selbst wenn Yolanda vierzig und weniger hübsch gewesen wäre, hätte er weitermachen müssen, schon weil er und Greene sich wie die Pest haßten. Der Mann machte ihm buchstäblich eine Gänsehaut.

Wenn er doch nur beweisen könnte, daß Greene der Ripper war!

Aber die beiden Alibis? Die Polizei hatte sich mit ihnen zufriedengegeben. Immerhin interessierte sich die Polizei bereits für Greene, und Sweeney hatte vor, die Alibis genauestens unter die Lupe zu nehmen.

Er konnte sich gleich an diese Aufgabe machen.

Sweeney überquerte die Lake Street zum Loop hin und weiter in Richtung Randolph, bis er zu der Kneipe zwischen Clark und La Salle kam, wo die meisten Angestellten der ›Chicago Blade‹ verkehrten.

Im Moment war offenbar keiner von ihnen da. Sweeney bestellte sich einen Whisky und mischte ihn mit Soda, damit er eine Weile vorhielt, falls länger keiner von den Jungs auftauchte.

»Kommen die Jungs heute nach der Arbeit Binokel spielen?« fragte er Burt, den Wirt, der allein hinter der Theke stand.

»Müßte komisch zugehen, wenn sie nicht kämen«, antwortete Burt Meagham. »Wo hast du dich die ganze Zeit rumgetrieben, Sweeney?«

»Überall und nirgends. Ich war auf einer Sauftour, falls du das nicht wissen solltest. Erzählt man dir solche Sachen nicht, Burt?«

»Ja, ich hab so was gehört. In der ersten Woche warst du ja noch ein paarmal hier. Aber acht Tage lang habe ich dich dann nicht mehr gesehen.«

»Da hast du nichts versäumt. Kennst du Harry Yahn, Burt?«

»Vom Hörensagen. Persönlich nicht. Ich verkehre nicht in so vornehmen Kreisen. Er hat einen Laden hier in der Nähe, den er selbst leitet, und ist an ein paar anderen beteiligt.«

»Ich bin nicht mehr auf dem laufenden«, sagte Sweeney. »Wie heißt der Laden, den er selber leitet?«

»Außen dran steht ›Tit-Tat-Toe‹. Aber das ist bloß die Fassade. Brauchst du eine Empfehlung?«

»Nein. Ich kenne Harry seit anno Tobak. Ich habe ihn nur aus den Augen verloren.«

»Er ist noch nicht lange hier. Einen Monat oder so. 'tschuldigung, Sweeney.«

Er ging zum anderen Ende der Bar, um einen Gast zu bedienen. Sweeney malte mit seinem Glas nasse Ringe auf die Theke und fragte sich, ob er mit Harry Yahn sprechen mußte. Er hoffte nicht, denn mit Harry Yahn aneinandergeraten war ungefähr so gesund, wie sich die Fingernägel mit der Kreissäge zu schneiden. Aber er würde noch von irgendwoher Geld brauchen, ehe die Ripper-Angelegenheit erledigt war. Von den Schecks, die Walter Krieg ihm gegeben hatte, waren nur noch hundertfünfzig Dollar übrig. Bei allem, was Sweeney plante, würden die paar Kröten nicht lange reichen.

Eine Hand legte sich von hinten auf seine Schulter. Er drehte sich um und erkannte Wayne Horlick, einen Kollegen.

»Du bist genau der Bursche, den ich treffen wollte«, sagte Sweeney. »Das sprichwörtliche Glück von uns Iren.«

Horlick grinste ihn an. »Das Glück kostet dich zehn Dollar, Sweeney. Ich bin auch froh, dich zu treffen. Für zehn Dollar froh.«

Sweeney seufzte. »Von wann?«

»Vor zehn Tagen. Hier bei Meaghan. Weißt du's nicht mehr?«

»Doch«, log Sweeney und zahlte. »Wie wär's mit einem Drink anstelle von Zinsen?«

»Warum nicht? – Whisky!«

Sweeney goß den Rest seines Glases hinunter und bestellte neue. »Der Grund, weswegen ich mit dir sprechen wollte, ist die Ripper-Geschichte. Du bearbeitest sie doch?«

»Ja. Jedenfalls die neueren Fälle. Den Mord an Lola Brent nicht. Keine Ahnung, wer den damals bearbeitet hat. Aber den zweiten Mord haben sie mir aufgedrückt, und seitdem bin ich dran.«

»Irgendwelche Spuren?«

»Nichts. Und wenn ich welche hätte, würde ich schleunigst die Polizei informieren. Mit einem Kerl wie dem Ripper möchte ich nichts zu tun haben. Allenfalls mit einem Gitter davor, wenn Bline ihn geschnappt hat. Weißt du, daß sie eine Sonderkommission zusammengestellt haben, die Bline leitet?«

»Hat Carey mir gesagt. Glaubst du, sie schnappen ihn?«

»Klar schnappen sie ihn, wenn er weiter Frauen aufschlitzt. Aber nicht aufgrund von Hinweisen bei denen, die er bis jetzt aufgeschlitzt hat. Sag mal, hast du mit dieser Yolanda Lang gesprochen?«

»Ja, vor einer Stunde. Warum?«

Horlick lachte. »Hab ich mir gedacht, daß du's versuchen würdest, als ich den Augenzeugenbericht von dir gelesen hatte. Gut geschrieben, mein Lieber. Hat jedem den Mund wässrig gemacht, mir inklusive. Hab seitdem versucht, ein Interview mit der Dame zu bekommen, bin aber abgeblitzt. Ich habe mir gleich gedacht, daß du's schaffen würdest.«

»Wieso?« fragte Sweeney neugierig. »Warum sollte ich mehr Glück haben als du?«

»Der Artikel! Ich will ja keinen Konkurrenten loben, Sweeney, aber das war eine kleine journalistische Meisterleistung. Und, was viel mehr ins Gewicht fällt, für die Lady ist das kostenlose Reklame im Wert von zehntausend Dollar – abgesehen von der Reklame, die ihr der Angriff des Rippers einbringt – noch dazu, wo sie das erste

Opfer ist, das überlebt hat. Doc Greene muß dich lieben wie einen Bruder.«

»Und ob!« Sweeney grinste. »Wie Kain Abel liebte.« Er wurde ernst. »Sag mal, Horlick, hat sich bei den anderen Fällen noch was ergeben? Über Lola Brent und Stella Gaylord hab ich nachgelesen, aber zur dritten, zu dieser Dorothy Lee, bin ich noch nicht gekommen.«

Horlick dachte nach und schüttelte dann den Kopf. »Im Augenblick fällt mir nichts ein. Warum? Was interessiert dich daran, außer dem Interview mit der Striptease-Tänzerin? In dem Punkt verstehe ich ja dein Interesse.«

Sweeney beschloß, auch Horlick gegenüber bei der Lüge zu bleiben, die er Joe Carey aufgetischt hatte. »Ich möchte den Fall für ein Kriminalmagazin zusammenschreiben. Dazu muß ich sämtliche Fakten zusammenstellen, damit ich den anderen voraus bin, sobald der Fall gelöst ist.«

»Gute Idee, falls er je gelöst wird. Und das glaube ich bestimmt, wenn der Ripper weitermacht. Sein Glück kann nicht ewig dauern. Hoffentlich setzt man dich an meiner Stelle darauf an. Mir gefällt der Job gar nicht. Soll ich ein gutes Wort für dich einlegen?«

»Nee, laß mal lieber, das will Carey schon besorgen. Walter könnte Verdacht schöpfen, wenn wir zu dick auftragen. Was weißt du über Doc Greene?«

»Warum? Willst du's ihm anhängen?«

»Liebend gern! Ich liebe ihn nämlich auch wie einen Bruder. Er sagt, die Bullen wären auch schon auf die Idee gekommen, aber er könnte für zwei der Morde Alibis erbringen. Darüber was gehört?«

Horlick schüttelte den Kopf. »Das muß erst passiert sein, als der Ripper Yolanda angegriffen hat, also in den letzten zwei Tagen. Nein, Bline hat mir nichts davon erzählt, daß er Greene unter die Lupe nimmt. Aber andererseits haben sie, glaube ich, jeden auf Herz und Nieren geprüft, der nur die geringste Verbindung zu einem der Opfer hatte.«

»Was hältst du von Greene, Horlick?«

»Er jagt mir Schauer über den Rücken. Wolltest du das hören?«

»Genau das! Dafür kriegst du noch einen Drink. Whisky?«

»Whisky!«

»He, Burt, einen Whisky für Horlick! Ich überspringe eine Runde.«

Er übersprang sie wirklich und ließ sich auch von Horlick nicht einladen. Eine halbe Stunde später verließ er das Lokal und ging nach Hause.

Mrs. Randall hörte ihn kommen und öffnete ihre Tür.

»Mr. Sweeney, ein Mann will Sie sprechen. Er wollte unbedingt warten, da habe ich ihn in mein Wohnzimmer gebeten. Soll ich ihn rufen?«

Hinter ihr trat ein großer Mann auf den Flur.

»William Sweeney?« fragte er. »Mein Name ist Bline, Captain Bline.«

9

Sweeney streckte die Hand aus, und der Detektiv ergriff sie, allerdings nicht sonderlich begeistert. Aber Sweeney tat so, als bemerke er es nicht. Er sagte: »Seit ich gehört habe, daß Sie den Fall bearbeiten, will ich mit Ihnen reden. Wollte Sie so einiges fragen. Kommen Sie bitte mit in mein Zimmer!«

Bline folgte ihm die Treppe hinauf. Er setzte sich auf den Platz, den Sweeney ihm anbot: den Polstersessel mit den quietschenden Sprungfedern. Er ächzte unter Blines Gewicht.

Der Reporter hockte sich auf die Bettkante, sah zum Plattenspieler hinüber und frage: »Wie wär's mit ein bißchen Musik, während wir uns unterhalten, Captain?«

»Quatsch! Wir singen keine Duette, sondern wir reden. Und ich stelle hier die Fragen, Mr. Sweeney!«

»Worüber?«

»Sie fangen schon an zu fragen. Wo waren Sie am Nachmittag des 8. Juni? Erinnern Sie sich?«

»Nein. Es sei denn, ich hätte an dem Nachmittag gearbeitet. Aber selbst dann wüßte ich nicht, ob ich im Büro war und geschrieben habe oder ob ich Außendienst hatte. Ich könnte höchstens die Spätausgabe vom 8. und die Frühausgabe vom 9. durchsehen. Vielleicht fiele mir dann ein, an welchen Artikeln ich gearbeitet habe.«

»An keinem. Sie haben an dem Tag überhaupt nicht gearbeitet. Sie hatten frei. Ich habe das in der Redaktion überprüft.«

»Dann kann ich Ihnen nur sagen, was ich wahrscheinlich gemacht habe, und das wird nichts Aufregendes gewesen sein. Wahrscheinlich habe ich bis Mittag geschlafen, bin nachmittags in meinem Zimmer geblieben, habe gelesen und Platten gehört, bin abends Kartenspielen und einen trinken gegangen. Vielleicht auch ins Theater oder ins Konzert. Das könnte ich unter Umständen noch feststellen, nicht aber, was ich am Nachmittag unternommen habe. Und ich glaube, gerade der Nachmittag interessiert Sie.«

»Stimmt! Und wie ist es mit dem 27. Juli?«

»Genauso hoffnungslos wie mit dem Datum, nach dem Sie mich als nächstes fragen werden, Captain. Gott allein weiß, wo ich an diesen beiden Tagen – am 27. Juli und am 1. August – war. Höchstwahrscheinlich in Chicago. Meines Wissens habe ich die Stadt in den vergangenen beiden Wochen nicht verlassen.«

Bline brummte etwas vor sich hin.

Sweeney grinste. »Aber der Ripper bin ich nicht. Zugegeben, ich weiß nicht einmal, wo ich war oder was ich getan habe, als Stella Gaylord und Dorothy Lee ermordet wurden. Aber ich weiß genau, daß ich Lola Brent nicht umgebracht habe, denn damals war ich nicht betrunken genug – d. h. nicht so betrunken, daß ich Erinnerungslükken hatte. Und ich weiß auch, daß ich Yolanda Lang nicht angegriffen habe – an Mittwoch nacht kann ich mich entsinnen. Da wurde ich nämlich gerade wieder nüchtern und fühlte mich miserabel. Fragen Sie God.«

»Häh?«

Der Reporter öffnete den Mund, schloß ihn aber gleich wieder. Wozu sollte er den armen alten Godfrey in die Sache verwickeln? Sie hätten ihn zum Headquarters geschleppt und ausgequetscht, und Godfrey könnte ihm für die Zeit, zu der Yolanda überfallen worden war, ohnehin kein Alibi geben. Deshalb sagte er: »Bloß so 'ne Redensart, Captain. Gott allein könnte beweisen, was ich Mittwochnacht gemacht habe. Aber trösten Sie sich. Wenn der Ripper weitermordet, habe ich das nächste Mal bestimmt ein Alibi.«

»Das nützt mir ungeheuer.«

»Im Ernst, Captain, wie kommen Sie ausgerechnet auf mich? Hat Ihnen ein kleiner Vogel meinen Namen ins Ohr gezwitschert? Ein Vogel namens Greene?«

»Sie wissen verdammt gut, Sweeney, warum ich hier bin. Weil Sie Mittwochnacht vor der Tür in der State Street gestanden haben, und wahrscheinlich auch der Ripper. Wir sehen es folgendermaßen: Der Ripper hat an der Hintertür gelauert und zugestochen, als die Frau auf ihn zukam. Aber er hat sich um ein paar Zentimeter verschätzt und sie bloß geritzt, und dann hat ihn der Hund angesprungen. Er mußte verduften und hat die Tür zugeknallt, ohne noch mal zustechen zu können. Und dann?«

»Das wollen *Sie* wissen, Captain. Beantworten Sie sich Ihre Frage selbst.«

»Vielleicht hat er Fersengeld gegeben. Aber wenn er sich so verhalten hat wie die meisten Psychopathen, dann ist er von der Hintergasse aus um das Gebäude herumgegangen und hat sich unter die Menge gemischt, als der Streifenwagen kam.«

»Und vielleicht hat er sogar von der Eckkneipe aus die Polizei angerufen.«

Bline schüttelte den Kopf. »Nein, wir wissen, wer uns

angerufen hat. Der Mann hatte sich an der Bar mit zwei anderen stundenlang unterhalten. Er ist kurz vor halb drei gegangen und wenige Minuten später wiedergekommen. Hat denen an der Theke und dem Barmann gesagt, daß ein paar Häuser weiter irgendwas los wäre. Da läge eine Frau im Treppenhaus auf dem Boden, bewacht von einem großen Hund, der keinen reinließe, um nach ihr zu sehen. Deshalb wollte er die Polizei rufen. Das tat er auch, und dann sind die drei gemeinsam zu dem Haus gegangen. Sie waren da, als der Streifenwagen kam. Ich habe mit ihnen gesprochen. Der Barmann kannte den einen, und der hat mir die anderen genannt. Sie behaupten, es wären ungefähr ein Dutzend Leute vor dem Haus gewesen. Würden Sie das auch sagen?«

»Ungefähr. Mehr als fünfzehn sicher nicht.«

»Und die von der Funkstreife hatten nicht genug Grips, alle festzuhalten, obwohl ihnen klar war, daß da der Ripper zugeschlagen hatte. Fünf von den Zuschauern haben wir aufgespürt. Wenn wir sie nur alle hätten ...«

»Die drei aus der Eckkneipe und ich, das macht vier. Wer ist der fünfte?« fragte Sweeney.

»Einer aus dem Haus. Er muß die Frau und den Hund als erster gesehen haben. Kam nach Hause und konnte nicht hinein, weil ihn der Hund jedesmal anspringen wollte, wenn er nach der Tür gegriffen hat. Andere Passanten haben gesehen, daß da was vorging und sind stehengeblieben. Als der aus der Eckkneipe kam, hatten sich schon sechs bis acht Leute vor der Tür versammelt. Als er mit seinen beiden Freunden zurückgekommen ist, waren es neun oder zehn außer ihnen.«

»Der nächste war wahrscheinlich ich«, sagte Sweeney. »Ich bin ungefähr eine Minute vor dem Streifenwagen gekommen. Und um gleich Ihre nächste Frage zu beantworten – nein, ich habe niemanden in der Menge erkannt und könnte keinen identifizieren. Ich habe nur registriert, was drin im Hausflur geschah und was die Streifenbullen unternommen haben. Wahrscheinlich könnte ich nicht einmal die identifizieren.«

»Das brauchen Sie auch nicht«, sagte Bline trocken. »Aber ich würde sonst was dafür geben, wenn ich sämtliche Zuschauer hätte, und nicht nur fünf, davon vier unverdächtige.«

»Mich nicht mitgerechnet?«

»Sie nicht mitgerechnet.«

»Wieso ist der Mann so unverdächtig, der im Haus wohnt? Er sagt ja selbst, daß er als erster da war.«

»Er arbeitet in der Grand Avenue beim ›Journal of Commerce‹ als Setzer und hatte Nachtschicht. Nach der Stechuhr hat er den Betrieb um 1.45 Uhr verlassen. Er hätte nicht genug Zeit gehabt; er hätte unmöglich in die Hintergasse gehen, dort eine Zeitlang warten und dann zum Vordereingang gehen können. Außerdem hat er für die anderen Mordfälle hieb- und stichfeste Alibis. Wir haben das überprüft.«

Mit gerunzelten Brauen sah er Sweeney an. »Von den fünf Zuschauern, die wir aufgestöbert haben, sind Sie also der einzige ohne Alibi. – Hier ist übrigens Ihr Besteck. Das Labor konnte nichts feststellen.«

Er nahm einen Umschlag aus der Tasche und reichte ihn Sweeney. Ohne ihn zu öffnen, wußte Sweeney, was drin war. Er fühlte durch das Papier sein Rasiermesser und sein Taschenmesser.

»Sie hätten mich darum bitten können. Hatten Sie einen Durchsuchungsbefehl?«

»Wir wollten Sie aus dem Weg haben, wenn wir uns die Bude ansehen. Spielt das jetzt noch eine Rolle?«

Sweeney öffnete den Mund, schloß ihn aber wieder. Er war so wütend, daß er Bline am liebsten einige Grobheiten an den Kopf geworfen hätte. Das Verschwinden der Messer hatte ihm einiges Kopfzerbrechen bereitet. Andererseits war es günstig – wenn auch nicht unbedingt erforderlich –, Bline auf seiner Seite zu haben. Die Polizei hatte einen viel längeren Arm als er. Also schluckte er seinen Groll hinunter.

»Sie hätten mir einen Zettel hinterlassen können. Als ich die Messer vermißt habe, dachte ich, der Ripper glaubt vielleicht, ich bin der Ripper. Was wissen Sie eigentlich über diesen Greene – Doc Greene?«

»Warum?«

»Er würde mir einfach als Ripper gut gefallen, das ist alles. Er behauptet, er hätte Alibis, und Sie hätten sie nachgeprüft. Stimmt das?«

»Zum Teil. Kein Alibi für Lola Brent, und das für Dorothy Lee ist nicht wasserdicht.«

»Nicht? Ich dachte, an dem Tag hat er vor Gericht als Zeuge ausgesagt.«

»Die Zeiten stimmen nicht genau. Sein Alibi geht nur bis zehn nach vier. Dorothy Lee ist erst gegen fünf Uhr oder ein paar Minuten später tot aufgefunden worden. Der Arzt meint, sie sei mindestens eine Stunde tot gewesen, als er sie um fünf Uhr dreißig untersucht hat. Demnach könnte sie um vier Uhr dreißig ermordet worden sein, also zwanzig Minuten nachdem Greene das Gericht verließ. Mit einem Taxi hätte er es vom Gericht bis zu ihrer Wohnung schaffen können.«

»Dann ist das kein Alibi.«

»Es steht jedenfalls auf schwachen Füßen. Aber sie ist um zwei Uhr fünfundvierzig von der Arbeit nach Hause gegangen, weil sie sich nicht wohl fühlte. Sonst arbeitete sie bis fünf. Selbst wenn Greene sie gekannt hat – und dafür findet sich nirgends ein Beweis –, konnte er nicht wissen, daß er sie zu Hause antreffen würde, wenn er vom Gericht direkt zu ihrer Wohnung fuhr. Nur jemand, der in derselben Firma arbeitete, konnte das wissen.«

»Oder jemand, der in ihrem Büro war oder dort angerufen hat.«

»Stimmt, aber Greene war nicht dort. Und zum Anrufen hatte er wohl kaum Zeit, wenn er um vier Uhr dreißig in der Wohnung sein wollte.«

Bline runzelte die Stirn. »Sie verlieren sich in Unwahrscheinlichkeiten.«

»Tatsächlich? Angenommen, Greene hat sie gekannt, und zwar gut. Er hatte eine Verabredung mit ihr und wollte sie um fünf in ihrer Wohnung abholen. Im Gericht wird er schon kurz nach vier fertig und fährt zu ihr, um auf sie zu warten. Vielleicht hat er sogar einen Schlüssel und wartet in der Wohnung, ohne zu wissen, daß sie sich nicht wohl fühlt und früher kommt.«

»Natürlich ist das möglich, Sweeney. Ich habe ja gesagt, das Alibi steht auf schwachen Füßen. Aber Sie müssen doch zugeben, daß es äußerst unwahrscheinlich ist. Der Ripper hat Dorothy Lee wahrscheinlich zu ihrer Wohnung verfolgt. Er hat sie auf der Straße zum erstenmal gesehen. Genauso hat er wahrscheinlich Lola Brent verfolgt, als sie aus dem Geschenkladen nach Hause ging. Auf Lola Brent konnte er aus zwei Gründen nicht warten. Erstens konnte er nicht wissen, daß sie rausfliegen würde, zweitens lebte sie mit einem Mann namens Sammy Cole zusammen. Woher sollte der Ripper wissen, daß Sammy nicht dazukam?«

»Und außerdem ist Lola gar nicht in der Wohnung, sondern in dem Durchgang zwischen den beiden Gebäuden ermordet worden. Ja, sie ist wahrscheinlich verfolgt worden. Und Stella Gaylord auch – bis zu der Einmündung der Nebenstraße. Aber immer verfolgt der Ripper seine Opfer nicht. Yolanda Lang hat er zum Beispiel erwartet; und zwar an der Hintertür des Appartementhauses, in dem sie wohnt.«

»Sie haben den Fall genau studiert, was, Sweeney?«

»Warum nicht? Ist doch mein Beruf.«

»Soviel ich weiß, ist Ihnen der Fall noch nicht übertragen worden. Oder irre ich mich da?«

Sweeney überlegte, ob er auch Bline den Bären vom Kriminalmagazin aufbinden solle, entschied sich dann aber dagegen. Bline konnte fragen, um welche Zeitschrift es sich handelte und dann Nachforschungen anstellen.

Er sagte: »Nicht direkt, Captain. Aber ich habe den Auftrag bekommen, den Augenzeugenbericht zu schreiben. Und da ich nun schon mal die Finger drin hatte, dachte ich, Walter gibt mir den Job, wenn ich Montag wieder anfange. Also habe ich mich mit den Einzelheiten beschäftigt, die Zeitungen gelesen und ein paar Fragen gestellt.«

»In Ihrer Freizeit?«

»Ist das verboten? Es interessiert mich. Würden Sie den Fall nicht auch weiterverfolgen, wenn Sie ihn weggenommen kriegen?«

»Ich glaube schon«, gab Bline zu.

»Wie ist es mit Greenes anderem Alibi – der Geschäftsreise nach New York? Haben Sie das auch so genau überprüft?«

Bline grinste. »Sie möchten Greene wohl um jeden Preis reinreiten?«

»Kennen Sie ihn, Captain?«

»Allerdings!«

»Dann müßten Sie mich eigentlich verstehen. Ich kenne ihn jetzt anderthalb Tage, und ich finde, die Tatsache, daß er noch lebt, beweist eindeutig, daß ich nicht der Ripper bin. Wenn ich es wäre, hätte ich Greene bereits kaltgemacht.«

Diesmal mußte der Captain lachen. »Das beruht auf Gegenseitigkeit, Sweeney. Er liebt Sie fast ebenso wie Sie ihn. Und auch Sie leben noch. Was das New-York-Alibi betrifft, so haben wir uns mit unseren New Yorker Kollegen in Verbindung gesetzt, und die haben in dem Hotel nachgeforscht, wo er wohnte, im ›Algonquin‹. Er war dort eingetragen, und zwar für die Zeit vom 25. bis zum 30.«

Sweeney beugte sich vor. »Damit haben Sie sich zufriedengegeben? Der Gaylord-Mord ist am 27. verübt worden, und von New York nach Chicago fliegt man nur vier

Stunden. Er kann abends abgereist und am nächsten Morgen wiedergekommen sein.«

Bline zuckte die Achseln. »Wir hätten uns noch eingehender erkundigt, wenn es nötig gewesen wäre. Seien wir ehrlich, Sweeney! Was haben Sie gegen ihn in der Hand, außer daß Sie ihn nicht riechen können? Mir geht's genauso, ich gebe es zu. Aber er kennt eines der Opfer, und das ist meiner Ansicht nach an sich schon ein Alibi.«

»Wie kommen Sie denn darauf?«

»Wenn wir den Ripper schnappen, wird sich herausstellen, daß er alle vier Mädchen kannte oder keines. Mörder – sogar Psychopathen – handeln nach einem Schema, Sweeney. Er hat sich nicht drei Fremde und eine Bekannte ausgesucht; jede Wette.«

»Und Sie haben nachgeprüft...«

»Ja doch! Wir haben nachgeprüft. Wir haben Listen von Leuten aufgestellt, die Verbindung mit den vier Opfern hatten. Und dann haben wir diese Listen miteinander verglichen. Nur ein einziger Name ist mehr als einmal vorgekommen, und zwar auf zwei der vier Listen. Und das kann Zufall sein.«

»Wer ist es?«

»Raoul Reynarde, der Inhaber des Geschenkladens, aus dem Lola Brent am Tag ihrer Ermordung rausgeflogen ist. Es hat sich herausgestellt, daß er die Bardame Stella Gaylord ebenfalls flüchtig gekannt hat.«

»Wozu denn das?«

Bline grinste. »Wie ich sehe, kennen Sie ihn bereits. Aber wieso soll er sie nicht gekannt haben? Viele Schwule haben weibliche Freunde. Sie sind doch auch mit Männern befreundet, oder? Es war sowieso nur eine oberflächliche Bekanntschaft, behaupten jedenfalls Reynarde und die anderen Freunde von Stella Gaylord, die wir befragt haben.«

»Die anderen beiden könnte er doch auch gekannt haben. Es ist schwierig, das Gegenteil zu beweisen.«

»In einem Fall ja. Wir können Dorothy Lee nicht fragen, nur ihre Freunde, und keiner von denen kennt Reynarde. Aber das Striptease-Mädchen haben wir gefragt. Und Yolanda Lang kennt Reynarde weder dem Namen noch dem Foto nach.«

»Haben Sie seine Alibis untersucht?«

»Ja, sie sind gut, besonders im Brent-Fall. Er konnte ihr nicht folgen, ohne den Laden zu schließen, und es scheint erwiesen zu sein, daß der Laden geöffnet blieb.«

Sweeney seufzte. »Schön, streichen Sie ihn! Mir gefällt Doc Greene als Ripper sowieso besser.«

»Sweeney, Sie sind verrückt! Sie können ihn bloß nicht ausstehen. Sonst gibt es nichts, was gegen ihn spricht. Wir haben einen viel besseren Verdächtigen als Greene.«

»Sie meinen mich?«

»Jawohl! Sie haben für keinen der Morde auch nur den Hauch eines Alibis. Sie interessieren sich in ungewöhnlicher Weise für den Fall. Sie sind ein labiler Charakter, sonst wären Sie nicht Alkoholiker. Und in einem der Fälle wurden Sie zur Tatzeit am Tatort gesehen. Ich will ja nicht behaupten, daß das hieb- und stichfeste Beweise sind, aber gegen keinen anderen sprechen so viele Verdachtsmomente wie gegen Sie. Wenn Sie nicht ...«

»Wenn ich nicht was?«

»Lassen wir's!«

Sweeney überlegte. »Moment! Ich glaube, ich hab's. Sie meinen, wenn ich nicht Reporter wäre, würden Sie mich wahrscheinlich einkassieren und ein bißchen in die Mache nehmen, bloß für alle Fälle. Aber Sie glauben, daß ich über den Fall schreiben werde, daß Sie mich nicht lange festhalten könnten und daß ich nach meiner Entlassung einen gewissen Captain von der Sonderabteilung Ripper in der ›Blade‹ zur Schnecke machen würde.«

Blines Lachen klang leicht verlegen. Er sagte: »Ich glaube, damit sind Sie nicht allzuweit von der Wahrheit entfernt, Sweeney. Aber verdammt, können Sie mir nicht etwas in die Hand geben, was Sie entlastet, Mann? Sie müßten doch wenigstens für einen Fall herausfinden können, wo Sie zur Mordzeit waren.«

Sweeney schüttelte den Kopf. »Wäre schön, wenn ich das könnte.« Er sah auf seine Armbanduhr. »Aber ich weiß was, das ist fast genausogut. Ich werde Sie zu einem Drink einladen. Im ›El Madhouse‹. Die erste Vorstellung beginnt um zehn. Das ist in ein paar Minuten. Sie wissen doch, daß Yolanda Lang heute abend wieder auftritt.«

»Ich weiß alles. Außer, wer der Ripper ist. Ich wollte mir die Vorstellung heute abend sowieso ansehen. Gehen wir!«

An der Tür wandte sich Sweeney noch einmal um, ehe er das Licht ausschaltete. Er betrachtete die schwarze Statue auf der Musiktruhe, das schlanke, nackte Mädchen, das mit ausgestreckten Armen etwas Fürchterliches abwehren wollte, die Lippen in alle Ewigkeit zu einem stummen Schrei erstarrt. Er grinste sie an und warf ihr eine

Kußhand zu. Dann knipste er das Licht aus und folgte Bline die Treppe hinunter.

In der Rush Street winkten sie ein Taxi heran.

›El Madhouse‹, sagte Sweeney zum Fahrer, lehnte sich zurück und zündete sich eine Zigarette an. Er musterte Bline, der entspannt dasaß, die Augen geschlossen. »Sie halten mich nicht wirklich für den Ripper«, sagte er. »Sonst wären Sie nicht so entspannt, Captain.«

»Wieso entspannt?« Blines Stimme war sanft. »Ich beobachte Ihre Hände, Sweeney, und Sie glauben, meine Augen wären geschlossen. Außerdem – Sie können das von dort aus nicht sehen – steckt eine Waffe in meiner rechten Jackentasche, auf der meine Hand liegt. Ich würde Sie schneller erschießen, als Sie ein Messer ziehen könnten.«

Sweeney lachte.

Und dann fragte er sich, was daran komisch war.

10

›El Madhouse‹ war überfüllt. Sweeney wunderte sich jetzt darüber, daß er nicht daran gedacht hatte. Bei der Reklame, die Yolanda Lang bekommen hatte – den Löwenanteil verdankte sie Sweeneys Feder –, mußte der Laden ja überlaufen sein.

Beim Hereinkommen sah er, daß der vierschrötige Kellner, den man an der Innentür postiert hatte, schon Leute abweisen mußte. Über die Schulter des Kellners hinweg konnte Sweeney sehen, daß mehr Tische als sonst in dem großen Hinterzimmer standen und alle voll besetzt waren.

Ein mittelmäßiges Drei-Mann-Orchester spielte, und eine Sängerin mit Reibeisenstimme gab eine Schnulze zum besten, wahrscheinlich zur Eröffnung der Vorstellung. Von der Bar aus konnte man jedoch die Bühne nicht sehen – oder das Podium, oder was immer es sein mochte.

Sweeney gab einen enttäuschten Laut von sich, aber Bline nahm ihn beim Arm und steuerte mit ihm auf einen Tisch zu, an dem sich soeben ein Pärchen erhob. Sie setzten sich, und Bline sagte: »Wir gehen noch nicht hinein. Die Vorstellung beginnt gerade, und Yolanda ist erst in ungefähr vierzig Minuten dran.«

»Wir werden überhaupt nicht reinkommen. Das heißt – Yolanda hat gesagt, ich soll vorbeikommen und mir die Show ansehen; vielleicht war sie schlauer als ich und hat mir einen Platz reservieren lassen. Ich werde mal nachsehen. Halten Sie mir den Stuhl frei ...«

Er wollte aufstehen, aber Bline hielt ihn zurück.

»Setzen Sie sich! Sie sind in Polizeibegleitung«, sagte der Captain. »Wir gehen rüber, wann ich will, und wenn die für uns Stühle auf den Tisch stellen müßten. Aber ich glaube, das wird nicht nötig sein. Ich habe einen der Jungs gebeten, mir einen Platz an seinem Tisch freizuhalten, und wir werden für Sie einen Stuhl dazustellen lassen.«

Er faßte einen vorübereilenden Kellner am Arm. »Schicken Sie Nick her, und zwar gleich, ja?«

»Nick hat zu tun. Wir drehen noch alle durch. Sie müssen schon warten ...«

Mit der freien Hand klappte Bline seinen Rockaufschlag zurück, so daß die silberne Plakette sekundenlang zu sehen war. »Schicken Sie Nick her!« sagte er noch einmal.

»Wer ist Nick?« fragte Sweeney, als der Kellner in der Menge untergetaucht war.

»Nick schmeißt den Laden hier für Harry Yahn.« Bline grinste. »Ich will ihn gar nicht sprechen, aber es ist die einzige Methode, hier was zu trinken zu kriegen. Was möchten Sie?«

»Whisky-Soda. Ich sollte mir so eine Plakette kaufen. Das klappt ja richtig gut.«

»Immer!« Bline sah auf, als ein untersetzter, eleganter Mann an den Tisch trat. »'n Abend, Nick! Alles unter Kontrolle?«

Der Untersetzte brummte: »Wenn nicht so viele Nassauer hier wären, könnten wir mehr verdienen. Vier Bullen sind schon da und nehmen Platz weg, und jetzt kommen Sie auch noch.«

»Und Sweeney, Nick. Das ist Sweeney von der ›Blade‹. Er kommt auch noch. Sie können ihm doch einen Stuhl reinstellen?«

»Zahlender Gast?«

»Zahlender Gast«, sagte Sweeney

Nick lächelte, und Sweeney rechnete damit, daß er sich gleich noch die Hände reiben würde. Statt dessen streckte er Sweeney die Rechte entgegen. »Sollte ein Witz sein, Mr. Sweeney. Sie sind selbstverständlich Gast des Hauses. Ich habe Ihren Artikel gelesen. Hat uns allerdings auch Geld gekostet.«

»Wie das?«

»Greene. Er nimmt uns aus. Wir müssen bluten, wenn wir Kasse machen wollen.« Er wandte sich um und erwischte einen vorbeieilenden Kellner. Es war derselbe, den Bline kurz zuvor abgefangen hatte. »Was trinken Sie?«

»Whisky mit Soda für uns beide«, sagte Bline.

»Dreimal, Charly! Und zwar gleich«, befahl Nick dem Ober. Dann sagte er: »Augenblick, ich hole mir einen Stuhl.« Irgendwo trieb er einen Stuhl auf; gerade als er sich setzte, kamen die Getränke.

»Wie kann Greene Sie ausnehmen?« wollte Sweeney wissen. »Haben Sie keinen Vertrag mit Yolanda?«

»Doch, natürlich. Für weitere vier Wochen. Aber...«

»Mir hat Doc Greene gesagt, für drei«, unterbrach Sweeney.

»Greene sagt nie die Wahrheit. Krankhaft bei ihm. Sie ist bis zum 5. September vertraglich gebunden. Aber der Vertrag hat eine bestimmte Klausel.«

»Wie die meisten Verträge«, meinte Sweeney.

»Eben. Die Klausel besagt, daß sie nicht zu arbeiten braucht, wenn sie krank oder verletzt ist. Und Greene hat sich von einem der Ärzte im Krankenhaus attestieren lassen, daß Yolanda ein bis zwei Wochen arbeitsunfähig ist, weil sie einen Schock hat.«

»Und ihr Honorar liefe weiter?«

»Das nicht. Aber Sie sehen ja selbst, wie wir Kasse machen, wenn sie auftritt. Der Laden ist gerammelt voll, und die geben alle Geld aus. Aber weil Doc uns beim Wickel hat, mußten wir Yo einen Riesenprämie bewilligen, damit sie ihren Nervenschock vergißt. Prämie – das ist Docs Wort für Erpressung.«

»Aber kann sie denn überhaupt schon wieder tanzen?« fragte Sweeney. »Sie hatte wirklich einen Schock. Ich habe ihr Gesicht gesehen, als sie im Flur des Appartementhauses aufgestanden ist.«

»Über ihr Gesicht haben Sie aber nichts geschrieben.«

»Aber klar doch. Bevor der Hund den Reißverschluß gezogen hat. Wieso hat sie übrigens unter dem Kleid keinen Netz-BH und kein G-String getragen? Wenn die polizeilichen Bestimmungen nicht kürzlich geändert worden sind, dann ist das doch gegen die Vorschrift für eine Striptease-Show.«

»Hatte sie wirklich keine an? Man sieht nämlich kaum was davon. Ich dachte, Sie hätten in Ihrem Artikel übertrieben.«

»Nicht im mindesten«, sagte Sweeney.

»Möglich wär's ja. Wir haben eine hübsche Garderobe mit Dusche, und Mittwoch nacht war es heiß. Wahrscheinlich hat Yo nach der letzten Vorstellung geduscht und sich nicht die Mühe gemacht, unterm Kleid noch was anzuziehen, wenn sie sowieso gleich schlafen gehen oder sonst was wollte.«

»Wenn es sonst was gewesen wäre, wäre sie nicht allein gewesen«, meinte Sweeney. »Aber wir kommen vom Thema ab. Ist es nicht ein wenig früh, sie heute schon wieder auftreten zu lassen?«

»Ach was! Wenn sie wirklich einen Schock erlitten hat, dann hat sie ihn nach einem ausgiebigen Nachtschlaf überwunden. Und die Verletzung war nur eine Schramme. Sie trägt ein fünfzehn Zentimeter langes Pflaster, aber das wollen die Gäste ja sehen für ihr Geld! Na ja, was anderes wollen sie vielleicht auch noch sehen.« Er schob seinen Stuhl zurück und stand auf. »So, jetzt muß ich mich ums

Geschäft kümmern. Wollen Sie schon rübergehen? Yo tritt zwar erst in einer halben Stunde auf, aber das Programm vorher ist auch ganz erträglich.«

Die Stimme eines Conférenciers drang aus dem Nachtklub herüber, und Sweeney und Bline schüttelten gleichzeitig den Kopf.

»Wir geben Ihnen Bescheid, wenn wir rüberwollen«, sagte Bline.

»Wie Sie wollen. Ich schicke Ihnen noch zwei Whiskys.«

Nick ging und nahm seinen Stuhl mit.

»Tritt Yolanda nur einmal auf?« fragte Sweeney den Kriminalbeamten.

»Von jetzt an ja. Vor dem Rummel ist sie zweimal aufgetreten. Einmal mit einer normalen Striptease-Nummer als dritte im Programm, das zweitemal am Schluß, in der Spezialnummer mit dem Hund. Aber Nick hat mir heute nachmittag gesagt, sie hätten sich darauf geeinigt, sie nur einmal pro Vorstellung auftreten zu lassen, und zwar mit der Spezialnummer. Das tut dem Geschäft keinen Abbruch. Es kommen genauso viele Neugierige, ob sie nun einmal oder zweimal auf der Bühne erscheint.«

Der Kellner brachte die Getränke. Bline sah einen Augenblick in sein Glas. »Ich war vorhin im Taxi vielleicht ein bißchen barsch zu Ihnen, Sweeney«, sagte er und blickte Sweeney offen an.

»Darüber bin ich froh«, erwiderte Sweeney.

»Wieso? Weil Sie mich jetzt mit gutem Gewissen in der ›Blade‹ fertigmachen können?«

»Aber nicht doch! Soweit ich das bisher beurteilen

kann, verdienen Sie es nicht, fertiggemacht zu werden. Zumindest nicht für die Art, wie Sie den Fall bearbeiten. Aber ich kann jetzt mit gutem Gewissen verschiedenes für mich behalten.«

Bline runzelte die Stirn. »Sie dürfen mir nichts verschweigen, Sweeney. Das könnte Sie teuer zu stehen kommen. Was wissen Sie?« Er beugte sich vor und fragte eindringlich: »Haben Sie Mittwoch nacht auf der State Street etwas gesehen, was Sie in Ihrem Artikel nicht erwähnt haben? Haben Sie jemanden erkannt, oder hat sich einer der Umstehenden verdächtig verhalten? Wenn ja, dann müssen Sie...«

»Nein. Über Mittwoch nacht wissen Sie die ganze Wahrheit und nichts als die Wahrheit. Wenn ich aber bei meiner Beschäftigung mit dem Fall, bei meinen Fragen und Nachforschungen auf etwas stoße, was Ihnen entgangen ist, dann geht das nur mich etwas an. Bis ich genug Material habe, um Ihnen bei der Lösung des Falles zuvorzukommen.«

»Na schön«, sagte Bline, »lassen wir das für den Augenblick. Ich stelle Ihnen jetzt eine Frage. Geben Sie mir Ihr Ehrenwort, daß Sie wahrheitsgemäß antworten werden?«

»Wenn ich antworte, dann sage ich die Wahrheit. Sie wollen doch nicht etwa fragen, ob ich der Ripper bin?«

»Nein. Wenn Sie es sind, würde ich keine ehrliche Antwort erwarten. Ich stelle diese Frage in der Annahme, daß Sie nicht der Ripper sind. Aber wenn Sie mir die Antwort verweigern, kassiere ich Sie ein und nehme Sie in die Mangel, Reporter hin oder her. Dasselbe gilt, wenn Sie mich anlügen. Wissen Sie – oder glauben Sie zu wissen –, wer der Ripper ist? Haben Sie einen Verdacht, ganz gleich, ob Sie mir nur eine Beschreibung oder einen Namen geben können?«

»Nein, keinen. Es sei denn, Doc Greene. Aber dazu habe ich nicht den geringsten Grund, außer daß ich gern hätte, daß er's ist.«

Bline lehnte sich wieder zurück. »Okay! Ich habe eine Menge Leute, die an diesem Fall arbeiten. Außerdem hält die gesamte Chicagoer Polizei die Augen offen. Wenn Sie – ganz allein – etwas herausfinden, das uns entgeht, dann ist es Ihre Angelegenheit. Wahrscheinlich kriegen Sie dabei ein Messer in den Bauch, aber das ist dann Ihr Bier.«

Sweeney grinste. »Faires Abkommen, Captain. Und dafür will ich vergessen, daß Sie mir mein Rasiermesser und mein Taschenmesser geklaut und mir damit einen Heidenschiß eingejagt haben. Warum haben Sie keinen Zettel hinterlassen?«

»Ich wollte Ihre Reaktion sehen. Wenn Sie der Ripper gewesen wären, hätte Sie der Verlust der Messer wahrscheinlich noch mehr erschreckt. Vermutlich hätten Sie sich dann schleunigst auf die Socken gemacht, und wir hätten Sie geschnappt. Wissen Sie, Sweeney, ich habe mich beinahe zu der Überzeugung durchgerungen, daß Sie nicht der Ripper sind.«

»Wie reizend von Ihnen, Captain! Aber ich möchte wetten, das sagen Sie zu allen Jungs. Haben Sie mich übrigens beschatten lassen, solange Sie geglaubt haben, ich wär's?«

»Heute ja. Gestern war ich noch nicht auf Ihrer Fährte.

Aber jetzt pfeife ich ihn wohl zurück. Zumal Sie jetzt ohnehin von ihm wissen.«

»Wie wär's, wenn Sie ihn auf Greene ansetzen? He, Captain, war es etwa Doc, der Sie auf meine Fährte gebracht hat?«

Bline grinste. »Sie beide lieben sich tatsächlich innig. Beantwortet das Ihre Frage? – Wie wär's, wenn wir jetzt reingehen? Yolanda tritt in zehn Minuten auf.«

Nick schleuste sie an dem vierschrötigen Kellner vorbei, der den Eingang zum Nachtklub bewachte. Die Schnulzensängerin mit der Reibeisenstimme sang schon wieder von Treue und Reue, während sie sich durch die kaum passierbaren Lücken zwischen den Tischen zwängten. Tête-à-tête-Tische für zwei Personen gab es heute nicht, stellte Sweeney fest. An jedem Tisch saßen mindestens vier Personen, hier und da sogar fünf oder sechs. Mindestens zweihundert Menschen drängten sich in diesem Raum, der normalerweise knapp die Hälfte faßte.

Sie hatten den Saal kaum betreten, da spürte Sweeney, wie er von hinten am Arm gepackt wurde. Er wandte sich um. Bline beugte sich zu ihm. Er mußte schreien, um sich trotz Musik und Stimmengewirr verständlich zu machen, dämpfte die Stimme aber doch soweit, daß nur Sweeney ihn hören konnte. »Habe ganz vergessen, Ihnen zu sagen, daß Sie die Augen offenhalten sollen. Sehen Sie sich alle Gesichter genau an. Vielleicht erkennen Sie jemanden, den Sie vor der Haustür in der State Street gesehen haben. Alles klar?«

Sweeney nickte. Er wandte sich um und folgte wieder Nick, musterte jetzt aber die Gesichter der Anwesenden und suchte nach Bekannten. Er glaubte allerdings nicht, daß er einen der Zuschauer von Mittwoch nacht wiedererkennen würde; im Grunde hatte er vor der Tür nur Hinterköpfe gesehen. Aber versuchen wollte er es wenigstens, denn Blines Vermutung, daß sich der Ripper unter die Menge gemischt hatte, war einleuchtend. Außerdem glaubte auch Sweeney, daß der Ripper sich heute die Show ansehen würde.

Nick führte die beiden an einen Tisch, an dem schon drei Männer saßen. Ein Stuhl war frei und schräg gegen die Tischkante gelehnt. Nick sagte: »Ich schicke einen Kellner mit einem Stuhl. Er kann ihn noch dazwischenschieben. Trinken Sie dasselbe wie vorhin?«

Bline nickte. »Setzen Sie sich, Sweeney«, forderte er dann den Reporter auf. »Muß draußen noch mit meinen Leuten sprechen, ehe ich's mir bequem mache.«

Sweeney nahm den Stuhl und musterte die drei Tischgenossen, die nur Augen für die Sängerin hatten und ihn nicht beachteten. Einer kam ihm bekannt vor. Die anderen hatte er noch nie gesehen. Auch Sweeney blickte nun zur Bühne. Die Sängerin sah annehmbar aus, aber er wünschte, er müßte ihr nicht auch noch zuhören.

Der fünfte Stuhl und die Getränke wurden gebracht. Etwas später kam Bline zurück, und Sweeney rückte näher an seinen Tischnachbarn heran. Bline sagte:

»Sweeney, Ross, Guerney, Swann. Tut sich was, Jungs?«

Swann antwortete: »Der Bursche da drüben am Ecktisch benimmt sich eigenartig. Fällt mir schon 'ne ganze Weile auf. Der mit der Nelke im Knopfloch. Vielleicht ist er auch nur betrunken.«

Bline beobachtete den Mann eine Zeitlang, dann schüttelte er den Kopf. »Den halte ich für harmlos. Der Ripper würde sich nicht so auffällig anziehen und sich noch dazu eine Blume ins Knopfloch stecken, oder? Und ich glaube auch nicht, daß der Ripper sich besaufen würde.«

»Danke für die Entlastung«, sagte Sweeney.

Bline wandte sich ihm zu. »Erkennen Sie jemanden, der am Mittwoch dabei war?«

»Nur den hier, den Sie als Guerney vorgestellt haben. Ist das nicht einer von den Jungs, die mit dem Streifenwagen gekommen sind?«

Guerney hatte sich bei der Erwähnung seines Namens umgedreht. »Stimmt! Ich habe den Hund betäubt.«

»Guter Schuß«, sagte Sweeney anerkennend.

»Guerney ist einer der besten Schützen in der Abteilung«, sagte Bline. »Der andere von der Streife ist auch hier, Kravich. Er steht draußen an der Bar und beobachtet alle, die kommen und gehen.«

»Ist mir nicht aufgefallen.«

»Aber Sie ihm. Er wollte auf Sie zugehen, als wir kamen. Dann hat er gesehen, daß ich dabei war, und hat es bleiben lassen. Haben Sie sonst niemanden gesehen, der…«

»Nein«, unterbrach ihn Sweeney. »Psst!«

Der Conférencier stand auf der Bühne – es war tatsächlich eine kleine Bühne, etwa vier Meter breit und drei Meter tief – und holte zu einer Ankündigung von Yolanda Lang und ihrem Tanz »Die Schöne und die Bestie« aus, und das wollte Sweeney gern hören.

Nicht daß es hörenswert gewesen wäre. Der Conférencier verzichtete auf seinen abgeschmackten Humor und war dadurch noch abgeschmackter. Das Ganze war in Sweeneys Augen entsetzlich kitschig, und so versuchte er es zu ignorieren, das Gerede vom »erstaunlichen Mut der tapferen kleinen Frau«, die sich von ihrem Schmerzenslager erhoben habe, um dem Ruf der Kunst und der Öffentlichkeit zu folgen und den schönsten, sensationellsten Tanz der Welt zu zeigen, unterstützt von dem bestdressierten Hund der Welt, der sein Leben gewagt hatte, um seine Herrin zu retten, der verwundet worden war, aber dennoch in selbstloser Treue...

Sweeney konnte es nicht mehr ertragen. »Was glaubt der Kerl denn, wen er anzusagen hat? – Die Jungfrau von Orleans?«

Bline legte den Finger an die Lippen. »Psst!«

Sweeney mußte sich noch fünfundvierzig Sekunden davon anhören, dann war es gottlob vorbei. Nichts dauert ewig, nicht einmal ein Conférencier mit einer einmaligen Gelegenheit, dramatisch zu werden. Der Raum verdunkelte sich, und das Stimmengewirr erstarb. Es wurde so still, als hielten die zweihundert Zuschauer den Atem an.

Man hörte den Schalter klicken, mit dem irgendwo hinten im Raum ein Scheinwerfer eingeschaltet wurde, und ein hellgelber Lichtkreis erleuchtete die linke Seite der Bühne. Alle Augen richteten sich auf den Lichtkegel. Dumpfe Trommelschläge pochten, und Sweeneys Blicke wanderten zu dem Drei-Mann-Orchester. Zwei Musiker waren verschwunden: der Pianist und der Saxophonist. Sie hatten das Podium verlassen. Der Schlagzeuger saß allein vor einer tief gestimmten Kesselpauke. Seine einzigen Waffen waren zwei Trommelschlegel mit dicken Filzköpfen.

Raffiniert, dachte Sweeney, und er fragte sich, ob der Ruhm für diesen Einfall Yolanda oder ihrem Manager gebührte. Selbst der schlechteste Schlagzeuger konnte mit einer Pauke und weichen Schlegeln nichts verderben, wenn er weit genug entfernt saß von seinen Becken, Trommeln und Glocken.

Der Schlagzeuger entlockte der Pauke ein langsames Crescendo, und der Scheinwerfer wurde abgeblendet. Im Dämmerlicht nahm man den Schatten einer Bewegung wahr, und als das Licht wieder hell aufstrahlte, stand sie da, genau in der Mitte des Scheinwerferkegels, unbeweglich.

Und sie war wirklich schön, daran konnte niemand zweifeln. Das Bild, das Sweeney in seiner Erinnerung vor sich sah, war keine Übertreibung, nicht im mindesten. Auch jetzt fand er wieder, daß sie die schönste Frau war, die er je gesehen hatte. Und als er merkte, daß es sämtlichen Zuschauern den Atem verschlug, wußte er, daß auch sie so dachten. Warum, fragte er sich, trat sie in einem Nepplokal in der Clark Street von Chicago auf? Selbst wenn sie nicht tanzen konnte...

Sie trug ein Kleid, das fast genau dem von Mittwoch nacht glich. Nur war dieses hier schwarz, während Sweeney sie in Weiß gesehen hatte. Schwarz stand ihr eigentlich noch besser, fand Sweeney, denn es brachte ihre helle Hautfarbe stärker zur Geltung. Das Kleid war trägerlos und betonte jede Rundung ihres Körpers.

Sie war barfuß und trug weder Handschuhe noch Bolero oder Stola. Das hier sollte kein langsamer Striptease wie andere Striptease-Nummern werden, sondern ein blitzartiger Wechsel von schwarz zu weiß, von Stoff zu Fleisch.

Dumpf dröhnte die Trommel.

Man hätte meinen können, die Frau auf der Bühne sei eine Statue. Und dann – kaum merklich – bewegte sie sich. Sie drehte nur den Kopf.

Alles folgte ihrem Blick. Alles sah, wie sie, was da im Halbdunkel auf der anderen Bühnenseite kauerte. Es war »Satan«, der Hund. Aber jetzt wirkte er überhaupt nicht wie ein Tier. Er sah tatsächlich wie der leibhaftige Satan aus. Er kauerte im Dämmerlicht, die Lefzen hochgezogen wie in stummem Knurren, und seine Augen schimmerten gelblich aus dem Dunkel.

Die Trommelschläge wurden so leise, daß sie kaum noch wahrnehmbar waren. Und in die Stille hinein knurrte der Hund. Es war das gleiche Knurren, genau das gleiche Knurren, das Sweeney Mittwoch nacht gehört hatte. Und wie Mittwoch nacht, so jagte es ihm auch jetzt einen kalten Schauer über den Rücken.

Noch immer geduckt, schob sich der Hund wenige Zentimeter an die Frau heran. Wieder knurrte er und setzte zum Sprung an.

Eine plötzliche rasche Bewegung am Tisch veranlaßte Sweeney, den Blick von der Bühne loszureißen. Im selben Augenblick, da Sweeney die Bewegung bemerkt hatte, griff auch Bline mit seiner großen Pranke schon über den Tisch und packte Guerneys Arm.

Guerney hatte einen Revolver in der Hand.

»Du Trottel, das gehört doch zur Nummer«, flüsterte der Captain heiser. »Der Hund ist darauf dressiert. Er tut ihr nichts.«

»Bloß für alle Fälle«, gab Guerney flüsternd zurück.

»Wenn er sie anspringt, erwische ich ihn, ehe er ihre Kehle packt.«

»Steck das Schießeisen ein, du Blödmann, sonst kannst du was erleben!«

Langsam steckte Guerney die Waffe zurück ins Schulterhalfter, aber aus den Augenwinkeln beobachtete Sweeney, daß der Polizist die Hand am Kolben behielt.

»Werd mir ja nicht schießwütig!« warnte Bline. »Der Hund springt sie an, und das gehört zur Nummer, verdammt nochmal!«

Guerney zog die Hand unter der Jacke hervor, hielt sie aber in der Nähe des Rockaufschlages. Sweeneys Blick zuckte zur Bühne zurück, als einige Zuschauer nach Luft schnappten und eine Frau am Nebentisch aufkreischte, ein Kreischen wie von einem jäh abgeschnittenen Schrei.

Der Hund sprang.

Aber auch die Frau bewegte sich. Mit einem Schritt war sie zur Seite getreten. Der Hund schoß an ihr vorbei, landete, fuhr blitzschnell herum, duckte sich wieder, und jetzt stand Yolanda in der Mitte der Bühne, als er auf sie zuflog. Wieder entging sie ihm durch eine elegante Drehung.

Sweeney fragte sich, ob das endlos so weitergehen würde, aber das war nicht der Fall. Als hätte er erkannt, daß seine Sprünge sinnlos waren, kauerte der Hund in der Mitte der Bühne und drehte sich mit, während sie um ihn herumtanzte.

Sie konnte tatsächlich tanzen. Zwar bot sie nichts Außergewöhnliches, aber sie tanzte gut und anmutig, wenn auch nicht überragend. Der Hund drehte sich um die eigene Achse, und seine gelben Augen folgten jeder ihrer Bewegungen.

Dann näherte sich die »Schöne« der »Bestie«, die sie gezähmt hatte, legte dem Hund die Hand auf den Kopf und sank neben ihm auf die Knie. Er knurrte, duldete aber die Berührung.

Schneller schlugen die Schlegel auf die Pauke, lauter wurde der Trommelwirbel.

Und dann, als Yolanda sich erhob und ins Publikum sah – schon wurde das gelbe Scheinwerferlicht trüber –, lief der Hund hinter sie. Er erhob sich auf die Hinterläufe, so daß er ihr bis zu den Schultern reichte. Dann packte er mit den Zähnen die Lasche am Reißverschluß ihres Kleides, ließ sich auf die Vorderläufe hinunter und öffnete dabei das Kleid.

Und das schwarze Kleid fiel – genau wie das weiße Mittwoch nacht – zu Boden und bildete einen Kreis um ihre Füße.

Sie war unglaublich schön, hatte allerdings, wie Sweeney fand, zuviel an: einen knappen, durchsichtigen BH aus weitmaschigem Netzstoff, so duftig wie Tau und so beengend wie Luft, der die Schönheit ihrer üppigen Brüste eher betonte als verhüllte; und ein G-String, das im langsam trüber werdenden Licht ebensogut gar nicht hätte vorhanden sein können und an dessen Existenz man im Vertrauen auf die Integrität der Chicagoer Sitte einfach glauben mußte; außerdem einen fünfzehn Zentimeter langen Streifen schwarzes Klebeband, der genau unter dem Nabel leicht schräg über ihren weißen Bauch verlief. Und irgendwie wirkte sie durch diesen Kontrast von

Schwarz auf Weiß nackter als vor zwei Tagen, als Sweeney sie völlig unbekleidet gesehen hatte.

Der Trommelschlag wurde langsam leiser. Yolanda hob die Arme – ihre Brüste hoben sich mit ihnen – und spreizte die Beine; von hinten schob sich der Hund zwischen sie, so daß Yolanda rittlings über ihm stand; mit erhobenem Kopf blickte er ins Publikum, als sei er entschlossen, seine Herrin gegen jeden Angriff zu verteidigen.

»Zerberus bewacht die Himmelstür«, flüsterte Sweeney Bline zu.

»Wie?« fragte der Captain.

Der Trommelschlag verebbte, das Scheinwerferlicht erlosch, und die Bühne wurde dunkel. Als die Rampenleuchten wieder eingeschaltet wurden, war Yolanda verschwunden.

Nun wurde es auch im Zuschauerraum wieder hell. Die Vorstellung war vorüber. Die Menge applaudierte begeistert. Aber Yolanda Lang erschien nicht mehr, um sich zu verbeugen.

Über den Tumult hinweg fragte Bline: »Wie hat es Ihnen gefallen, Sweeney?«

»Es oder sie?«

»Es. Ich meine den Tanz.«

»Ist wahrscheinlich symbolisch bis zum Gehtnichtmehr. Aber was er symbolisieren soll, weiß ich nicht. Der Choreograph hat's vermutlich auch nicht gewußt. Wenn Yolanda überhaupt einen Choreographen hatte. Es sieht mir eher danach aus, als hätte Doc Greene sich das ausgedacht. Verrückt genug ist es. Und auch raffiniert genug. Paßt so richtig zu seinem feinen italienischen Händchen.«

»Greene ist kein Italiener«, sagte Bline, »er ist deutscher Abstammung.«

Sweeney brauchte keine Antwort zu geben, denn eben wandte sich Guerney um, und der Captain musterte ihn mit unheilverkündendem Blick. »Du Trottel! Am liebsten würde ich dir die Kanone wegnehmen und dich ohne rumlaufen lassen.«

Guerney wurde rot. Er machte ein betretenes Gesicht. »Ich hätte nur geschossen, Captain, wenn ...«

»... der Hund sie angesprungen hätte. Und das hat er getan. Zweimal. Das wär 'ne feine Schlappe für unsere Abteilung gewesen!«

Der Streifen-Cop tat Sweeney leid. Er sagte: »Wenn Sie den Hund erschossen hätten, Guerney, wäre ich auf Ihrer Seite gewesen.«

»Das hätte ihm aber 'ne Menge genützt«, brummte der Captain. »Oder wollten Sie ihm etwa bei der ›Blade‹ einen Job als Zeitungsausträger beschaffen?«

Vor weiteren Peinlichkeiten wurde Guerney durch das Erscheinen von Nick an ihrem Tisch bewahrt. »Noch eine Runde, meine Herren? Wie hat Ihnen die Vorstellung gefallen? Yolanda hat einen gutdressierten Hund, finden Sie nicht?«

»Unter den gegebenen Umständen hat das Vieh mehr Selbstbeherrschung gezeigt, als ich hätte aufbringen können«, sagte Sweeney trocken.

»Ich auch«, sagte Guerney. Er begann zu grinsen, fing dann aber Blines Blick auf und stellte fest, daß er immer noch in Verschiß war. Er sagte: »Ich muß mal eben draußen jemanden ... das heißt, ich muß aufs Klo.«

Er schlängelte sich zwischen den Tischen hindurch Richtung Ausgang. Nick ließ sich auf den freigewordenen Stuhl gleiten und meinte: »Ich setze mich mal eben einen Moment zu Ihnen, bis er wiederkommt. Ist Ihnen während der Show irgendwas aufgefallen, Captain?«

»Ja«, sagte Sweeney, »alles, was nicht vom G-String verdeckt war. Wissen Sie was? Irgendwann würd ich sie mal gern ganz nackt sehen.«

Nick sah ihn verwundert an. »Wieso? Laut Ihrem Artikel haben Sie sie doch …«

Sweeney schüttelte trübsinnig den Kopf. »Handschuhe«, sagte er. »Da hat sie lange weiße Handschuhe angehabt.«

Bline schnaubte. »Der Kerl hat immer nur das eine im Kopf, Nick. Was soll mir denn während der Show aufgefallen sein?«

Nick beugte sich vor. »Nur eins, am Schluß, wenn sie mit dem Gesicht zum Publikum vorn an der Bühne steht und langsam das Licht ausgeht. Ich möchte natürlich die Nummer nicht ändern, obwohl wir wahrscheinlich auch ein volles Haus hätten, wenn Yolanda im Taucheranzug indianische Volksweisen sänge. Aber ich mache mir Sorgen. Ich will nicht, daß ihr etwas passiert, und wenn der Ripper hier auftauchen würde, dann wäre das seine große Chance.«

»Wie denn?«

»Das Publikum sitzt im Dunkeln. Und wenn er auf die Idee kommt, sein Messer zu werfen, wäre es schwer festzustellen, aus welcher Richtung es gekommen ist.«

Bline sah nachdenklich vor sich hin und schüttelte dann

den Kopf. »Klingt reichlich abwegig, Nick. Wenn er nicht schon Messer werfen kann – und die Chancen dagegen stehen eine Million zu eins –, bräuchte er monatelang, um es zu lernen. Und eine Pistole würde er nicht benutzen. Solche Kerle bleiben immer bei einer Waffe und benutzen sie immer auf dieselbe Weise. Deshalb würde er auch nie in einer Menschenmenge töten. Ich glaube, daß die größte Gefahr für sie auf dem Her- und Nachhauseweg und nachts in ihrer Wohnung besteht. Und da nehmen wir Miß Lang ja unter unsere Fittiche.«

»Wie lange noch?«

»Bis der Ripper gefaßt ist, Nick. Ganz sicher aber so lange, wie sie noch hier auftritt. Also brauchen Sie sich keine Sorgen zu machen.«

»Durchsucht jemand ihre Wohnung, ehe sie hineingeht, wenn sie nach Hause kommt?«

Bline runzelte die Stirn. »Hören Sie, Nick! Ich erzähle niemandem, welche Sicherheitsvorkehrungen wir treffen oder nicht treffen. Besonders dann nicht, wenn ein Reporter dabeisitzt, der sofort einen Artikel für sein Blatt verfassen würde, damit der Ripper genau weiß, was Sache ist.«

»Besten Dank, daß Sie mich vom Verdächtigen zum Reporter degradiert haben«, sagte Sweeney. »Aber die Anregung, Yolandas Wohnung durchsuchen zu lassen, finde ich gut – falls Sie nicht schon selbst auf den Gedanken gekommen sind. Wenn ich der Ripper wäre und Miß Lang wiedersehen wollte, würde ich es nicht auf der Straße versuchen, sondern unter ihrem Bett auf sie warten. Schläft übrigens der Hund im selben Zimmer?«

Bline sah ihn scharf an. »Ja. Aber das wird nicht veröffentlicht, klar?«

»Und wenn er nun doch Messerwerfer ist?« fragte Nick.

Sweeney sah an ihm vorbei. »Da kommt er gerade. Fragen Sie ihn selbst.«

11

Doc Greene kam auf den Tisch zu. Er zwängte sich durch die Menge der Zuschauer, von denen die meisten nach der ersten Vorstellung den Nachtklub verließen. Sein breites Mondgesicht zeigte ein selbstzufriedenes Grinsen, das ihm Sweeney am liebsten mit der Faust ausgetrieben hätte.

Bline drehte sich um und sah Sweeney sauer an. »Sie und Ihre blöden Ahnungen!«

Vielleicht sind Sie auch sauer auf ihn; wenn ja, will ich ihn nicht verteidigen. Es war bloß eine Ahnung, aber Sie wissen ja, wie stur ein Ire bloß aufgrund einer Ahnung sein kann. Man muß ihn praktisch erschlagen, um ihn davon abzubringen. Daß es in Sweeneys Fall dazu kam, war allerdings nicht sehr wahrscheinlich. Sehr viel wahrscheinlicher, ja äußerst wahrscheinlich war dagegen, daß ihn jemand mit einem Schnitt in den Bauch von seinen Ahnungen befreite. Ja, daß es dazu kam, war höchst wahrscheinlich, und es kam auch beinahe dazu, aber noch nicht gleich, denn Doc Greene hielt kein Messer, sondern eine dicke Zigarre in der Hand.

Nick stand auf. »'n Abend, Doc! Ich muß mich ums Geschäft kümmern. Bis später.«

Doc nickte ihm zu und fragte Bline, wie ihm die Show gefallen hatte.

»Großartig, Doc! Nehmen Sie Platz«, sagte der Captain. In diesem Augenblick kam Guerney zurück. Er zögerte, als er sah, daß sich jemand auf seinen Stuhl setzte. Der Captain winkte ihn heran und sagte ihm, er solle eine Pause machen und ein bißchen frische Luft schnappen. Guerney ging hinaus.

Greene lächelte Sweeney an. Es war ein hinterhältiges Lächeln. »Sie brauche ich wohl gar nicht erst zu fragen.«

»Nein. Aber Nick hat uns erzählt, daß Sie ihn um tausend Dollar erleichtert haben.«

»Was heißt erleichtert? Eigentlich müßte Yolanda sich schonen nach allem, was sie durchgemacht hat«, erwiderte Greene kühl. »Wenn sie jetzt schon wieder auftritt, gefährdet sie ihre Gesundheit. Also steht ihr eine Zulage zu.«

»Bekommt sie denn das Geld?«

»Selbstverständlich! Ich als ihr Manager erhalte natürlich meinen Anteil.«

»Wieviel Prozent?«

»Das ist meine Sache.«

»Bestimmt nicht gerade wenig. Wissen Sie, Doc, eins würde mich interessieren«, sagte Sweeney. »Wie kommt es, daß Yolanda in einem solchen Schuppen auftritt? Die Gage hier ist doch ein Trinkgeld gegen das, was Sie ihr vermitteln könnten.«

»Wem sagen Sie das! Aber wir haben nun mal einen Vertrag, und Yahn besteht auf einer Einhaltung. Wissen Sie, was wir hier bekommen? Lausige zweihundert die Woche. Ich könnte ihr einen Job für tausend die Woche besorgen, wäre ein Kinderspiel. Aber sie muß noch einen Monat hier arbeiten. Und bis dahin ...«

»Sie mißverstehen mich. Ich meine, warum hat sie überhaupt hier angefangen für zweihundert die Woche? Auch vorher hätte sie doch sicher schon in besseren Klubs arbeiten können als ausgerechnet hier in der Clark Street.«

Greene spreizte die Finger. »Große Sprüche zu machen ist leicht, Sweeney. Vielleicht könnten Sie's ja besser. Aber Sie werden nie Gelegenheit haben, es zu versuchen, denn Yolanda ist vertraglich an mich gebunden.«

»Für wie lange?«

»Auch das ist meine Sache.«

Langsam sagte Sweeney: »Möglicherweise hatten Sie Ihre Gründe dafür, Miss Lang keine besseren Engagements zu vermitteln.«

»Ihre Phantasie treibt merkwürdige Blüten, Sweeney.«

»Davon können Sie gleich noch eine haben.« Sweeney vergewisserte sich mit einem raschen Seitenblick, daß der Captain aufmerksam zuhörte. Dann fuhr er fort: »Vielleicht hat der Ripper Yolanda gar nicht angegriffen. Vielleicht war es nur ein Reklametrick. Niemand hat den Ripper gesehen. Vielleicht haben Sie sich das Ganze ausgedacht und Yolanda hat sich den kleinen Schnitt selbst beigebracht. Möglicherweise mit einer Rasierklinge. Und dann hat sie sich in den Flur gelegt, bis jemand auf sie aufmerksam wurde!«

»Und die Rasierklinge hat sie verschluckt?«

»Die kann sie in ihren Briefkasten geworfen haben.«

Bline mischte sich ein.

»Nein, Sweeney. Der Flur ist durchsucht worden, einschließlich der Briefkästen. Nirgends ein Messer oder eine Rasierklinge. Auch nicht in einem von ihren Schuhen oder in ihrem Kleid. Das hätte man im Krankenhaus festgestellt. Auch wir haben natürlich daran gedacht, daß das Ganze ein Schwindel sein könnte.«

Eigensinnig sagte Sweeney: »Doc Greene hätte genausogut dort sein können wie der Ripper. Und er hätte genausogut mit der Klinge verschwinden können wie der Ripper mit seiner Waffe.«

Greene machte eine ironisch übertriebene Verbeugung. »Danke, daß Sie zum erstenmal unterstellen, daß ich nicht der Ripper bin.«

»Keine Ursache. Und dann gibt es noch eine Möglichkeit, Captain. Vielleicht haben Sie schon daran gedacht. Miss Langs Wunde ist nicht weiter gefährlich. Woher wissen Sie eigentlich, daß sie ihr im Treppenflur beigebracht worden ist? Sie könnte in ihre Wohnung gegangen sein und sich den kleinen Kratzer selbst beigebracht haben. Dann hat sie die Rasierklinge – oder was immer sie benutzte – abgewaschen, hat sie weggeräumt, ist wieder hinuntergegangen, hat sich in den Flur gelegt und darauf gewartet, daß jemand sie entdecken würde.«

»Haben wir auch überlegt, Sweeney«, antwortete Bline. »Verschiedene Kleinigkeiten und ein wichtiger Punkt sprechen dagegen. Zu den Kleinigkeiten gehören die Kratzspuren an der Hintertür. Selbstverständlich können diese Spuren gefälscht sein. Hinzu kommt, daß es gar nicht so einfach ist, sich selbst so einen Schnitt beizubringen. Möglich wäre es, aber es gehören Mut und Selbstüberwindung dazu. Und dann konnte immer noch niemand wissen, daß Sie anwesend sein würden, um einen zugkräftigen Augenzeugenbericht zu schreiben. Es sei denn, Sie waren in den Plan eingeweiht. Wußten Sie etwa davon, Sweeney?«

Der Reporter grinste. »Klar! Deshalb bringe ich Sie ja jetzt darauf, Captain. Doc Greene will mir meinen Anteil nicht auszahlen, und darum lasse ich ihn hochgehen. – Aber welcher wichtige Punkt spricht gegen meine Theorie vom Reklametrick?«

»Der Nervenschock. Miß Lang hat ihn zwar innerhalb von zwölf Stunden überwunden, aber sie hatte einen echten Schock, als sie ins Krankenhaus eingeliefert wurde, und zwar einen schweren. Ich habe mich mit den Ärzten unterhalten, die sie untersucht haben, und sie sind sicher, daß es weder Verstellung war noch daß der Schock durch Medikamente verursacht worden ist. Es war ein echter Nervenzusammenbruch, und den kann man nicht spielen.«

»Na schön, dann nicht. Es war nur eine Vermutung«, sagte Sweeney. »Und ich bin ganz froh, daß sie nicht stimmt. Wie stände ich sonst da mit meinem Augenzeugenbericht!«

Greene sagte mit gespielter Freundlichkeit: »Ich werde Yo erzählen, was Sie sich ausgedacht und der Polizei gegenüber geäußert haben, Sweeney. Sie wird Sie um so mehr mögen.«

Sweeney funkelte ihn an.

Greene lächelte und beugte sich vor. »Was mir an Ihnen so gefällt, Sweeney, ist, daß alle Ihre Reaktionen so absolut berechenbar, primitiv und ohne jede Raffinesse sind. Sie müßten eigentlich wissen, daß ich nicht so dumm bin, Yolanda von Ihrer gemeinen Unterstellung zu erzählen.«

»Und warum nicht?«

»Weil ich zu klug dazu bin. Mir würde nicht einfallen, Yolanda gegen sie aufzuhetzen. Frauen sind unberechen bar, und wie leicht können ihre Gefühle ins Gegenteil umschlagen. Aber das verstehen Sie nicht. Selbst Sie jedoch sollten begreifen, daß ich Sie nicht warnen würde, wenn ich wirklich bei Yolanda über Sie herziehen wollte.«

Bline grinste Sweeney an.

»Die Unterhaltung gefällt mir. Jetzt sind Sie aber dran, Sweeney.«

Der Reporter sagte: »Ich würde sie gern vor der Tür fortsetzen.«

»Niedrige tierische Instinkte!« sagte Greene und rümpfte die Nase. »Die drei Dinge, für die die Iren berühmt sind: Saufen, sich prügeln und – tja, das dritte beschränkt sich in Sweeneys Fall auf Voyeurismus.« Er beugte sich noch weiter über den Tisch und lächelte nicht mehr. »Aber schon dafür hasse ich Sie wie die Pest, Sweeney!«

»Er läßt die Maske fallen«, sagte Sweeney. »Sind Sie wirklich Psychiater, Doc?«

»Bin ich.«

»Und Sie haben wirklich noch nicht bemerkt, daß Sie selbst nicht normal sind? Ich weiß zwar nicht, wie Ihr Verhältnis zu Yolanda ist. Und gleichgültig, was Sie mir erzählen, ich würde Ihnen auch nicht glauben. Aber Sie verhalten sich nicht wie ein normaler Mensch. Als Manager lassen Sie das Mädchen in einem Bumslokal vor einer

Horde Kotzbrocken auftreten, die mit hängender Zunge zusehen, wie sie sich auszieht. Das stört Sie nicht. Vielleicht gefällt es Ihnen sogar. Vielleicht leiden Sie unter umgekehrtem Voyeurismus oder so was. Ich weiß es nicht, aber Sie als Psychiater müßten es eigentlich wissen.«

Amüsiert blickte der Captain von einem zum anderen. »Nur weiter, Jungs! Ich spiele den Schiedsrichter. Wer zuerst die Nerven verliert und dem anderen eine reinhaut, hat verloren. Und marschiert vielleicht sogar in den Bau.«

Greene und Sweeney beachteten den Captain überhaupt nicht.

»Bestimmt waren schon Tausende von Männern auf Yolanda scharf und haben versucht, bei ihr zu landen«, fuhr Sweeney fort. »Und wenn Sie sich bei allen so aufgeregt hätten wie bei mir, hätten Sie schon längst einen Schlaganfall gekriegt. Deshalb muß in meinem Fall noch etwas anderes mitspielen. Wissen Sie, was es ist, Doc?«

Greene senkte wachsam die Lider. Es dauerte zehn Sekunden, ehe er antwortete. Und dann beschränkte er sich auf ein knappes: »Nein.«

Es klang ehrlich erstaunt.

»Dann will ich's Ihnen sagen. Die anderen Typen haben es bloß versucht, aber ich werde es schaffen, und das ahnen Sie.«

Bline mußte Greene genau beobachtet haben, denn er packte den Manager am Arm, als der aufsprang und sich, blaß vor Wut, über den Tisch beugte. Greenes Stuhl fiel um. Aber er blieb regungslos stehen, als Bline ihn am Arm packte, obwohl er Bline überhaupt nicht beachtete. Mit leiser Stimme sagte er: »Ich bringe Sie um, Sweeney!«

Dann riß er sich von Bline los, wandte sich um und ging.

Nick tauchte plötzlich auf. »Etwas nicht in Ordnung, meine Herren?« fragte er.

»Es ist alles in Butter«, antwortete Sweeney.

Unsicher sah Nick von einem zum anderen. »Möchten Sie noch etwas trinken?«

»Nein, danke, ich nicht«, lehnte Sweeney ab, und Bline schloß sich an: »Nein, danke.«

»Es wird doch keinen Ärger geben?« fragte Nick.

»Nein«, sagte Bline. »Aber – bringen Sie mir vielleicht doch einen Whisky!«

Nick verschwand. Bline lehnte sich bequem zurück. Dann wandte er sich an Sweeney. »Wollte ihn loswerden. Seien Sie lieber vorsichtig, Sweeney!«

»Vielleicht haben Sie recht, Captain. Ich glaube wirklich, daß Greene geistig nicht ganz gesund ist. Deshalb habe ich ihn gereizt. Ich wollte Ihnen zeigen, wozu er fähig ist.«

»Daß er Sie umbringen will, hat er natürlich nicht ernst gemeint. Sonst hätte er es nicht in meiner Gegenwart gesagt. Er wollte Ihnen nur einen Schreck einjagen, weiter nichts.«

»Wenn ich das mit Bestimmtheit wüßte, wäre mir wohler. Wenn er nicht geistesgestört ist, haben Sie recht. Aber dafür möchte ich meine Hand nicht ins Feuer legen.«

»Und wie steht's mit Ihnen?«

Sweeney grinste. »Ich bin vielleicht 'n bißchen verdreht, aber nicht wirklich verrückt.« Er stand auf. »Für heute abend ist mein Bedarf an Aufregungen gedeckt. Ich gehe nach Hause.«

»Haben Sie ein gutes Schloß an der Tür?«

»Das müßten Sie doch am besten wissen.« Sweeney warf ihm einen schiefen Blick zu. »Oder hatte ich die Tür offengelassen, als Sie sich meine Messer ausgeliehen haben?«

Auch der Captain erhob sich. »Ich begleite Sie ein, zwei Straßen weit. Die frische Luft wird mir guttun.«

Als sie die Clark Street in nördlicher Richtung entlanggingen, sagte er: »Tut mir leid, wenn Sie wirklich Schiß hatten, weil Ihr Rasiermesser weg war. Es war eigentlich eine Panne. Ich habe am Donnerstag zwei von meinen Leuten zu Ihnen geschickt, um Sie zum Verhör abzuholen. Sie sollten auch Ihr Arsenal mitbringen. Ich hatte nichts davon gesagt, daß sie es auch mitbringen sollen, wenn Sie nicht da sind. Die beiden sind ein bißchen übers Ziel hinausgeschossen. Einer davon – wer, sag ich nicht – ist ziemlich gut mit Schlössern und protzt gern damit, wie er sie aufkriegt.«

»Ich weiß schon, wer das ist. Das brauchen Sie mir nicht zu sagen.«

»Werden Sie nicht albern, Sweeney. Bei der Polizei gibt's viele, die sich mit Schlössern auskennen.«

»Aber nur einer war schon mal in meinem Zimmer. Jeder andere müßte es sich von Mrs. Randall zeigen lassen, anstatt gleich raufzugehen, und könnte dann nicht so ohne weiteres rein, wenn sie dabei ist. Also war's der, an den ich denke. Und ich habe geglaubt, er wäre 'n Freund von mir.«

»Vergessen Sie's, Sweeney. Verdammt nochmal, wenn man einen Killer sucht, hört die Freundschaft auf. Und ich habe ihm gesagt, daß Sie unter starkem Verdacht stehen.

Wir müssen den Kerl kriegen, Sweeney, ehe er noch mehr Frauen umbringt.«

»Geht es Ihnen um die Frauen oder um Ihren Job?«

»Um beides wahrscheinlich, aber im wesentlichen um die Frauen. Mit dem Fall Lola Brent hatte ich anfangs gar nichts zu tun. Er ist mir erst nach dem zweiten Fall aufgehalst worden, als es so aussah, als hätten wir's mit einem Verrückten zu tun. Ich habe mir die Bardame Gaylord im Leichenschauhaus angesehen, und ich war direkt nach der Ermordung von Dorothy Lee am Tatort. Beides war kein schöner Anblick.«

Er drehte den Kopf zu Sweeney. »Sie haben nur einen Mordversuch gesehen, Sweeney, einen mißlungenen. Hätten Sie die beiden Mädchen gesehen, die weniger Glück gehabt haben, würde Ihnen das Lachen schnell vergehen.«

»Ich lache nicht.«

»Dann wär's mir recht, wenn Sie und Doc Greene künftig Ihre Hahnenkämpfe lassen und aufhören, sich gegenseitig als Ripper anzuschwärzen. Jawohl, Greene hat mich irregeführt, Sweeney. Erst nach einem Hinweis von ihm habe ich meine Leute zu Ihnen geschickt. Ich konnte ja nicht ahnen, daß er mich als Werkzeug benutzt, weil er Sie aus Eifersucht haßt.«

»Und wenn ich Sie in Ihrem Verdacht gegen ihn bestärke, glauben Sie wahrscheinlich auch, ich täte es nur aus Eifersucht.«

»Stimmt das etwa nicht?«

Sweeney seufzte. »Schon, aber ich habe auch so eine Ahnung.«

»Schön, gehen Sie meinetwegen Ihrer Ahnung nach,

aber erwarten Sie nicht dasselbe von mir. Greene hat vielleicht keine perfekten Alibis, aber mir genügen sie. Hauptsächlich, weil ich – wie ich Ihnen schon sagte – annehme, daß der Killer entweder alle Opfer kannte oder keines. Ein Geistesgestörter tötet unter Umständen die Frau, die er liebt. Aber wer Fremde auf der Straße verfolgt und ermordet, ist ein völlig anderer Typ. Nicht, daß ich mich für einen Psychiater halte. Aber ein Irrer macht nicht einmal dies, und ein andermal das.«

Sie näherten sich der Ecke Erie Street, und Bline ging langsamer. »Sie biegen hier rechts ab«, sagte er. »Und ich muß wieder in die Tretmühle. Hören Sie, halten Sie sich diesen Greene vom Leib! Ich habe keine Lust, Sie beide wegen Körperverletzung festzunehmen. Und dazu kommt es garantiert, wenn Sie sich weiterhin mit ihm anlegen.«

Er streckte die Hand aus. »Alles wieder okay?«

»Ich bin nicht der Ripper? Sind Sie sicher?«

»Ziemlich sicher.«

Sweeney schlug ein und grinste. »Und mir scheint ziemlich sicher, daß Sie kein sturer Hund sind, Captain. Eine Zeitlang hatte ich Sie allerdings so eingeordnet.«

»Kann ich Ihnen nicht verdenken, Sweeney. Auf bald!«

Einen Augenblick blieb Sweeney an der Ecke stehen. Er beobachtete, wie der Captain sich umsah und dann schräg über die Straße ging. Wenn er zum »El Madhouse« zurück wollte, machte er damit einen Umweg. Als Bline jedoch etwa hundert Meter weiter neben einem Mann stehenblieb, der sich die Auslagen eines Pfandleihers betrachtete, begriff Sweeney. Die beiden sprachen kurz miteinander und gingen dann in südlicher Richtung davon.

Offenbar hatte Bline seinen Beschatter abgezogen. Um ganz sicherzugehen, tat Sweeney so, als biege er Ecke Erie und State Street nach Süden ab. In einer Ladentür gleich hinter der Ecke wartete er ab, ob ihm jemand in die State Street folgte. Es kam niemand.

Während er über die Erie Street nach Hause schlenderte, pfiff er vor sich hin.

In seinem Zimmer wartete kein Ripper auf Sweeney. Aber die ›Schreiende‹ – Modell SCHR-1 der Ganslen-Art-Company, Louisville, Kentucky.

Vorsichtig nahm er sie auf und hielt sie in der Hand. Und sie schrie ihn an, stieß ihn mit winzigen Händen von sich. Wieder lief ihm ein Schauer den Rücken hinunter.

Irgendwo in Chicago gab es noch so eine ›Schreiende‹, und die hatte wirklich Grund zum Schreien, denn sie gehörte dem Ripper.

Nennen wir sie Nummer eins. Und wenn der Ripper nun wußte, daß er, Sweeney, Nummer zwei hatte?

Aber das konnte der Ripper nicht wissen. Es sei denn, der Ripper war Raoul Reynarde, der ihm Nummer zwei verkauft hatte, nachdem Lola Brent dem Ripper Nummer eins verkauft und dann versucht hatte, das Geld zu unterschlagen. Und wenn Raoul der Ripper wäre, hätte er keinen Grund gehabt, ihm, Sweeney, von der ›Schreienden‹ zu erzählen und ... Ach was, wenn Raoul der Ripper war, hatte er ihm die Geschichte vielleicht nur erzählt, um von sich abzulenken. Aber dann hätte er der Polizei auch davon erzählt. Nun, das hatte er ja auch, aber die Polizei hatte die Geschichte nicht weiterverfolgt; sie hatten sich keine Kopie der Statue besorgt, deren Verkauf Lola unterschlagen hatte, und deswegen war ihnen der springende Punkt entgangen – daß nämlich der Mann, der die Statue gekauft hatte, der Ripper war. Raoul war das auch entgangen. Auch ihm, Sweeney, wäre es vielleicht entgangen, wenn da nicht diese Ahnung gewesen wäre, die ihn veranlaßt hatte, die ›Schreiende‹ zu kaufen – und die Bemerkung des Kellners in dem Schnellimbiß.

Er stellte die ›Schreiende‹ ganz vorsichtig wieder hin. Wenn sie bloß aufhören würde zu schreien, aber das würde sie nie. Ein stummer Schrei läßt sich nicht unterdrücken.

Nein, die Polizei wußte ganz sicher nichts von der ›Schreienden‹. Sonst wäre Bline nicht hier im Zimmer gesessen, ohne sie zu bemerken oder etwas darüber zu sagen. Er hatte sie mindestens einmal direkt angesehen.

Und er, Sweeney, hatte die ›Schreiende‹ Doc Greene gegenüber erwähnt, und der Doc hatte nicht weiter reagiert. Aber vielleicht hatte der Doc – obwohl das unwahrscheinlich war – seine Nerven so gut unter Kontrolle, daß nicht einmal die plötzliche Erwähnung einer »kleinen schwarzen Statue« das Blatt Papier zum Zittern brachte. Nein, wenn Greene – trotz Alibis, trotz allem – der Ripper war, dann war vielleicht die ganze Sache mit der ›Schreienden‹ eine Sackgasse; vielleicht hatte Lola Brent sie doch nicht dem Ripper verkauft.

Sweeney, sagte er sich, du kannst nicht beides haben; wenn die ›Schreiende‹ ein echter Hinweis auf den Ripper ist, dann kann Greene nicht der Ripper sein, und wenn du das noch so gerne hättest.

Er seufzte.

Dann setzte er sich aufs Bett und nahm in Angriff, was er sich vorgenommen hatte: alles über den dritten Mord, den an Dorothy Lee, nachzulesen. Er hatte das Gefühl, Stella Gaylord und Lola Brent mittlerweile ganz gut zu kennen.

Sweeney schlug die ›Blade‹ vom 1. August auf. Wie nicht anders zu erwarten, brauchte er nicht lange zu suchen. Dorothy Lee wurde als drittes Opfer des Rippers betrachtet, und deshalb füllte der Bericht darüber am Tag nach dem Mord die Spalten der ersten Seite. Die Schlagzeile war in den größten Lettern gedruckt, die bei der ›Blade‹ verwendet wurden, wenn nicht gerade über eine Kriegserklärung oder einen Waffenstillstand zu berichten war:

RIPPER SCHLÄGT WIEDER ZU

Sweeney betrachtete das dreispaltige Foto von Dorothy Lee. Sie war blond – wie Lola, Stella und Yolanda – und ausgesprochen hübsch, wenn nicht sogar schön. Stammte das Porträtfoto aus jüngster Zeit, mußte sie Anfang Zwanzig gewesen sein. Besonders scharf war die Aufnahme allerdings nicht. Wahrscheinlich war es eine Vergrößerung, oder sie hatten – was wahrscheinlicher war, da es sich um ein Porträt handelte – die Autotypie nach einem getonten Sepiaabzug und nicht nach einem Hochglanzfoto anfertigen müssen. Wie auch immer, Dorothy Lee war jedenfalls attraktiv, wenn nicht gar schön gewesen.

Das stand auch in dem Artikel; es hätte auf jeden Fall dort gestanden, vorausgesetzt, sie war unter vierzig und hatte keine vorstehenden Zähne oder einen Silberblick.

In dem Artikel hieß es, daß Dorothy Lee fünfundzwanzig Jahre alt gewesen war und als Sekretärin für den Verkaufsleiter der Reiss Corporation, Mr. J. P. Andrews, in der Division Street gearbeitet hatte. Ihre Wohnung lag – und das erstaunte Sweeney nicht wenig – in der East Erie Street, nur einen Block von seiner Behausung entfernt.

Mein Gott, warum hatte Bline das nicht erwähnt? Natürlich! Bline mußte annehmen, daß Sweeney es wußte, da er sich intensiv mit den Mordfällen beschäftigt hatte. Vielleicht war das mit ein Grund dafür, daß der Captain ihn überhaupt verdächtigt hatte!

Bevor Sweeney weiterlas, vergegenwärtigte er sich den Stadtplan von Chicago und trug im Geist die Orte ein, an denen der Ripper seine Verbrechen verübt hatte. Drei dieser Orte lagen dicht beieinander auf der Near North Side. Der eine, das Haus, in dem Yolanda überfallen worden war, fünf Blocks von Sweeneys Zuhause entfernt. Der zweite, die Einmündung der Nebenstraße in Huron zwischen State und Dearborn, nur vier Blocks entfernt. Und der dritte Ort, die Wohnung von Dorothy Lee, sogar nur einen Block!

Zugegeben, das erste Verbrechen, der Mord an Lola Brent, war auf der South Side verübt worden, viele Meilen von der Near North Side entfernt. Wahrscheinlich aber hatte der Ripper die Verfolgung bei Raouls Geschenkartikelladen in der Division Street begonnen, der nur wenige Blocks nördlich davon lag. Und möglicherweise hatte der Mörder Dorothy Lee zum erstenmal vor der Reiss Corporation gesehen, die ebenfalls in der Division Street lag, und war ihr dann in die Wohnung gefolgt.

Auf seiner imaginären Karte fixierte Sweeney die einzelnen Punkte und vertiefte sich dann wieder in die Lektüre der Zeitung:

Kurz nach fünf Uhr hatte Mrs. Rae Haley, die das Appartement neben Miss Lee bewohnte, die Leiche der Sekretärin gefunden. Mrs. Haley – Familienstand: geschieden – hatte den Nachmittag im Kino verbracht und, als sie nach Hause kam, ein Rinnsal im Flur entdeckt, das wie Blut aussah und, wie sich später herausstellte, auch Blut war. Es kam unter Dorothy Lees Appartementtür hervor.

Mrs. Haley, die mit Dorothy befreundet war, hielt es zwar für möglich, daß bei ihrer Nachbarin ein Glas Tomatensaft oder eine Flasche Ketchup ausgelaufen war. Aber wie die meisten Menschen in Chicago beschäftigte Mrs. Haley die Ripper-Affäre, und deshalb klopfte sie nicht an Miss Lees Tür, weil ihr möglicherweise jemand öffnen würde, den sie um keinen Preis kennenlernen wollte. Vielmehr lief sie eilig in ihr eigenes Appartement, schloß die Tür ab und legte die Sicherheitskette vor. Dann rief sie den Hausmeister an und sagte ihm, was sie gesehen hatte.

David Wheeler, der Hausmeister, steckte sich daraufhin einen alten Dienstrevolver in die Tasche und stieg vom Keller in den dritten Stock empor, in dem fünf kleine Appartements lagen, einschließlich der von Miss Lee und Mrs. Haley. Mit der Waffe in der Hand läutete Wheeler bei Miss Lee und versuchte dann, die Tür zu öffnen. Sie war verschlossen. Nun beugte er sich hinunter, um das kleine rote Rinnsal zu untersuchen, und kam zu dem Schluß, daß es sich höchstwahrscheinlich um Blut handelte. David Wheeler hatte eine Zeitlang als Krankenpfleger gearbeitet und kannte sich daher mit Blut recht gut aus.

Als er an Mrs. Haleys Appartement klingelte, öffnete sie ihm mit vorgelegter Sicherheitskette. Er sagte ihr, man solle die Polizei rufen. Mrs. Haley telefonierte selbst, weil sie mittlerweile zu verängstigt war, um die Tür weiter zu öffnen, als es die Kette erlaubte, und nicht einmal Mr. Wheeler einlassen wollte.

Wheeler bewachte dann den Flur, bis die Polizei eintraf. Die Tür wurde aufgebrochen, und man fand Dorothy Lee einen Meter dahinter auf dem Boden liegen.

Die Beamten stellten fest, daß die Sicherheitskette nicht vorgelegt worden war. Das Schloß war ein Schnappschloß und rastete automatisch ein, wenn die Tür zugeschlagen wurde. Es schien kein Zweifel daran zu bestehen, daß der Mörder das Appartement durch die Tür verlassen hatte. Beide Fenster von Dorothy Lees Appartement standen offen, aber keines führte auf eine Feuertreppe hinaus. Diesen Weg konnte der Mörder also nicht genommen haben, es sei denn, er hätte einen Sprung aus sechs Meter Höhe auf einen Betonboden riskiert.

Aus der Lage des Leichnams schloß die Polizei, daß der Killer nur ganz kurz in der Wohnung gewesen war. Die tote Miss Lee trug noch ihren Hut – es war ein heißer Tag gewesen, und einen Mantel hatte sie nicht angehabt – und mußte eben ihre Wohnung betreten haben. Die Polizei vermutete, daß der Killer ihr gefolgt war und Sekunden später klingelte, nachdem Miss Lee die Tür geschlossen hatte.

Als sie ihm öffnete, hatte er einen Schritt in die Wohnung gemacht und sein Messer benutzt. Wahrscheinlich war alles so schnell gegangen, daß sie nicht einmal mehr hatte schreien können. Und wenn sie geschrien hatte, war sie von niemandem gehört worden. Die Polizei überprüfte noch, wer von den Mietern zum Zeitpunkt des Mordes zu Hause gewesen war.

Nachdem der Ripper seinem Opfer den Todesstoß versetzt hatte, so folgerten die Kriminalisten, war er rückwärts gehend auf den Flur getreten und hatte die Tür hinter sich zugeschlagen. Außer der Leiche gab es in dem Appartement, das ordentlich aufgeräumt war, keinen Hinweis auf den Ripper. Miss Lees Handtasche lag auf einem kleinen Tisch neben der Tür. Sie enthielt vierzehn Dollar in Banknoten und Münzen. Weder die Armbanduhr noch ein Opalring, der am Finger der Leiche steckte, waren geraubt worden.

Miss Lee war um zwei Uhr fünfundvierzig von ihrer Arbeitsstelle fortgegangen, weil sie unter Zahnschmerzen litt. Der Bürovorsteher hatte ihr geraten, den Nachmittag freizunehmen und einen Zahnarzt aufzusuchen. Ihre Unternehmungen von diesem Zeitpunkt an bis zu ihrem Tod waren noch nicht überprüft worden, aber die Polizei nahman, daß sie sich entweder auf der Near North Side oder im Loop hatte behandeln lassen, und verhörte deshalb sämtliche Zahnärzte, die dort praktizierten. Der Leichenbeschauer hatte bei der Untersuchung der Toten festgestellt, daß ein entzündeter Zahn offenbar erst kürzlich mit einer provisorischen Füllung behandelt worden war.

Falls die Füllung die Zahnschmerzen nicht beseitigt hatte, so hatte das der Ripper besorgt. Der Leichenbeschauer hatte festgestellt, daß der Tod ein bis zwei Stunden vor seiner um halb sechs erfolgten Untersuchung eingetreten war, also zwischen halb vier und halb fünf Uhr. Miss Lee war folglich mindestens schon eine halbe Stunde tot gewesen, als Mrs. Haley um fünf Uhr das Blut sah, das zur Entdeckung des Verbrechens führte.

Der Artikel schloß mit Stellungnahmen des Chicagoer Polizeichefs und von Captain Bline, der die Sonderabteilung leitete, die zur Auffindung des Rippers zusammengestellt worden war.

Sweeney nahm die nächste Nummer der »Blade« zur Hand und suchte nach weiteren Einzelheiten.

Man hatte den Zahnarzt gefunden, einen Dr. Krimmer, dessen Praxis in der Dearborn Street lag, drei Blocks südlich der Division Street. Krimmer hatte sich selbst bei der Polizei gemeldet, als er das Foto von Dorothy Lee in der Zeitung gesehen hatte.

Dorothy Lee war gegen drei Uhr zu ihm gekommen und hatte über heftige Zahnschmerzen geklagt. Da es ihr offensichtlich schlechtging, hatte er sie sofort drangenommen, obgleich sie nicht angemeldet und eine neue Patientin war.

Er behandelte sie höchstens zehn bis fünfzehn Minuten, denn er konnte ihr nur eine provisorische Einlage machen, um den Schmerz zu lindern. Als er fertig war, schlug er ihr vor, am nächsten Vormittag wiederzukommen; sie bat ihn jedoch um einen Nachmittagstermin, da sie am Sonnabendvormittag arbeite, mittags aber frei habe. Es sei ihr lieber so, damit sie nicht noch einmal im Büro fehlen müsse. Er gab ihr einen Termin für vier Uhr, riet ihr aber, früher zu kommen, falls sie Schmerzen hätte. Dann würde er sie auch außer der Reihe behandeln. Wann sie seine Praxis verlassen hatte, konnte er nicht genau sagen, meinte aber, es sei sicher nicht vor drei Uhr zwanzig und wohl kaum später als halb vier gewesen.

Sweeney hatte die Aussage des Zahnarztes aufmerksam gelesen und stellte fest, daß sie nichts an der vermutlichen Mordzeit änderte. Mit einem Taxi konnte Dorothy Lee um halb vier zu Hause angekommen sein, wenn sie die Praxis Krimmers um drei Uhr zwanzig verlassen hatte. Wieder orientierte sich Sweeney auf seiner imaginären Karte von Chicago und schätzte die Entfernungen ab. Wenn Dorothy Lee von der Dearborn zur State Street gelaufen war und dort eine Straßenbahn genommen hatte, mußte sie an der Erie ausgestiegen und ungefähr Viertel vor vier zu Hause angekommen sein. War sie aber die ganze Strecke zu Fuß gegangen, konnte sie erst um vier Uhr ihr Appartement betreten haben. Vorausgesetzt natürlich, daß sie sich unterwegs nicht aufgehalten hatte.

Er überflog die wenigen verbleibenden Ausgaben der Zeitung, fand aber keine neuen Anhaltspunkte.

Er nahm sich die erste noch einmal vor und betrachtete das Foto von Dorothy Lee. Es kam ihm vage vertraut vor – was nicht weiter verwunderlich war, schließlich hatte sie ganz in der Nähe gewohnt. Verdammt, wahrscheinlich war er ihr ein halbes dutzendmal auf der Straße begegnet. Er wünschte, er hätte sie gekannt; aber dann hätte er sie wahrscheinlich bloß für eine uninteressante Tippse gehalten, eine dumme eitle Egoistin, die nichts mit Bach und Aldous Huxley anfangen konnte. Aber jetzt hatte ihr gewaltsames Ende sie verwandelt, und das alles spielte keine Rolle mehr. Vielleicht spielte es überhaupt nie eine Rolle.

Er konzentrierte seine Gedanken wieder auf den Ripper. Bline hatte recht mit seiner Behauptung über Doc Greenes Alibi. Es war nicht hieb- und stichfest, aber man konnte es gelten lassen. Wenn die Rechtsanwälte und der Richter bestätigten, daß er zehn Minuten nach vier Uhr noch im Gericht gewesen war, konnte er mit einem Taxi die Near North Side rechtzeitig erreicht haben, um Dorothy Lee zu verfolgen, aber nur, wenn sie sich auf dem Weg vom Zahnarzt zu ihrer Wohnung irgendwo aufgehalten hatte. Das war allerdings unwahrscheinlich.

Zum Teufel mit Greene! dachte Sweeney. Wenn es ihm gelang, ihn definitiv von seiner Verdächtigtenliste zu streichen, konnte er vielleicht endlich in anderer Richtung weiterkommen.

Er stand auf und ging im Zimmer hin und her.

Dann sah er auf die Uhr und stellte fest, daß es noch nicht Mitternacht war.

Vielleicht konnte er Greene jetzt gleich als möglichen Täter ausschließen – oder, noch besser, festnageln.

Ein kleiner Einbruch unter entsprechender Aufsicht konnte sich da als äußerst hilfreich erweisen.

Sweeney griff nach seiner Jacke und dem Panamahut.

12

Sweeney schloß die ›Schreiende‹ ein und ließ sie mit ihrer Angst im Dunkel zurück. Neben dem Telefon im Flur blieb er stehen und wählte die Nummer eines Hotels in der Clark Street. Der Portier verband ihn mit einem bestimmten Zimmer, und ein Mann meldete sich in ärgerlichem Ton.

Sweeney sagte: »Ehlers? Hier ist Sweeney.«

»Ach du Schande, Bill. Ich wollte mich grade hinhauen. Bin todmüde. Aber seit wann nennst du mich eigentlich Ehlers statt Jay?«

»Seit gestern abend?«

»Häh?«

Sweeney sagte ganz deutlich: »Seit gestern abend, als du ohne Durchsuchungsbefehl in meinem Zimmer gewesen bist.«

»Häh? Aber hör mal, Sweeney, das war ein Befehl. Und wie kommt Bline überhaupt dazu, dir zu erzählen, daß ich das war?«

»Bline hat's mir nicht erzählt. Und ein Befehl war's auch nicht.«

»Mist«, sagte Ehlers. »Na schön, was soll ich machen? Auf die Knie fallen und sagen, es tut mir leid?«

»Nein«, sagte Sweeney, »ganz so einfach ist das nicht. Behalt deine Klamotten an, bis ich bei dir bin. In ungefähr zehn Minuten; ich nehme ein Taxi.«

Er legte auf. Fünfzehn Minuten später klopfte er an die Tür von Jay Ehlers' Zimmer.

Ehlers machte auf und sagte: »Komm rein, Sweeney.« Er wirkte leicht verlegen, aber auch leicht aggressiv. Bis auf Jackett und Krawatte war er komplett angezogen.

Sweeney setzte sich aufs Bett, zündete sich eine Zigarette an und fixierte Ehlers.

Er sagte: »So so, du hast also gedacht, ich wäre der Ripper.«

»Ich doch nicht, Sweeney. Der Captain.«

»Klar, und ihm nehm ich's auch nicht krumm. Bline kennt mich nicht; er ist nicht seit über zehn Jahren mit mir befreundet. Und er hat dich und deinen Kumpel geschickt, damit ihr mich holt – und alles, was ihr an Besteck findet. Ich war nicht daheim, und da hast du den glänzenden Einfall gehabt, mal vorzuführen, wie gut du mit Schlössern bist. Du bist bei mir eingebrochen. Du hast keine Befehle befolgt, du hast dich über sie hinweggesetzt. Und wie oft haben wir in den zehn oder zwölf Jahren einen miteinander getrunken oder Karten gespielt? Wie oft haben wir uns gegenseitig Geld gepumpt? Und wie war das damals, als ich dir – ach was, daran will ich dich gar nicht erinnern.«

Ehlers' Gesicht wurde immer röter. »Ich weiß noch, daß du mir mal meinen Job gerettet hast; daran brauchst du mich nicht zu erinnern. Na schön, ich hätt's mir zweimal überlegen müssen. Sag mal, willst du eigentlich auf was Bestimmtes raus, oder bist du nur gekommen, um mir einen Anschiß zu verpassen?«

»Ich will auf was Bestimmtes raus. Ich geb dir eine Chance, die Sache auszubügeln. Du kannst mir eine Tür aufmachen, die Tür zu einem Büro.«

»Spinnst du, Sweeney? Was denn für ein Büro?«

»Das von Doc Greene.«

»Kommt nicht in Frage, Sweeney. Du spinnst wohl.«

»Hast du auch gesponnen, als du meine Zimmertür aufgemacht hast? Das hast du auf eigene Faust gemacht, ohne Durchsuchungsbefehl oder sonst einen Befehl.«

»Das ist was anderes, Sweeney. Da hatte ich wenigstens einen Befehl, über den ich mich hinwegsetzen konnte. Ich sollte fürs Labor dein Rasiermesser holen, und was sonst noch an Messern da war. Was suchst du eigentlich in Greenes Büro?«

»Das gleiche. Nur daß ich das Zeug liegen lasse, wenn keine Blutflecken dran sind. Und wenn wir irgendwas Belastendes finden, kannst du meinetwegen das Verdienst dafür in Anspruch nehmen.«

»Du glaubst doch nicht im Ernst, daß Greene der Ripper ist, oder?«

»Ich hoffe, ich kriege es raus, so oder so.«

»Und wenn wir erwischt werden?«

»Dann werden wir eben erwischt und müssen versuchen, uns rauszureden.«

Ehlers starrte Sweeney einen Moment lang an, dann schüttelte er den Kopf. »Ohne mich, Sweeney. Ich wäre meinen Job los, da können wir noch soviel quatschen. Außerdem hab ich die Chance, in ein paar Monaten die Beförderung zum Lieutenant zu beantragen.«

»Beantragen ja, aber ob du's wirst, bezweifle ich.«

»Was soll das heißen?«

»Das heißt, daß wir keine Freunde mehr sind, Ehlers. Das heißt, daß die ›Blade‹ dich ab sofort auf dem Kieker hat. Das heißt, daß ich jeden Reporter, den ich kenne, über dich ins Bild setze. Und das heißt, daß du deinen Namen nicht mal gedruckt siehst, wenn du im Alleingang einen Bankraub verhinderst, aber daß du in Druckerschwärze ersäufst, wenn du auf den Bürgersteig spuckst. Das heißt, daß ich dir die Chance gebe, die Schweinerei wiedergutzumachen, die du dir mir gegenüber erlaubt hast, und wenn du sie nicht ergreifst, dann – das schwöre ich dir – setze ich alle Hebel in Bewegung, und zwar bei der Polizei und bei der Zeitung, um dich fertigzumachen.«

»Ach ja? Verdammt, wie willst du ...«

»Ich kann's zumindest versuchen. Ich kann morgen damit anfangen, daß ich die Polizei wegen unbefugten Eindringens in mein Zimmer und wegen Diebstahl verklage.«

Ehlers versuchte zu lachen. »Damit kämst du nie durch.«

»Natürlich nicht. Aber meinst du nicht, die Commissioner würden selber eine kleine Untersuchung anleiern, um festzustellen, was da eigentlich gelaufen ist? Sie würden Bline auf die Füße treten, und Bline würde ihnen die Wahrheit sagen. Und sie würden dich decken, damit sie keinen Schadenersatz zahlen müssen, und du könntest dich rauslügen, und ich könnte nichts beweisen und auch nicht kassieren. Aber hinterher wärst du bei den Commissionern bestimmt ungemein beliebt. Den Lieutenant könntest du dir abschminken; du wärst wieder in Uniform und würdest Pflaster treten, und zwar ganz weit draußen, wo's gar kein Pflaster mehr gibt.«

»Das bringst du nicht fertig, Sweeney.«

»Ich dachte, du brächtest es nicht fertig, in mein Zimmer einzubrechen, und ich habe mich geirrt. Genau wie du, wenn du glaubst, ich brächte das nicht fertig.«

»Wo ist eigentlich Greenes Büro?« Ehlers schwitzte leicht; möglicherweise war die Hitze daran schuld.

»Im Goodman Block, nicht weit von hier. Bloß ein paar Straßen. Und ich kenne das Gebäude; das Risiko ist gleich Null. Ich brauche drinnen nicht mehr als fünfzehn Minuten.«

Als er merkte, daß er sich durchgesetzt hatte, mußte er grinsen. »Aber zuerst spendiere ich dir einen Drink«, sagte er. »Als Mutmacher, falls du vor Greene mehr Schiß hast als vor mir.«

»Das war was anderes, Sweeney.«

»Klar doch; ich bin dein Freund, Greene nicht. Also los.«

Nachdem Ehlers den Mutmacher zugunsten eines Drinks nach getaner Arbeit abgelehnt hatte – was Sweeney ganz recht war –, bestiegen sie gemeinsam in der Clark Street ein Taxi. Einen halben Block vor dem Gebäude stiegen sie aus.

Der Goodman Block war ein altes zehnstöckiges Bürohaus, in dem hauptsächlich mittlere Rechtsanwälte, Agenten, Makler und, wie Sweeney zufällig wußte, mehrere Buchmacher und mindestens ein illegaler Glücksspielring praktizierten.

Sweeney hatte gehofft, daß das Haus vierundzwanzig Stunden geöffnet war, da einige Mieter mit ihren Geschäften das Tageslicht scheuten. Er sah sich nicht enttäuscht. Gemeinsam mit Ehlers ging er auf der anderen Straßenseite an dem Gebäude vorbei und bemerkte, daß in verschiedenen Büros noch Licht brannte. Durch die verglaste Eingangstür konnte er einen Fahrstuhlführer sehen, der auf einem Schemel neben dem Lift hockte und Zeitung las.

Sie gingen weiter, und Ehlers fragte: »Wollen wir dem Kerl unsere Visagen zeigen? Wir können ihm natürlich irgendein Märchen erzählen, aber erinnern wird er sich trotzdem an uns.«

»Wir versuchen, ohne ihn hineinzukommen«, sagte Sweeney und überquerte die Straße. »Wir warten eine Weile vor dem Eingang, so daß er uns nicht sehen kann. Wenn wir dann die Liftglocke hören und er nach oben fährt, gehen wir in die Halle.«

Ehlers nickte, und sie warteten schweigend vor dem Eingang. Zum Glück dauerte es nur zehn Minuten. Sweeney hörte den Summer des Lifts und das Klappen der Tür.

Rasch traten die beiden Männer in die Halle, und Sweeney las im Vorbeigehen die Büronummer Greenes vom Wegweiser ab. Als der Lift wieder nach unten fuhr, waren die beiden schon auf der Treppe zwischen dem zweiten und dritten Stock.

Leise schlichen sie zum vierten Stock hinauf und standen wenig später vor Zimmer 411. Die anderen Büros auf dieser Etage schienen schon geschlossen zu sein. Ehlers brauchte sich beim Hantieren mit seinen Dietrichen nicht sonderlich in acht zu nehmen. Innerhalb von sieben Minuten hatte er das Schloß geöffnet.

Sie betraten das Büro, schalteten das Licht ein und schlossen die Tür. Es war ein winziges Kabuff, mit einem Schreibtisch, einem Schrank, einem Karteikasten, einem Tisch und drei Stühlen.

Sweeney schob seinen Panama ins Genick und sah sich um. »Es wird nicht lange dauern, Jay«, sagte er. »Setz dich hin und entspann dich! Du hast jetzt Pause, wenn ich nicht an eine verschlossene Schublade gerate. Aber der Karteikasten da drüben ist offen.«

Die unterste Schublade des Karteischränkchens barg ein Paar Überschuhe, eine angebrochene Flasche Whisky und zwei staubige Gläser. Die mittlere war leer. Die obere Schublade enthielt Korrespondenz, lauter eingegangene Briefe.

Offenbar machte Greene keine Durchschläge von seinen eigenen Schreiben. Zu seiner Verärgerung stellte Sweeney fest, daß die Korrespondenz lediglich in ungefährer chronologischer Reihenfolge abgelegt war. Er hatte gehofft, einen Ordner zu finden, der nur Yolanda betraf und ihm einen Hinweis darauf gegeben hätte, warum sich Greene ihr gegenüber so merkwürdig verhielt. Aber er durfte sich nicht zu lange mit diesen Briefen beschäftigen und las nur einige, die er willkürlich herausgriff und wieder zurückschob, nachdem er ihren Inhalt kannte. Das einzige, was er feststellte, war, daß Greene tatsächlich als Agent arbeitete und auch andere Klienten vermittelte. Aber soweit Sweeney das beurteilen konnte, hatte Greene weder mit bekannten Stars noch mit bedeutenden Klubs zu tun.

Von der Kartei wandte sich Sweeney zum Schrank. In der linken Hälfte lagen Vordrucke und Schreibmaschinenpapier, in der rechten hing auf einem Bügel ein alter Regenmantel, und ein Schreibmaschinenkoffer stand auf dem Boden. Sweeney faßte in die Taschen des Regenmantels, fand aber nur alte Theaterkarten und ein schmutziges Taschentuch. Dann öffnete er den Schreibmaschinenkoffer, um sicherzugehen, daß sich wirklich eine Schreibmaschine darin befand. Das war der Fall.

Die Reiseschreibmaschine ähnelte der, die Sweeney

während seines vierzehntägigen alkoholischen Exzesses versetzt hatte. Bei genauerem Hinsehen jedoch erkannte er, daß es nicht seine Maschine, sondern nur ein Modell derselben Herstellerfirma war.

Die Tischschublade enthielt nichts Faszinierenderes als einen alten Hektographen. Zwei der Stühle waren leer, auf dem dritten saß Jay Ehlers, der sich offensichtlich in seiner Haut nicht wohl fühlte.

»Na? Was gefunden?« fragte er.

Statt einer Antwort brummte Sweeney irgend etwas Undefinierbares und wandte sich dem Schreibtisch zu. Auf der Platte lag eine Schreibunterlage, und daneben standen eine Federschale und das Telefon. Sweeney hob die Schreibunterlage hoch, fand aber nichts darunter. Er zog die Schubladen heraus. Die linke obere jedoch war verschlossen.

»Hier, Jay, dein Bier«, sagte der Reporter.

Die Schublade interessierte ihn. Während Jay sie öffnete, durchsuchte Sweeney rasch die anderen. Er fand nichts, was ihn gereizt hätte, außer einer vollen Flasche Whisky. Und im Augenblick interessierte ihn nicht einmal die.

Jay öffnete die Schublade und warf einen Blick auf seine Uhr. »Beeilung, Bill«, sagte er. »Fünfzehn Minuten, hast du gesagt, und wir sind jetzt schon dreiundzwanzig Minuten hier.«

In der Schublade lagen ein Hauptbuch und ein dicker Briefumschlag mit dem Vermerk »Aktuelle Verträge«.

Zuerst sah sich Sweeney das Buch an, fand aber nur Eintragungen über Einnahmen und Ausgaben in chronologischer Folge, die ihn nicht weiterbrachten. Auch hier bestätigte sich lediglich, daß Greene ganz legal als Impresario arbeitete. Vielleicht waren die Zahlen da und dort frisiert, aber das Journal wurde jedenfalls für Steuerzwecke geführt.

Nun nahm Sweeney den Umschlag und öffnete ihn.

Er enthielt ein Dutzend Verträge, aber nur einer interessierte Sweeney: der zwischen ›El Madhouse‹, vertreten durch Nick Helmos, und Yolanda Lang. Der Vertrag sah zweihundert Dollar die Woche für die gemeinsamen Dienste von Yolanda Lang und Satan vor. Aber weder Yolanda noch der Hund hatten ihn unterschrieben; unterschrieben hatte Richard M. Greene.

Sweeney hob eine Augenbraue. »Kann sie nicht schreiben?« fragte er.

»Kann wer nicht schreiben?«

»Daß der Hund nicht unterschrieben hat, leuchtet mir ja ein.«

»Hör mal, ich dachte, du suchst nach einem Rasiermesser oder so.«

Sweeney seufzte. Eigentlich hatte er nach einer kleinen schwarzen Statue gesucht. Aber wenn der Doc eine hatte, dann war sie in seiner Wohnung oder seinem Hotel, oder wo immer er hauste, nicht in seinem Büro. Und selbst wenn er, Sweeney, so spät noch herausbekäme, wo der Doc wohnte, hieße es sein Glück strapazieren, wenn er dort einbrach.

Und überhaupt, warum schlug er sich Doc Greene nicht endlich aus dem Kopf, damit er sich auf andere Möglichkeiten konzentrieren konnte? Eine Reise nach Brampton, Wisconsin, beispielsweise, um mit dem Bildhauer zu reden – wie hieß er doch gleich? Chapman Wilson –, von dem die Schreiende stammte. Es könnte ja sein, daß sich daraus ein Hinweis ergab. Wie oder worauf, wußte er allerdings auch nicht. Oder, um wieder auf Greene zurückzukommen – der Teufel sollte ihn holen –, eine Reise nach New York, um festzustellen, ob Greenes Alibi – sein einziges solides – wirklich hundertprozentig solide war. Möglich, daß die Polizei dort genauer nachgebohrt hatte, aber das bezweifelte Sweeney.

Wenn er einen Haufen Geld hätte, könnte er sich die Reise sogar ersparen und die Sache einem New Yorker Privatdetektiv übergeben. Aber das würde er dann selbst bezahlen müssen. Die ›Blade‹ würde dafür nie aufkommen.

Verdammtes Geld! Zwar hatte er von den Schecks, die Wally Krieg ihm gegeben hatte, noch ungefähr hundert Dollar, aber bei der Geschwindigkeit, mit der sie zusammenschmolzen, würde es kaum noch die zehn Tage bis zum nächsten Scheck von der ›Blade‹ reichen, von irgendwelchen Ausgaben für den Ripper oder Yolanda ganz zu schweigen.

Er hörte Jay Ehlers' nervöse Bewegungen und schaute wieder auf den Vertrag in seiner Hand. »Einen Moment noch, Jay«, sagte er.

Er las den Vertrag durch. Bei einem ganz bestimmten Absatz runzelte er die Stirn. Er las ihn noch einmal, um sicherzugehen, daß er ihn richtig verstanden hatte. Das war der Fall. Er steckte den Vertrag zu den anderen in den Umschlag, legte den Umschlag in die Schublade und sagte Jay, er solle sie wieder verschließen.

»Na, hast du gefunden, was du gesucht hast?« fragte Jay.

»Nein. Ja. Ich weiß nicht, was ich gesucht habe, aber ich habe jedenfalls was gefunden.«

»Was denn?«

»Wenn ich das bloß wüßte«, sagte Sweeney. Aber eigentlich wußte er es. Er hatte Geld gefunden, wenn er bereit war, ein Risiko einzugehen.

Jay gab ein Grunzen von sich, als das Schloß klickte. »Na denn. Hauen wir ab von hier. Wir reden bei einem Drink weiter.«

Sweeney schaltete das Licht aus und wartete im Flur, bis Jay Ehlers die Tür von Nummer 411 zugeschlossen hatte.

Leise schlichen sie zum zweiten Stock hinunter, und Sweeney legte den Finger an die Lippen. Dann drückte er den Fahrstuhlknopf. Als sie hörten, wie unten die Tür zuschlug, liefen sie die Treppe hinunter und waren im Parterre, bevor der Fahrstuhlführer seine Tür im zweiten Stock öffnete. Ehe der Lift wieder unten angekommen war, hatten sie das Gebäude verlassen.

»Jetzt weiß er, daß jemand ungesehen abhauen wollte«, sagte Ehlers draußen auf der Straße.

»Natürlich. Aber gesehen hat er uns nicht. Und nachlaufen wird er uns auch nicht.«

Mit dieser Prognose hatte Sweeney recht.

Erst als sie um die Ecke und außer Sicht waren, winkten sie ein Taxi heran. Sweeney fragte Jay, wo er einen trinken wolle, und Ehlers schlug Burt Meaghans Kneipe vor; sie war nur zwei Straßen von seinem Hotel entfernt, so daß er zu Fuß nach Hause gehen konnte.

In der Kneipe wollte Sweeney sich an die Bar setzen,

aber Ehlers zog ihn zu einem Ecktisch. »Wir müssen uns mal kurz unterhalten, Bill. Hier, wo keiner mithört.«

Ehlers wartete, bis der Kellner die Getränke gebracht hatte und wieder gegangen war. Dann sagte er: »Okay, Bill. Ich bin bei dir eingebrochen, und das war nicht in Ordnung. Aber dafür bin ich für dich woanders eingebrochen, also sind wir quitt. Stimmt's?«

»Stimmt.«

»Wir sind Freunde?«

»Sind wir. Es ist alles vergeben und vergessen.«

»Na schön«, sagte Jay, »gehen wir mal davon aus. Wir sind wieder Freunde, aber wir werden es nicht bleiben, wenn du dich weiter ausschweigst. Ich will wissen, was los ist. Ich will wissen, was du in Greenes Büro wolltest und was du dort gefunden und nicht gefunden hast. Ich bin Bulle, Sweeney, und ich arbeite an der Ripper-Sache. Bloß als Handlanger für Bline, klar, aber trotzdem. Ich will wissen, was Sache ist. Ich kann dich nicht dazu zwingen, daß du's mir sagst, weil du mich beim Wickel hast. Ich kann weder Bline noch sonst wem erzählen, daß du in Greenes Büro warst, weil ich wegen Beteiligung meinen Job verlieren würde. Passieren kann dir also überhaupt nichts, aber wenn du mir nichts sagst, bist du für mich gestorben.«

Sweeney nickte. »Kann ich verstehen. Also gut, ich habe den starken Verdacht gehabt, daß Greene der Ripper ist, ohne jeden Grund. Bloß so eine blöde Ahnung, weil ich den Kerl nicht riechen kann. Das heißt, ein bißchen mehr war's schon: ich finde, die Rolle paßt zu ihm. Psychiater hin oder her, ich glaube, er ist ein Psychopath. Vor ein paar Stunden im ›El Madhouse‹ habe ich seinen Panzer durchbrochen, und er hat gedroht, mich umzubringen. Einfach so, und in Gegenwart der Polizei, genauer gesagt, in Gegenwart von Captain Bline. Und ein zweiter Bulle – ach was, zwei Bullen, Ross und Swann heißen sie, haben dabeigesessen. Ich habe ihn absichtlich auf die Palme gebracht. Wollte mal sehen, was passiert.«

»Ist ja ein Ding. Aber was hat das mit seinem Büro zu tun?«

»Ich habe gehofft, ich finde was, was mir hilft, mich wegen Greene zu entscheiden, ob nun dafür oder dagegen. Aber Ehrenwort, Jay, ich habe nichts gefunden. Nicht ein Fitzelchen, das darauf hindeutet, daß Greene der Ripper ist, und nicht ein Fitzelchen, das darauf hindeutet, daß er's nicht ist – mal abgesehen davon, daß er wirklich, wie behauptet, Agent und Manager für Nachtklubtalente ist.«

»Aber was hast du denn nun gefunden?«

»Etwas, was mich persönlich interessiert, Jay. Ich habe den Vertrag zwischen Yolanda und Satan und dem ›El Madhouse‹ gefunden. Und da steht was drin, was ich verwenden kann. Allerdings auf nicht ganz astreine Weise; deshalb sage ich dir besser nichts.«

»Inwiefern nicht astrein?«

»Ich kann mir damit ein bißchen Kleingeld besorgen.«

»Von wem?«

»Von dem Typen, dem ›El Madhouse‹ gehört.«

»Meinst du Nick Helmos oder Harry Yahn?«

»Yahn. Nick ist bloß ein Strohmann.«

Jay Ehlers schürzte die Lippen und starrte einen Moment in sein Glas. »Vorsicht, Bill«, sagte er dann. »Harry Yahn ist eine harte Nummer.«

»Weiß ich. Aber ich werde ihn trotzdem angehen. Ich werde so bescheiden sein, daß es sich für ihn nicht lohnt, seine Jungs auf mich anzusetzen. Er ist zwar hart, aber nicht blöd. Wegen Kleingeld riskiert der nichts.«

»Ich halte mich lieber an den Ripper, Bill.«

Sweeney grinste. »Ich auch. Aber zuerst halte ich mich an Yahn, damit ich an die Kohle komme, mit der ich mich an den Ripper halten kann.«

»Du spinnst, Bill.«

»Das weiß ich. Noch was zu trinken?«

Aber Ehlers lehnte ab und ging kurz danach. Sweeney schlenderte zu den Binokelspielern hinüber und sah ein paar Minuten zu. Dann ging er an die Bar, um noch einen zu trinken.

Die paar, die er im ›El Madhouse‹ getrunken hatte, waren längst nicht mehr zu merken, und der eine, den er eben gehabt hatte, reichte nicht, um Wirkung zu zeigen. Noch einer oder sogar zwei würden ihn nicht umwerfen.

Er trank noch zwei, und sie warfen ihn nicht um.

13

Die beiden Whiskys warfen Sweeney nicht um, aber sie halfen ihm auch nicht. Er war völlig nüchtern, als er die Kneipe verließ und in die Nacht hinausging – in die einsame, wimmelnde Nacht; die warme, kalte Nacht; die helle, dunkle Nacht der Großstadt.

Sweeney hatte Angst, und das ärgerte ihn. Er machte sich nichts daraus, daß er sich vor dem Ripper fürchtete.

Das war das Unbekannte, Unheimliche. Aber ihm paßte es nicht, daß ihm der Gedanke an Harry Yahn Angst einjagte. Yahn war ein Gangster, aber keineswegs unheimlich. Was man von ihm nicht wußte, dazu gab es bei der Polizei zumindest begründete Vermutungen. Sie konnten nur nicht immer bewiesen werden.

Harry Yahn war ein knallharter Gangster, aber eben nichts weiter. Und Sweeney sagte sich, daß die Summe, um die er Yahn angehen wollte, bei einem Mann dieser Einkommensklasse überhaupt nicht ins Gewicht fiel.

Komischerweise hatte Sweeney schon vor seinem Fund in Greenes Büro daran gedacht, Yahn anzuzapfen. Er wußte einiges über einiges, was Yahn vor mehreren Jahren getan hatte und was sich zu Geld machen ließ – wenn einer tollkühn genug war, welches zu verlangen. Die neue Entdeckung jedoch, die Sweeney gemacht hatte, war besser, weitaus besser als die alten Geschichten, und sicherer, ein klein wenig sicherer.

Es war nicht direkt Erpressung.

In roter Farbe schrie die Neonschrift: »Tit-Tat-Toe Club« in die Nacht hinaus. Sweeney holte tief Luft und trat ein. Es war eine ganz normale Bar, nicht besonders protzig und nicht ganz so groß wie Meaghans Schuppen, und im Augenblick mit sechs Gästen und einem Barmann besetzt. Sie wirkte wie eine Fassade für etwas anderes, und das war sie auch.

Sweeney trat zur Bar und verzierte sie mit einer Banknote. Der Barmann schlenderte heran, und Sweeney sagte: »Whisky, Wasser extra!« Und dann, ehe der Barmann sich umgedreht hatte: »Ist Harry da?«

»Was für'n Harry?«

»Ich bin Sweeney, Bill Sweeney. Er kennt mich.«

Der Barmann wandte sich um und holte Gläser und Flasche. Als er den Whisky einschenkte, sagte er: »Klopfen Sie dort an die Hintertür. Wenn Willie Sie kennt, können Sie rein.«

»Willie kennt mich nicht. Aber Harry.«

»Erzählen Sie das Willie. Er ist ja nicht stumm. Er kann Harry fragen. Wenn Harry da ist.«

»Okay«, sagte Sweeney. »Trinken Sie einen auf meine Rechnung?«

»Klar.«

»Und wünschen Sie mir Glück!«

»Klar«, sagte der Barmann. »Glück!«

»Danke!«

»Wofür?«

Sweeney lachte, und es ging ihm besser. Er ging an der Toilette vorbei zur Hintertür und klopfte. Sie wurde einen Spaltbreit geöffnet, und ein Augenpaar – kein sehr freundliches – erschien ein ganzes Stück weit über Sweeneys Kopf.

Unter den kalten Augen entdeckte Sweeney eine mehrfach gebrochene Nase und zwei dicke Lippen, die sich öffneten und ein »Ja?« zwischen den Zahnstummeln herausließen.

»Willie Harris!« sagte Sweeney. »Ich wußte nicht, daß Willie Harris der Mann an der Hintertür ist.«

»Ja. Was woll'n Sie?«

»Mein Gott, Willie, erkennst du mich nicht? Ich habe über drei von deinen Kämpfen geschrieben, als ich noch

Sportreporter war. Für die ›Tribune‹ damals. Bill Sweeney.«

Die Tür öffnete sich weiter, zwanzig Zentimeter anstelle der bisherigen fünfzehn. Und Willie sagte: »Ja?«

’ne weiche Birne, dachte Sweeney. Er sagte: »Okay, du erinnerst dich nicht an all die vielen Reporter, mit denen du mal zu tun hattest, Willie. Hör zu, ich will mit Harry Yahn reden. Geschäftlich. Nicht wegen der Spiele. Er kennt mich. Sag ihm, Sweeney will ihn sprechen, Bill Sweeney.«

Kurze Sätze konnte Willie begreifen. Er sagte: »Sweeney. Ich will mal sehen.«

»Bill Sweeney. Merk dir’s, Willie! Bill Sweeney!«

Die Tür klappte zu. Sweeney lehnte sich an die Wand und steckte sich eine Zigarette an. Als er sie zur Hälfte geraucht hatte, öffnete sich die Tür wieder, diesmal weiter.

Willie streckte den Kopf heraus, um sich zu vergewissern, daß außer Sweeney niemand da war, dann sagte er: »Okay! Kannst zu ihm.«

Er führte Sweeney durch einen kurzen Flur und deutete auf eine Tür: »Dort! Geh rein!«

Sweeney ging hinein. Er sagte: »Hallo Harry«, und Yahn antwortete: »’n Abend, Sweeney, setz dich!«

Harry Yahn, der hinter einem lädierten Schreibtisch thronte, wie man ihn für zehn Dollar beim Pfandleiher bekam, sah aus wie der Weihnachtsmann ohne Bart. Er war fett und lächelte gütig. Er wirkte sowohl selbstgefällig als auch zu Gefälligkeiten bereit. Doch Sweeney ließ sich nicht täuschen. Aber es beruhigte ihn, daß Willie draußen geblieben war.

»Lange nicht gesehen, Sweeney. Noch bei der ›Blade‹?«

Sweeney nickte. »Hast du den Artikel über Yolanda gelesen?«

»Welchen?«

»Den Augenzeugenbericht über die Szene im Treppenhaus. In der ›Blade‹.«

»Den hast du geschrieben? Habe ich überflogen. Aber auf die Verfasserangabe habe ich nicht geachtet.«

Sweeney ließ sich nicht anmerken, daß er Yahn kein Wort glaubte. »Tja, der war von mir. Ein prima Artikel, auch wenn ich's selber sage – aber warum auch nicht, alle anderen sagen's ja auch.«

»Weißt du, Sweeney, der Artikel hat dem Umsatz in ›El Madhouse‹ kein bißchen geschadet. Wo wohnst du zur Zeit? Ich lasse dir einen Kasten Whisky schicken.«

»Danke!« sagte Sweeney. »Aber ich bin im Moment gerade trocken. Jedenfalls beinah. Und ich weiß was Besseres, Harry. Wie wär's, wenn ich die nächsten vier Wochen die Reklame für dich übernehme, solange Yolanda noch in deinem Laden auftritt?«

Yahn schürzte die Lippen und starrte Sweeney an. Dann sagte er: »Das hättest du dir früher einfallen lassen sollen. Jetzt brauchen wir dich nicht mehr. ›El Madhouse‹ muß die Leute schon wegschicken, sagt mir Nick. Wozu also noch mehr Gimpel anlocken? Sollen wir sie an die Kronleuchter hängen? Und wie du selbst sagst, ist Yolanda nur noch vier Wochen bei uns unter Vertrag. Solange hält der Rummel auch ohne Reklame an.«

Er lächelte. »Du hast es verschenkt, Sweeney. Klar hätte ich dich dafür bezahlt, daß der Artikel erscheint. Aber jetzt ist er erschienen. Die Sache ist gelaufen. Außerdem gibt es durch die Ripper-Geschichte schon genug Reklame. Dein Augenzeugenbericht war nur noch die Schleife ums Paket. Nein, Sweeney, deine Reklame brauchen wir nicht.«

Sweeney zuckte die Achseln. »Wie du willst. Es war nur ein Vorschlag. Dann beginne ich eben am anderen Ende.«

»Am anderen Ende?«

»Ja, an Doc Greenes Ende. Noch ein bißchen mehr Reklame – und ich glaube, das läßt sich machen –, dann kann Greene die Nummer für richtiges Geld an einen der Klubs vermitteln, die zehnmal soviel Zuschauer fassen wie ›El Madhouse‹. Er kann zwei- oder dreitausend pro Woche bekommen anstelle der zweihundert, beziehungsweise vierhundertfünfzig, wenn man die Prämie von tausend Dollar, die ihr zahlt, auf vier Wochen verteilt.«

Harry Yahns Augen waren halb geschlossen, als langweile er sich. »Gute Idee«, sagte er. »Wenn du die Sache noch vier Wochen am Kochen halten kannst, verdient Greene dann vielleicht soviel – oder fast soviel.«

Sweeney schüttelte den Kopf. »Ich spreche von jetzt, Harry. Ich hab heute die erste Show in ›El Madhouse‹ gesehen und ein bißchen gerechnet. Ihr müßtet den Laden vier Wochen lang voll kriegen. Das Fassungsvermögen liegt bei zweihundert Leuten pro Vorstellung, macht bei drei Vorstellungen sechshundert Besucher. Jeder Zuschauer gibt, vorsichtig geschätzt, fünf Dollar aus, von denen einer Reinverdienst ist. Sechshundert Dollar pro Abend macht viertausendzweihundert pro Woche und im Monat sechzehntausendachthundert.«

Yahn sagte trocken: »Wir haben auch schon vor Yolanda Whisky verkauft.«

»Will ich gern glauben, Harry. Wahrscheinlich die Hälfte von dem, was ihr in den nächsten vier Wochen absetzt. Und obwohl ihr jetzt das Doppelte einnehmt, haben sich die Unkosten nicht verdoppelt. Also kann man sagen, mit Yolanda verdienst du in den nächsten vier Wochen zehntausend Dollar mehr als ohne Yolanda. Geht das?

»Zu hoch gegriffen. Aber worauf willst du eigentlich hinaus?«

»Gut, zu hoch gegriffen. Sagen wir siebentausend. Liege ich damit richtig?«

Yahns Augen waren fast geschlossen. Er lächelte schwach und ähnelte nun mehr einem schlafenden Buddha als dem Weihnachtsmann. Doch auch diesmal ließ Sweeney sich nicht täuschen. Harry Yahn schlief weder, noch weilte er im Nirwana. Nicht, wenn Tausende von Dollars das Gesprächsthema waren.

Yahn sagte: »Vielleicht kommst du endlich zur Sache.«

Sweeney zündete sich in aller Ruhe eine Zigarette an. Dann sagte er: »Wenn ich für Greene Reklame mache statt für ›El Madhouse‹, werde ich ihm raten, Yolanda schon jetzt woanders unterzubringen, anstatt noch vier Wochen zu warten. Aber das würde dich siebentausend Dollar kosten, Harry, und das wäre mir gar nicht lieb, denn ich habe dich immer als meinen Freund betrachtet.«

»Wir haben Yolanda noch für vier Wochen unter Vertrag!«

Lächelnd fragte Sweeney: »Hast du den Vertrag gelesen?«

Yahns Augen öffneten sich halb, und er sah Sweeney an.

»Vertrittst du Greene in dieser Sache? Hat er dich hergeschickt, um mich zu melken?«

»Nein, Harry; niemand will dich melken.«

Harry gab eine Obszönität von sich und sagte: »Das zieht nicht, Sweeney. Wenn in dem Vertrag die kleinste Lücke wäre, durch die Greene schlüpfen könnte, säße er jetzt hier und würde versuchen, was für sich rauszuholen. Dir würde er bestimmt nichts davon erzählen.«

Sweeney lehnte sich bequem zurück. »Hat er auch nicht«, sagte er dann. »Er weiß selbst noch nichts davon. Wir haben eine kleine Wette gemacht, wieviel Yolanda und ›Satan‹ im ›El Madhouse‹ verdienen, und um die Wette gewinnen zu können, mußte er mir seine Kopie des Vertrages zeigen. Tja, die Wette hat er gewonnen. Aber als ich den Vertrag in der Hand hatte, ist mir was aufgefallen. Dir auch, Harry?«

»Worum geht's?«

»Es war wohl einer von euren Standardverträgen, wie ihr ihn euren Talenten gebt, denn es sind tausend Hintertürchen für den Vertragsaussteller – in diesem Falle ›El Madhouse‹ – drin. Aber es gibt auch eine Rücktrittsklausel für den Vertragspartner Nummer zwei, in diesem Fall Yolanda Lang. Unter normalen Umständen wäre diese Klausel keinen Schuß Pulver wert. Aber die Umstände sind nicht normal.«

»Und was besagt die Klausel?«

»Der Vertrag kann vom Vertragspartner Nummer zwei gelöst werden, wenn er sämtliche bezogenen Honorare und außerdem die noch ausstehenden Gagen zurückzahlt.

Yolandas Vertrag läuft sieben Wochen, wovon drei vorüber sind. Sie kriegt zweihundert pro Woche, also könnte Doc sie für sieben mal zweihundert, gleich eintausendvierhundert Dollar, freikaufen. Und wenn er sie für die nächsten vier Wochen zu zweitausend pro Woche unterbrächte, hätten er und Yolanda sechseinhalbtausend Dollar gutgemacht. Vielleicht sogar mehr. Ich glaube, er könnte im Augenblick mehr als zweitausend für sie bekommen, sogar dann, wenn ich nicht noch extra die Werbetrommel schlage.«

Sweeney beugte sich vor und drückte seine Zigarette im Ascher auf Yahns Schreibtisch aus.

»Das einzig Blöde an der Sache ist, daß Greenes Gewinn dein Verlust wäre, Harry.«

»Und Greene hat davon keine Ahnung?«

»Offenbar nicht. Wahrscheinlich hat er den Vertrag gelesen, ehe er unterschrieben wurde, aber damals bedeutete die Klausel nichts. Nur wenn ein Künstler über Nacht plötzlich zehnmal soviel wert ist wie vorher, bekommt die Klausel überhaupt einen Sinn. Die Chancen, daß Greene den Vertrag noch einmal liest, stehen tausend zu eins. Er glaubt bestimmt, daß er weiß, was drinsteht.« Sweeney erhob sich. »Mach's gut, Harry! Tut mir leid, daß wir bezüglich meines Vorschlages nicht einig werden konnten.«

»Setz dich, Sweeney!«

Yahn drückte einen Knopf auf seinem Schreibtisch, und er hatte kaum die Hand wieder zurückgezogen, da stand Willie Harris auch schon in der Tür. »Ja, Chef?« fragte er.

»Komm rein und mach die Tür zu, Willie! Und bleib hier!«

»Soll ich den Kerl da auseinandernehmen?«

»Noch nicht, Willie. Nicht, wenn er sich hinsetzt.«

Sweeney setzte sich. Willie stand abwartend neben ihm. Wenn man Willies Gesicht betrachtete, konnte man zu dem Schluß kommen, daß er lange Zeit niemanden auseinandergenommen hatte und daß es ihm sehr fehlte. Jedenfalls kam Sweeney zu diesem Schluß. Er riß seinen Blick von Willies Gesicht los und nahm sich noch eine Zigarette. Beim Anzünden bewegte er seine Hände langsam und vorsichtig, um Willie nicht zu erschrecken. Er wünschte, ihm wäre so locker zumute, wie er sich zu geben bemühte.

Yahn nahm den Telefonhörer ab, wählte eine Nummer und ließ sich Nick geben. »Harry«, meldete er sich. »Hör zu! Du hast den Vertrag für Yolanda Lang im Safe. Nimm ihn raus, steck ihn in die Tasche, und dann ruf mich zurück. Sofort und ohne Zeugen. Benutze das Telefon im Büro, und sorge dafür, daß niemand mithört, verstanden? Und laß keinen sehen, was du aus dem Safe nimmst!«

Er legte den Hörer wieder auf und sah Sweeney an. Der Reporter sagte nichts. Niemand sagte etwas. Drei Minuten später klingelte das Telefon.

Sweeney sagte: »Es ist der sechste Paragraph, Harry. Er braucht dir nur den vorzulesen, dann sparen wir Zeit.«

Yahn sprach kurz mit Nick, dann lauschte er. »Okay, Nick«, sagte er nach einer längeren Pause. »Leg ihn zurück in den Safe. Und kein Wort darüber! – Ja genau, deshalb solltest du's mir vorlesen. Wir sprechen morgen darüber. Wie geht's Geschäft?« Wieder verging einige Zeit, dann hängte Harry mit einem »Okay!« ein.

»Na, wie geht das Geschäft?« wollte Sweeney wissen.

Eine Zeitlang sah Harry ihn nicht an. Dann blickte er auf. »Also, was willst du?«

»Ich mache vier Wochen lang Reklame für dich und bin dafür mit neunhundert zufrieden.«

Jetzt ähnelte Harry Yahn weder dem Weihnachtsmann noch Buddha. »Wenn nun Greene darauf kommt und den Vertrag doch noch einmal durchliest?«

Sweeney zuckte die Achseln. »Kann passieren. Aber warum sollte er?«

Harry Yahn faltete die Hände über dem Bauch und betrachtete seine Knöchel. Ohne aufzusehen, sagte er: »Willie, hol neunhundert von Haywood! Bring sie mir.«

Willie ging.

»Wieso eigentlich neunhundert?« fragte Harry Yahn. »Wie kommst du auf so 'ne komische Summe?«

Sweeney grinste. Innen war das Grinsen ein bißchen wackelig, und er hoffte, daß es von außen besser aussah. »Ich wollte eine vierstellige Zahl vermeiden. Hätte ich tausend verlangt, wäre dir vielleicht was anderes für mich eingefallen.«

Harry Yahn lachte und sah wieder aus wie der Weihnachtsmann. »Du bist ganz schön raffiniert, Sweeney.« Er stand auf und schlug dem Reporter auf die Schulter. Im selben Augenblick trat Willie ein und drückte Harry das Geld in die Hand. Yahn verzichtete darauf, es zu zählen, und gab es an Sweeney weiter. Auch der Reporter zählte es nicht, sondern steckte es in die Tasche.

»Begleite ihn hinaus, Willie!« sagte Yahn. »Wenn er sich wieder mal blicken läßt, führ ihn zu mir.«

Willie öffnete die Tür, und Sweeney trat auf den Flur. Gerade wollte Willie ihm folgen, da rief Harry Yahn ihn noch einmal kurz herein. Dann kam Willie nach und stieß die Tür zum Außenflur auf.

Als Sweeney in der Tür stand, packte ihn Willie mit einer Pranke, die so groß war wie Sweeneys beide Hände zusammen, und wirbelte ihn an der Schulter herum. Er hatte die andere Pranke zu einer Faust geballt, so groß wie ein Fußball, nur härter und schwerer, und rammte sie Sweeney in die Magengrube. Dann ließ er seine Schulter los, und Sweeney fiel zusammengekrümmt zu Boden. Er war nicht bewußtlos, aber er bekam keine Luft. Und die Schmerzen waren so unerträglich, daß er wünschte, Willie hätte ihn k. o. geschlagen, zumal wenn noch mehr von der Sorte kamen.

Aber es kam nichts mehr.

Willie trat zurück. »Das war auch noch von Harry«, sagte er. Und dann fügte er hinzu, als wolle er erklären, warum Sweeney so glimpflich davongekommen war: »Er hat gesagt, bloß einen und sanft.« Ganz offensichtlich bedauerte Willie diese Einschränkung.

Er schloß die Tür.

Nach einer Minute konnte Sweeney aufstehen und – ein wenig gekrümmt – zur Toilette gehen. Er übergab sich, und danach konnte er fast wieder gerade stehen. Dann wusch er sich das Gesicht mit kaltem Wasser. Als er sich im Spiegel betrachtete, stellte er fest, daß es so weiß war wie das Waschbecken.

Aber mittlerweile atmete er fast wieder normal. Sein Bauch tat so weh, daß er ihn fast nicht anfassen konnte, und er stellte ganz behutsam seinen Gürtel zwei Löcher weiter, um etwas Druck wegzunehmen.

Dann lehnte er sich an die Wand, nahm das Geld aus der Tasche und zählte es. Es waren neunhundert, und es war alles echt. Er hatte alles bekommen, was er gewollt hatte, und nur eins darüber hinaus. Er hatte Schwein gehabt, ein Riesenschwein.

Er steckte das Geld in seine Brieftasche, ging wie auf Eiern durch die Bar des ›Tit-Tat-Toe‹ und vermied es, den Barmann oder sonst jemanden auf seinem Weg durchs Lokal anzusehen.

Draußen blieb er stehen und atmete die kühle Nachtluft ein. Nicht in tiefen Atemzügen, die Schmerzen dabei hätte er nicht aushalten können, sondern vorsichtig und sorgsam darauf bedacht, die Magengegend nicht zu bewegen. Er sah sich nicht um, um sich zu vergewissern, ob ihm jemand folgte. Harry würde ihm niemanden nachschicken, das wußte er.

Er hatte unglaubliches Glück gehabt. Sogar der Schlag in den Magen war in gewisser Weise ein gutes Zeichen. Harry hätte keine Anweisung dazu gegeben, wenn er vorgehabt hätte, ihm ein paar Jungs nachzuschicken, damit sie ihn ernsthaft in die Mache nahmen oder umlegten. Das Risiko, umgelegt zu werden, hatte er ohnehin nicht sehr hoch eingeschätzt – nicht bei neunhundert Dollar. Aber eine Abreibung war durchaus drin gewesen, eine Abreibung, die ihm eine Woche oder einen Monat Krankenhaus hätte einbringen können; damit wären seine sämtlichen Pläne zum Teufel gewesen. Jetzt aber war er einigermaßen sicher, daß man ihn voll bezahlt hatte, in jeder Hinsicht.

Ein paar Tage würde ihm alles weh tun, und er würde auf dem Rücken schlafen müssen – und das sehr behutsam. Aber es war kein bleibender Schaden entstanden. Ihm war schon Schlimmeres passiert – und zwar für weniger.

Ein Taxi kam vorbei. Sweeney winkte es heran. Wie ein alter Mann ging er darauf zu, und als er den Wagenschlag öffnete, durchzuckte ihn ein stechender Schmerz.

»Fahren Sie zum See«, sagte er, »und nach Norden am Ufer entlang. Mir ist schlecht. Ich brauche frische Luft.«

Er stieg ein. Sogar das Türschlagen tat ihm weh.

Der Fahrer wandte sich nach ihm um. »Wie schlecht ist Ihnen denn? Sie werden mir doch nicht ins Auto kotzen?«

»Mir ist auf andere Art schlecht. Aber ich bin nüchtern.«

»Soll ich Sie zu einem Knochenflicker bringen?«

»Mir hat einer die Faust in den Magen gerammt, weiter nichts.«

»Ach so«, sagte der Fahrer und startete den Wagen. Er fuhr nach Osten zum Michigan Boulevard, und dann nordwärts, bis sie den Lake Shore Drive erreichten. Sweeney lehnte sich zurück. Allmählich ging es ihm besser, besonders nachdem sie den Drive erreicht hatten und die kühle Brise vom See zum Fenster hereinwehte.

Die sanfte Bewegung des Taxis rüttelte ihn nicht durch, sondern tat ihm offenbar gut.

Angesichts der neunhundert Mäuse in seiner Tasche und dem vergleichsweise niedrigen Preis, den er dafür bezahlt hatte, fühlte er sich ziemlich wohl. Ein Berufsboxer mußte sehr viel mehr einstecken, und das für sehr viel weniger, wenn er nicht gerade zur Spitzenklasse gehörte.

Er war nicht sauer auf Willie. Erstens hatte Willie eine weiche Birne, und zweitens hatte er nur einen Befehl ausgeführt – auch wenn er es genossen hatte und eine richtige Abreibung noch mehr genossen hätte. Aber das bißchen Hirn, daß Willie überhaupt je gehabt hatte, war von zu vielen Schlägen mürbe geklopft worden.

Er machte auch Harry Yahn keinen Vorwurf. Schließlich war es Erpressung gewesen; Harry hatte ihn glimpflich davonkommen lassen.

Sweeney sah, daß sie am Diversey Parkway vorbeikamen und sagte: »Ich denke, das ist weit genug; Sie können jetzt umkehren.«

»Okay, Mac. Geht's Ihnen besser?«

»Ist praktisch wieder okay.«

»Hätt ich den anderen sehen sollen?«

»Ja, Sie hätten den anderen sehen sollen. Er ist ungefähr einsfünfundneunzig groß und wiegt über zwei Zentner.«

»Das kann nur Willie Harris sein. Schließlich hab ich Sie vor dem ›Tit-Tat-Toe‹ eingeladen.«

»Vergessen Sie's. War bloß ein Scherz.«

»Okay, Mister. Wo soll ich Sie hinbringen?«

»Bughouse Square.«

»Bughouse Square um diese Zeit? Was, zum Teufel, wollen Sie denn da?«

»Mit God sprechen.«

Diese Antwort brachte den Fahrer zum Schweigen. Er sagte gar nichts mehr. Erst an Sweeneys Bestimmungsort nannte er ihm knapp den Fahrpreis.

14

Es war eine warme Nacht. Auf dem Bughouse Square herrschte Unruhe und Bewegung. Die Bänke waren beladen mit menschlicher Last, und auch auf dem Rasen schliefen Männer. Geschützt durch die Gebäude der Dearborn Street, hingen die Blätter bewegungslos an den Bäumen, und kein Grashalm rührte sich. Die Unruhe ging von den Schlafenden aus und von denen, die zu schlafen versuchten, weil sie nichts Besseres zu tun hatten.

Sweeney ging zu der vierten Bank rechts vom nördlichen Querweg. Hier mußte Godfrey sein, wenn er da war. Und er war da. Er wirkte älter und heruntergekommener als beim letzten Mal, aber das mochte zum Teil an dem Gegensatz zwischen ihnen liegen; Sweeneys Äußeres war jetzt anders als beim letzten Mal, wo sie sich gesehen hatten. Man beurteilt andere unbewußt anhand des Vergleichs mit einem selbst; und wer selbst Knoblauch gegessen hat, nimmt den Geruch beim anderen nicht wahr.

Sweeney ging es jedoch nicht um Gods Geruch. Er rüttelte ihn an der Schulter. Zunächst sanft, dann energischer, und endlich blinzelte Godfrey und sah auf. »Was'n los?« nuschelte er.

Sweeney lachte ihm ins Gesicht. »Kennst du mich nicht mehr?«

»Nee. Hau ab, sonst ruf ich die Polizei!«

»Brauchst du was zu trinken, God? Dringend?«

»Was muß ich dafür tun?«

»In deine rechte Jackentasche greifen.«

Godfrey steckte die Hand in die Tasche, entdeckte

etwas und sagte mit heiserer Stimme: »Danke, Sweeney! Hab seit mittag nichts mehr getrunken. Wäre ein ekelhaftes Aufwachen geworden. Wie spät?«

»Gleich halb vier.«

Der Alte schwang die Füße von der Bank. »Gut. Wie läuft's bei dir, Sweeney?«

»Gut.«

Jetzt drückte Godfrey sich von der Bank hoch, und Sweeney sagte: »Guck dir die Zahl in der Ecke von dem Schein an, ehe du ihn ausgibst.«

God zog die Hand aus der Tasche und betrachtete die zerknüllte Note. Dann stierte er Sweeney an. »Ein verdammter Kapitalist bist du. Angeber!«

Er steckte Faust und Schein wieder in die Tasche und ging davon, ohne sich umzusehen.

Grinsend sah Sweeney ihm nach, bis er die Straße erreicht hatte – hauptsächlich, um sich zu vergewissern, daß niemand etwas mitbekommen hatte und dem Alten folgte. Das war nicht der Fall.

Sweeney wandte sich in die entgegengesetzte Richtung. Auf der Chicago Avenue winkte er ein Taxi heran. Es war fast vier Uhr, als er nach Hause kam, und er war todmüde. Aber bevor er auf sein Zimmer ging, rief er von dem Apparat in der Halle aus die Northwestern Station an.

Ja, sagte man ihm, Brampton, Wisconsin, lag an der Northwestern Road; der nächste Zug dorthin fuhr um sechs, also in etwas mehr als zwei Stunden. Und danach? Erst wieder abends. Wann der Sechs-Uhr-Zug ankam? Dreizehn Uhr fünfzehn.

Sweeney bedankte sich und legte auf.

In seinem Zimmer betrachtete er sehnsüchtig das Bett; aber wenn er sich jetzt hinlegte, um vor der Abfahrt des Zuges noch eine Stunde zu schlafen, würde er nie und nimmer hochkommen, wenn der Wecker läutete, das wußte er.

Und wenn er erst den Abendzug nahm, würde er einen ganzen Tag verlieren, und das jetzt, wo es wirklich darauf ankam. Es war bereits Samstag, und Montag morgen mußte er wieder bei der ›Blade‹ antanzen; und selbst wenn Wally ihm die Ripper-Geschichte übertrug, würde er nie und nimmer eine Reise nach Brampton auf Kosten der Zeitung bewilligen, von einer Reise nach New York zwecks Überprüfung von Greenes Alibi ganz zu schweigen. Dort konnte Sweeney, falls es sich bis dahin nicht erübrigte, am nächsten Wochenende hinfliegen, in seiner Freizeit. Und auf eigene Kosten; um Geld brauchte er sich keine Gedanken mehr zu machen.

Vor einer Stunde hatte er, mit seinen eigenen hundert, noch tausend Dollar gehabt. Jetzt, nachdem er God ein Zehntel abgetreten hatte, hatte er noch neunhundert.

Wenn er halbwegs vernünftig wäre, müßte er einen Teil davon auf die Seite legen; er brauchte nicht soviel Geld mit sich herumzutragen.

Aber so vernünftig war er nicht.

Er warf erneut einen Blick auf die Uhr und seufzte. Er sah die ›Schreiende‹ an und verfluchte sie, weil sie so wichtig war, daß er auf seinen Schlaf verzichten mußte, um ihre Herkunft zu ermitteln und mit ihrem Schöpfer zu reden, auch wenn ihm das wahrscheinlich nichts einbringen würde.

Er ging zu ihr hinüber und drehte sie um, so daß sie ihm den Rücken zuwandte und er ihren Schrei nicht mehr hörte. Aber sogar von hinten sah man jeder Kontur ihres Körpers das Entsetzen an.

Sein Mitgefühl war so stark, daß er einen Moment erwog, sie zu erlösen. Aber selbst wenn er sie kaputtmachte, gäbe es sie immer noch zigmal, und sie würde irgendwo weiterschreien.

Müde – und wegen seines schmerzenden Bauches ganz behutsam – zog er sich aus, badete, rasierte sich und zog frische Kleidung an. Er beschloß, daß er nichts mitzunehmen brauchte, und verließ die Wohnung. Er war zu früh dran, aber er wollte Zeit für ein paar Drinks haben. Nicht weil er Lust darauf hatte, sondern weil er dann im Zug besser schlafen konnte; sonst wäre er nach sechs wahrscheinlich zu müde, um in einem Abteil oder einem Salonwagen schlafen zu können. Er hätte das Doppelte bezahlt, um ein Schlafwagenabteil zu bekommen, aber es gab keins; Eisenbahngesellschaften haben die seltsame Vorstellung, daß man nur nachts in der Waagrechten reisen sollte.

Er mußte zu Fuß bis zur State Street gehen, durch die graue, stille Dämmerung, ehe er ein Taxi fand. Er fuhr damit zu einer Kneipe auf der West Madison, eine Straße vom Bahnhof entfernt, von der er wußte, daß sie schon – oder noch – um fünf geöffnet hatte. Dort nahm er seine beiden Drinks – und einen dritten für unterwegs. Er überlegte, ob er sich eine Flasche für die Fahrt kaufen sollte, bis ihm, gerade noch rechtzeitig, einfiel, daß er ja eigentlich trocken war. Außerdem würde ihn zuviel Alkohol nur wieder hellwach machen.

Um Viertel vor sechs kam er zum Bahnhof. Wie er gehofft hatte, stand der Zug bereits abfahrbereit da. Zum Glück gab es einen Salonwagen. Am Schalter kaufte er eine Fahrkarte dafür und erfuhr, daß er keine Reservierung brauchte: der Wagen würde nicht voll werden.

Das wurde er auch nicht. Sweeney suchte sich den Platz, der ihm am bequemsten schien, setzte sich vorsichtig und steckte die Fahrkarte hinter sein Hutband, damit ihn der Schaffner nicht zu wecken brauchte. Dann streckte er die Beine aus und legte den Hut mit der Fahrkarte nach vorn auf den verletzten Teil seiner Anatomie. Es war ein leichter Panama, deshalb tat es nicht allzu weh.

Sweeney hatte kaum die Augen geschlossen, da war er auch schon eingeschlafen. Stunden später öffnete er sie wieder und sah, daß der Zug eben eine Station verließ. Es war Milwaukee, und es regnete. Als er kurz nach zwölf die Augen wieder öffnete, fuhr der Zug bei strahlendem Sonnenschein in den Bahnhof von Rhinelander. Sweeney war hungrig wie ein Pferd.

Er ging zum Speisewagen und aß so viel wie seit Wochen nicht mehr. Seine zweite Tasse Kaffee konnte er gerade noch rechtzeitig austrinken, um in Brampton auszusteigen.

Im Bahnhof betrat er eine Telefonzelle und suchte nach der Nummer von Chapman Wilson. Er stand nicht im Telefonbuch. Sweeney runzelte die Stirn und ging zum Fahrkartenschalter. »Sie können mir nicht zufällig sagen, wo Chapman Wilson wohnt?«

»Chapman Wilson?«

»Ja.«

»Nie gehört.«

»Danke.«

Sweeney trat aus der Bahnhofshalle und warf einen Blick auf Brampton. Er schätzte das Städtchen auf fünftausend Einwohner. Es konnte nicht allzuschwer sein, in einer Stadt dieser Größe jemanden ausfindig zu machen, selbst wenn er kein Telefon besaß.

Schon nach wenigen Schritten stand der Reporter auf der Hauptstraße. Links von ihm begann das Geschäftsviertel; es war ungefähr vier Blocks lang. Im erstbesten Geschäft fragte Sweeney nach Chapman Wilson, zog jedoch eine Niete, genau wie im zweiten, dritten und vierten Laden, vom fünften, sechsten und siebenten ganz zu schweigen.

Der achte Laden war eine Kneipe, und Sweeney bestellte sich einen Whisky, ehe er nach Chapman Wilson fragte. Der Whisky war gut, nicht aber die Antwort. Sweeney fluchte leise vor sich hin, als ihm der Barkeeper den Rücken zuwandte.

Hatte er den Mann von der Kunstgewerbefirma etwa mißverstanden? Nein, bestimmt nicht. Wenigstens war er sicher, daß der Geschäftsführer Chapman Wilson gesagt hatte. Vielleicht stimmte Brampton nicht?

Er winkte den Barkeeper heran. »Gibt es in Wisconsin noch eine Stadt, die so ähnlich heißt wie Brampton?«

»Häh? – Ach so! Ich verstehe. Moment mal. Zum Beispiel Boylston in der Nähe von Duluth.«

»Nicht ähnlich genug.«

»Stoughton? Burlington? Appleton? Und dann gibt's noch Milton, aber das heißt eigentlich Milton Junction.«

Traurig schüttelte Sweeney den Kopf. »Wisconsin Rapids und Stevens Point haben Sie vergessen.«

»Na, die klingen doch nicht wie Brampton.«

»Eben! Darf ich Sie zu einem Drink einladen?«

»Gern, danke.«

»Und von einem Chapman Wilson haben Sie nie gehört?«

»Nein.«

Nachdenklich trank Sweeney einen Schluck und fragte sich, ob er jetzt bei der Ganslen-Art-Company jemanden erreichen konnte. Wahrscheinlich nicht, am Sonnabendnachmittag. Vielleicht konnte er die Adresse des Geschäftsführers erfahren. Burke? Ja, Burke hieß er. Aber sehr wahrscheinlich war das auch nicht.

»Was arbeitet dieser Wilson denn?« fragte der Barkeeper.

»Er ist Bildhauer. Maler und Bildhauer.«

Sekundenlang herrschte Stille. Dann sagte der Barkeeper: »Na so was, Sie meinen wohl Charlie Wilson?«

Sweeney starrte ihn an. »Weiter, nicht lange Luft holen! – Weiter!«

»Was weiter?«

»Noch einen Whisky für uns beide, und dann erzählen Sie mir von Charlie Wilson. Stellt er Statuen her?«

Der Barkeeper lachte. »Das ist er. Der verrückte Charlie.«

Sweeney packte den Rand der Theke. »Was heißt verrückt? Wahnsinnig? Mit ›a‹ wie in Rasiermesser?«

»Häh? Rasiermesser? – Ach so! Sie meinen, womit alles begann? Nein, das war ein Messer, kein Rasiermesser.«

»Eine Blondine? Hübsch und blond?« fragte Sweeney.

»Sie reden von dem Mädchen. Ja, das war sie beides – blond und das hübscheste Ding in der ganzen Stadt. Bis sie mit dem Messer überfallen worden ist.«

Sweeney schloß die Augen und zählte langsam bis zwei. Es war zu schön, um wahr zu sein. Und er hätte sich beinahe auf den Rückweg gemacht.

Aber so ein Zusammentreffen gab es doch gar nicht! »Überfallen von einem Ripper?«

»Ja, wie die Sache in Chicago, von der sie jetzt dauernd im Radio berichten.«

»Sie sprechen nicht von einer kleinen schwarzen Statue, sondern von einer Frau aus Fleisch und Blut?«

»Klar! Eine Blondine. Im Radio heißt es ja, daß die in Chicago auch alle blond waren.«

»Wann ist das damals passiert?«

»Vor drei Jahren. Als ich noch Sheriff war.«

»Sie waren Sheriff?«

»Hm, bis vor zwei Jahren. Dann habe ich mir den Stall hier gekauft, und beides schaffte ich nicht. Deshalb habe ich mich vor zwei Jahren gar nicht mehr aufstellen lassen.«

»Und Sie haben den Ripper-Fall bearbeitet?«

»Ja.«

Sweeney strahlte. »Ich schätze mich glücklich, Sie kennenzulernen. Ich bin Bill Sweeney.«

Der Wirt streckte seine Pranke über die Theke. »Angenehm, Henderson.«

Sweeney schüttelte die Hand. »Sweeney von der ›Chicago Blade‹. Sie sind genau der Mann, den ich suche, Sheriff.«

»Ex-Sheriff.«

»Hören Sie, Sheriff, können wir uns hier irgendwo unter vier Augen unterhalten, ohne daß Sie ständig unterbrochen werden?«

»Tja, ich weiß nicht. Samstag nachmittags ist immer 'ne Menge los.«

»Ich kaufe eine Flasche vom teuersten Sekt, den Sie haben, und wir trinken ihn, während wir reden.«

»Tja, vielleicht kann ich meine Frau dazu bringen, daß sie zehn, fünfzehn Minuten für mich einspringt. Wir wohnen einen Stock höher. Aber trinken wir lieber 'ne Flasche ›Haig and Haig‹. Der Sekt, den ich habe, ist nicht besonders, und es dauert auch zu lang, bis er kalt ist.«

»›Haig and Haig‹ ist mir recht.« Sweeney legte einen Schein auf die Bar. Henderson tippte einen Betrag ein und gab Sweeney Kleingeld heraus. Dann nahm er eine Flasche vom Regal hinter der Theke, steckte sie in seine Hüfttasche und sagte: »Kommen Sie, ich hole Ma.«

Er ging voraus zu einer Hintertür, die in ein Treppenhaus führte, und rief nach oben: »He, Ma, kannst du mal fünf Minuten runterkommen?«

Eine Stimme antwortete: »Okay, Jake!«, und wenige Sekunden später kam eine große, dünne Frau die Treppe herunter. »Das ist Mr. Sweeney, Ma, aus Chicago«, sagte der Wirt. »Wir wollen oben kurz etwas miteinander besprechen. Kannst du so lange übernehmen?«

»Mach ich, Jake. Aber fang ja nicht an zu trinken! Heute ist Samstag; du weißt, was da abends immer los ist!«

»Ich rühre keinen Tropfen an, Ma.«

Er führte Sweeney die Treppe hinauf und in die Küche.

»Hier können wir am besten reden, und Gläser sind auch da«, sagte er. »Wollen Sie was dazu?«

»Zu ›Haig and Haig‹? Machen Sie keine Witze, Sheriff.«

Henderson grinste. »Setzen Sie sich. Ich hole Gläser und mache die Flasche auf.«

Er kam mit Gläsern wieder und schenkte jedem einen ordentlichen Schuß ein. Sweeney hob sein Glas. »Auf die Hüter des Gesetzes, Sheriff!«

»Sie sollen leben!« sagte Henderson. »Was tut sich in Chicago?«

»Mord und Totschlag, wie üblich. Aber lassen Sie uns bei Brampton bleiben. Zunächst möchte ich mal feststellen, ob wir über denselben Mann sprechen. Erzählen Sie mir etwas von Wilson.«

»Er heißt Charlie, ist Maler und Bildhauer, und sein Geld verdient er, glaube ich, mit den Plastiken. Er verkauft sie an Firmen, die Statuen herstellen. Hübsche kleine Dinger. Bilder verkauft er, glaube ich, selten.«

»Das ist er«, sagte Sweeney. »Wahrscheinlich benutzt er Chapman als Künstlername. Chapman Wilson klingt besser als Charlie Wilson. Und wie verrückt ist er?«

»Nicht sehr. Wenn er nüchtern ist, dann ist er bloß – wie heißt das? – exzentrisch. Aber er läßt sich gern einen durch die Kehle rinnen, und wenn er getankt hat, kann es Ärger geben mit ihm. Ich mußte ihn schon ein paarmal rauswerfen. Meistens fängt er Streit an.« Henderson grinste. »Und er ist ungefähr eins sechzig groß und wiegt fünfzig Kilo, aber nur wenn er naß wie eine Katze ist. Ein richtiger Wirrkopf.«

»Verdient er viel mit seiner Arbeit?«

»Liebe Zeit, nein. Der verdient bestimmt keine fünfhundert pro Jahr. Er wohnt in ’nem kleinen Schuppen am Stadtrand, in den kein anderer reinziehen würde. Kostet ihn nur ein paar Kröten pro Monat. Aber stolz wie ein Pfau ist er. Hält sich für einen großen Künstler.«

»Vielleicht stimmt das.«

»Warum verdient er dann kein Geld damit?«

Sweeney öffnete den Mund, um van Gogh oder Modigliani zu nennen, die große Künstler gewesen waren, aber weniger als fünfhundert Dollar im Jahr damit verdient hatten. Doch dann wurde ihm bewußt, wer sein Zuhörer war, und daß die Zeit drängte.

Deshalb fragt er: »Und dieser Charlie Wilson läuft in Brampton frei herum?«

»Klar! Warum nicht? Er ist ungefährlich.«

»Und was hat Charlie mit der Ripper-Geschichte zu tun?«

»Er hat auf ihn geschossen.«

»Wer auf wen? Charlie auf den Ripper, oder der Ripper auf Charlie?«

»Charlie auf den Ripper.«

Sweeney holte tief Luft. »Aber der Ripper ist entkommen?«

»Nein, zum Teufel! Er war auf der Stelle tot. Charlie hat ihn mit einer Schrotflinte aus zwei Meter Entfernung erwischt. Gab ein Loch, durch das Sie Ihren Kopf hätten stecken können. Die einzige gute Tat, die Charlie je in seinem Leben vollbracht hat. Eine Zeitlang war er der Held von Brampton.«

»Ach«, sagte Sweeney nur. Er war enttäuscht. Ein toter

Ripper brachte ihn nicht weiter. Zum Trost nahm er einen Schluck Scotch. »Fangen wir am anderen Ende an. Wer war der Ripper?«

»Er hieß Pell, Howard Pell. Ein geistesgestörter Mörder, der aus der Landesheilanstalt ausgebrochen war. Sie liegt ungefähr zwanzig Meilen von hier. Das Ganze spielte sich vor vier Jahren ab. Ich habe mich vorhin geirrt, als ich drei sagte. Die Geschichte ist im ersten Jahr meiner zweiten Amtszeit passiert, also vor mindestens vier Jahren. Vielleicht sogar noch ein paar Monate früher, denn damals war Frühling, und jetzt haben wir August. Ich glaube, es war im Mai.«

»Und was genau ist passiert?«

»Dieser Pell ist ausgebrochen. Hat mit bloßen Händen zwei Wärter umgebracht. Er war groß und stark wie ein Ochse. Größer als ich. Auf der Straße hat er einen Wagen angehalten, ehe die Alarmsirenen losheulten, und der Fahrer, dieser Blödmann, hat ihn mitgenommen. Rogers hieß er. Pell hat Rogers umgebracht. Erwürgt.«

»Ein Messer hat er nicht benutzt?«

»Da hatte er noch keins. Aber im Wagen hat er eins gefunden. Dieser Rogers war Vertreter für Haushaltswaren und hatte auch ein Sortiment von Schnitzmessern dabei. Das Messer war ein Prachtstück, fünfundzwanzig Zentimeter lang und zweieinhalb Zentimeter breit. Höllisch scharf. Warum Pell den Wagen durchsucht hat, weiß ich nicht, aber er hat das Messer gefunden. Und dann hat er es an Rogers ausprobiert, obwohl der schon tot war. Die Einzelheiten darüber kann ich mir wohl sparen, was?«

»Ja, ich bin im Bilde. Schenken Sie uns noch einen ein.«

»Entschuldigung.« Henderson goß die Gläser voll. »Nachdem er Rogers verarztet hatte, hat er die Leiche aus dem Wagen in den Graben geworfen. Stückweise, Sie verstehen.«

Sweeney schüttelte sich und nahm rasch einen Schluck. »Ich möchte das nicht zu genau verstehen. Weiter.«

»Das war ungefähr um acht Uhr abends, kurz nach Einbruch der Dunkelheit. Um die Zeit hat man die ermordeten Wärter gefunden und festgestellt, daß Pell ausgebrochen war. Ich wurde alarmiert. Genauso alle anderen Sheriffs der umliegenden Counties und die Polizeidienststellen. Außerdem hat man alle dienstfreien Wärter vom Sanatorium aus in Bewegung gesetzt, um Pell zu suchen. Zuerst hat man die Leichenteile des Vertreters und die Wagenspuren gefunden. Damit war klar, daß Pell einen Wagen benutzte. Wir haben überall Straßensperren errichtet, aber er ist uns durch die Lappen gegangen. Er ist zwar in Richtung Brampton gefahren, hat den Wagen aber kurz vorher auf einem Feldweg abgestellt und ist das letzte Stück zu Fuß gegangen. So ist er durchgeschlüpft, obwohl wir jede Zufahrtsstraße abgesperrt hatten, und das schon fünfzehn Minuten nachdem das Sanatorium uns mitgeteilt hatte, daß Pell im Wagen unterwegs war.«

»Schnelle Arbeit.«

»Das kann man wohl sagen. Hat aber nichts genützt, weil er zu Fuß durchgekommen ist. Am nächsten Tag konnten wir seine Spuren genau verfolgen, weil er voller Blut war. Diesen Rogers hat er nämlich auf dem Fahrersitz tranchiert, und dann mußte er sich selber hinters Steuer setzen, deshalb war er über und über mit Blut beschmiert.

Mein Gott, er hatte es sogar in den Haaren und im Gesicht, und seine Schuhe waren regelrecht davon durchweicht. Und in diesem Zustand, mit dem blutigen Messer in der Hand, ist er Bessie begegnet, die gerade duschen wollte.«

»Wer ist Bessie?«

»Nicht ist, sondern war. Bessie Wilson war Charlies jüngere Schwester. Damals ungefähr achtzehn oder neunzehn Jahre alt. Sie hat bei ihm gewohnt, weil sie krank war. Sie hatte eine Stelle in St. Louis als Garderoben-Girl in einem Nachtklub. Aber als sie krank wurde, hat sie gekündigt und ist zu Charlie gekommen. Die Eltern waren schon zehn Jahre tot. Wahrscheinlich hatte sie keine Ahnung, wie schlecht es ihm ging, sonst wäre sie nicht zu ihm gezogen. Bestimmt hat er ihr geschrieben, daß es ihm ziemlich gut geht; jedenfalls war sie krank und brauchte Hilfe. Vielleicht wäre es besser für sie gewesen, sie wäre nicht nach Brampton gekommen, denn was ihr hier passiert ist, hat ihr kein bißchen geholfen.«

»Hat dieser Pell sie angegriffen?«

»Ja und nein. Direkt Hand an sie gelegt hat er nicht, aber die Sache hat sie in den Wahnsinn getrieben, und sie ist später gestorben. Das kam so: Charlies Schuppen hat nur einen Raum, in dem er lebt und arbeitet. Daneben steht noch eine Hütte, so 'ne Art Werkzeugschuppen. Da ist das Klo drin, und außerdem hatte sich Charlie da eine Dusche gebaut. Um neun verläßt Charlies kleine Schwester Bessie den Schuppen, um zu duschen. Sie hat nur einen Bademantel und Pantoffeln an. Und das muß ungefähr die Zeit gewesen sein, zu der Pell auf ihren Hof gekommen ist. Er sieht sie in den Schuppen gehen, folgt ihr mit dem Schnitzmesser in der Hand und reißt die Tür auf.«

»Hatte die Tür keinen Riegel?«

»Ich sagte Ihnen ja, er war groß und stark wie ein Ochse. Er reißt die Tür auf, und der Riegel fliegt davon. Bessie steht völlig nackt unter der Dusche. Sie will gerade die Hand heben, um das Wasser aufzudrehen. Da kommt er mit gezücktem Messer auf sie zu. – Noch einen Schluck?«

»Gute Idee!«

Henderson schenkte beide Gläser voll.

»Kein Wunder, daß sie übergeschnappt ist. Krank war sie sowieso schon, und dann so ein Anblick: Ein Schrank von zwei Metern, zwei Zentner schwer, in Sanatoriumskluft, die mal grau gewesen, jetzt aber rot von Blut ist, kommt mit einem fünfundzwanzig Zentimeter langen Messer auf sie zu. Großer Gott!«

Sweeney konnte es sich genau vorstellen. Er hatte die »Schreiende« gesehen.

Er nahm einen kräftigen Schluck Scotch. »Und dann?«

15

Henderson sagte:

»Ich war zwei Blocks vom Tatort entfernt und habe sie trotzdem schreien hören. Sie schrie und schrie und hörte nicht mehr auf. Ich habe ungefähr fünf Minuten gebraucht, bis ich dort war, und inzwischen war natürlich alles vorbei. Aber geschrieen hat sie immer noch. Schon bei ihrem ersten Schrei griff Charlie nach seiner Schrotflinte. Er hat eine, weil er ziemlich viel auf die Jagd geht; nicht so sehr zum Vergnügen wie die meisten Leute, sondern weil er einen Teil seiner Ernährung davon bestreitet.

Er rennt hinaus und sieht den Kerl mit dem Messer in der Tür zum kleinen Schuppen. An ihm vorbei sieht er Bessie in der Ecke unter der Dusche, und sie schreit wie am Spieß. Charlie läuft auf die Tür zu. Es sind nur knapp vier Meter von einem Schuppen zum anderen. Und dann macht er ein paar Schritte zur Seite, damit er auf Pell schießen kann, ohne Bessie zu verletzten. Und noch vor der Tür drückt er ab. Ich sagte Ihnen ja, das Loch war so groß, daß Sie Ihren Kopf hätten hineinstecken können.«

»Bin nicht scharf drauf«, sagte Sweeney, und als der Ex-Sheriff ihn verständnislos ansah, fragte er: »Bessie Wilson wurde also wahnsinnig?«

»Ja. Sie ist sechs oder sieben Monate später gestorben. Sie kam ins Sanatorium, nicht in die Landesheilanstalt. Die ist für Unheilbare. Eine Zeitlang haben die Ärzte gehofft, sie könnten Bessie kurieren. Sie kam in ein kleines Sanatorium in der Nähe von Beloit. Der Fall ging durch die Presse, und ein Arzt hat sich dafür interessiert. Er hatte eine neue Behandlungsmethode entwickelt und dachte, er könnte Bessie heilen. Deshalb hat er sie umsonst behandelt, aber es half nichts. Sie ist ein halbes Jahr später gestorben.«

»Und Charlie?« fragte Sweeney. »Ist er damals auch übergeschnappt? Oder war er schon vorher nicht ganz klar?«

»Wie ich schon sagte, ist er nicht direkt verrückt. Merkwürdig war er vorher schon, und ich glaube nicht, daß es durch die Geschichte schlimmer geworden ist. Aber er ist Künstler, und die sind doch sowieso leicht verrückt.«

»Anzunehmen. – Wo ist dieser Schuppen?«

»Cuyahoga Street, acht Blocks westlich von hier am Stadtrand. Die Nummer weiß ich nicht, wenn er überhaupt eine hat. Sie sind hier auf der Main Street. Gehen Sie anderthalb Blocks nach Norden und dann links ab nach Westen. Sie können es gar nicht verfehlen. Es ist die einzige Bretterbude in der Gegend. Grün gestrichen. Trinken wir noch einen? Gibt gerade noch für jeden 'nen Schluck.«

»Warum nicht?«

Sie leerten die Flasche, und Sweeney stierte enttäuscht in sein Glas. Das Gespräch hatte so vielversprechend begonnen. Er hatte einen Ripper gefunden. Nur war der Ripper tot, viereinhalb Jahre tot, mit einem Loch im Bauch, in das Sweeney seinen Kopf hätte stecken können; nur hatte er überhaupt keine Lust dazu, zumal der Ripper schon viereinhalb Jahre tot war. Vorwurfsvoll starrte er Henderson an, als sei es dessen Schuld. Dann kam ihm eine Idee.

»Dieser Wilson, verreist er oft?«

»Charlie? Nicht, daß ich wüßte. Warum?«

»Ich frage mich, ob er schon mal in Chicago war.«

»Nee. 'ne Fahrkarte nach Chicago könnte er sich nicht leisten. Und er hat's nicht getan.«

»Was?«

»Die Frauen in Chicago ermordet. Unser neuer Sheriff, Lanny Pederson, hat neulich abends unten in der Kneipe davon angefangen. Wir haben natürlich daran gedacht, daß wir auch mal einen Ripper hier hatten, und ich habe Lanny gefragt, ob Charlie vielleicht durch das, was er hier erlebt hat, auf komische Gedanken gekommen sein könnte. Aber Lanny hat mir erzählt, daß er sich schon bei Charlies Nachbarn erkundigt hat. Charlie ist nie weg gewesen. Seine Nachbarn können ihn jeden Tag beobachten, denn er arbeitet meist im Freien.«

Sweeney nahm noch einen Schluck. »Und dieser Pell? Ist es ganz sicher, daß Charlie ihn erschossen hat? Ich meine, war es nicht vielleicht ein anderer, der durch die Schrotladung so entstellt wurde, daß man ihn nicht mehr erkennen konnte?«

»Ausgeschlossen! Pells Gesicht hat nichts abgekriegt. Auch ohne die blutbeschmierte Anstaltskleidung hätte man ihn ohne weiteres identifizieren können. Die Ladung traf ihn in die Brust. Wahrscheinlich hat er Charlie gehört und sich umgedreht. Hat ihm ein Loch in die Brust geschossen, da hätten Sie Ihren Kopf reinstecken können.«

»Schätze, das war ein Schlag ins Wasser«, sagte Sweeney und stand auf. »Trotzdem vielen Dank, Sheriff! Ich habe gehofft, daß die beiden Ripper-Fälle miteinander in Verbindung zu bringen wären. Aber da Charlie ein Alibi hat und alle anderen Beteiligten tot sind, ist wohl nichts zu machen. Und Sie und Ihr neuer Sheriff haben ja auch schon in der Richtung kombiniert.«

Sweeney wartete, bis Henderson die Gläser ausgewaschen und die leere Flasche ganz unten im Mülleimer versteckt hatte. Dann ging er mit ihm hinunter, und Henderson löste seine Frau an der Bar ab. Sie warf ihm einen bösen Blick zu, ehe sie nach oben ging, und Sweeney hatte das Gefühl, daß Hendersons Vorsichtsmaßnahmen mit den Gläsern und der Flasche sinnlos gewesen waren.

Selbst wenn sie die Flasche nicht fand, würde sie wissen, daß eine dagewesen war.

An der Theke saßen nur vier Gäste. Sweeney gab eine Runde für sie aus, ehe er ging, trank aber selbst nur ein kleines Helles.

Dann schlenderte er zum Bahnhof zurück und fragte, wann der nächste Zug nach Chicago fuhr.

»Elf Uhr fünfzehn«, war die Auskunft.

Sweeney schaute auf die Uhr und stellte fest, daß es erst halb fünf war. »Gibt's hier irgendwo einen Flugplatz mit Verbindung nach Chicago?«

»Sie wollen nach Chicago fliegen? Tja, der nächste Flugplatz ist in Rhinelander.«

»Und wie komme ich nach Rhinelander?«

»Mit dem Zug um elf Uhr fünfzehn«, sagte der Auskunftsbeamte. »Das ist der nächste in die Richtung.«

Sweeney fluchte. Er kaufte eine Fahrkarte nach Chicago und ließ sich telegraphisch einen Schlafwagenplatz reservieren. So würde er Sonntag vormittag wenigstens ausgeschlafen in Chicago eintreffen.

In der Bahnhofshalle setzte er sich auf eine Bank und versuchte auszuknobeln, wie er siebeneinhalb Stunden totschlagen konnte, ohne allzuviel zu trinken. Ließ er sich vollaufen, war der Sonntag im Eimer, weil er dann nämlich bestimmt den Zug verpaßte. Und der Sonntag war sein letzter freier Tag, ehe er wieder bei der »Blade« antanzen mußte.

Seufzend entschied er sich, diesen Charlie-Chapman Wilson aufzusuchen, da er ohnehin hier war und nichts Besseres zu tun hatte.

Mittlerweile war ihm jede Begeisterung abhanden gekommen. Es hatte alles so vielversprechend ausgesehen, als der Ex-Sheriff von einem Verrückten namens Charlie Wilson berichtete und von einer Blondine, die von einem Ripper angegriffen worden war. Jetzt aber, wo wieder einmal eine Spur im Sand verlaufen war, wünschte sich Sweeney, er hätte nie von Brampton, Wisconsin, gehört.

Zwar stellte die ›Schreiende‹ immer noch einen Hinweis dar, aber er mußte die Spur vorwärts verfolgen, nicht in die Vergangenheit zurück. Er mußte den Ripper finden, der das andere Exemplar der ›Schreienden‹ besaß. Sein Weg nach Brampton hatte lediglich eine zufällige Übereinstimmung aufgedeckt – eine Übereinstimmung allerdings, die nahelegte, daß die ›Schreiende‹ auf einen Wahnsinnigen vom Typ Ripper einen starken Reiz ausüben konnte. In gewissem Sinne war die Statue schließlich durch die Begegnung mit einem Ripper ins Leben gerufen worden. Nur leider nicht mit dem Ripper von Chicago.

Na schön, er würde mit diesem Chapman Wilson reden, und wenn der Mann gern einen trank, dann konnte man sein Vertrauen am besten mit einer Flasche gewinnen. Auf dem Weg zur Cuyahoga Street kaufte Sweeney eine Flasche Whisky. Er fand die kleine grüne Bretterbude mit dem Schuppen dahinter. Aber auf sein Klopfen antwortete niemand.

Er ging zu dem kleinen Schuppen hinüber, jedoch rührte sich auch hier nichts. Die Tür war unverschlossen und nur von innen abzuriegeln. Sweeney stieß sie auf und sah hinein. Die eine Ecke des Raumes war aufgeteilt und diente als Toilette. In der rechten hinteren Ecke entdeckte Sweeney die selbstgebastelte Dusche ohne Vorhänge, von der der Ex-Sheriff geredet hatte.

Eine Schnur neben der Tür diente zum An- und Ausschalten der Glühbirne, die ohne Schirm von der Decke herunterhing. Sweeney zog an der Schnur. An der gegenüberliegenden Wand konnte er die Stelle sehen, wo die Schrotladung eingeschlagen haben mußte. Sie war mit Brettern vernagelt worden.

Noch einmal sah er sich die Dusche an, und ein Schauer lief ihm den Rücken hinunter, als er sich die ›Schreiende‹ in Lebensgröße dort vorstellte, in zartem Weiß anstatt Ebenholzschwarz, wie sie abwehrend die schlanken Arme hob und in unaussprechlichem Grauen auf das starrte, was – Sweeney löschte rasch das Licht und schloß die Tür. Er schreckte vor der bloßen Vorstellung dessen zurück, was sie gesehen hatte. Kein Wunder, daß die arme Bessie wahnsinnig geworden war.

Sweeney kehrte zum größeren Schuppen zurück und klopfte noch einmal. Dann ging er zum Nachbarhaus und klopfte. Ein Mann mit Schnauzbart machte auf, und Sweeney fragte, ob er wisse, wann Charlie Wilson nach Hause komme.

»Muß bald kommen, glaube ich. Ist vor ein paar Stunden in die Stadt gegangen. Kommt immer heim, um sich Essen zu machen. Ißt nicht in der Stadt.«

Sweeney bedankte sich und schlenderte zu dem Schuppen zurück. Es war fünf Uhr, und die Dämmerung brach schon herein. Da er nichts Besseres zu tun hatte, beschloß er zu warten.

Er setzte sich auf die Holzstufe vor der Tür des Schuppens und stellte sein Mitbringsel, die Flasche, neben sich ins Gras. Der Versuchung, sie zu öffnen, ehe Charlie wiederkam, widerstand er.

Um sechs Uhr sah Sweeney Charlie kommen. Er konnte ihn im Zwielicht gerade noch ausmachen. Nach Hendersons Beschreibung erkannte er ihn sofort; eins sechzig groß und fünfzig Kilo schwer – aber nur in tropfnassem Zustand. Im Augenblick wirkte er noch leichter, wahrscheinlich weil er trocken war, außen jedenfalls. Seinem Gang nach zu schließen litt er jedoch nicht unter innerer Austrocknung.

Charlie konnte sowohl fünfundzwanzig als auch fünfundvierzig sein, stellte Sweeney fest, als Wilson durch das Tor schwankte und auf ihn zukam. Sein Haar war strohblond und ungekämmt, und er trug keinen Hut. Seine Kleidung war zerknittert, und er hatte sich seit mindestens zwei Tagen nicht mehr rasiert. Mit glasigen Augen stierte er Sweeney an.

Der Reporter stand auf. »Sind Sie Mr. Wilson?«

»Bin ich.« Charlie reichte Sweeney genau bis unters Kinn. Sweeney streckte ihm die Hand entgegen. »Sweeney. Möchte mit Ihnen über eine Statue sprechen, die Sie angefertigt haben. Ganslens Modell SCHR-1, ein schreiendes Mädchen.«

Auch Charlies Hand näherte sich Sweeney. Nur viel rascher und in weniger freundschaftlicher Absicht. Sie war zur Faust geballt und landete in Sweeneys schmerzender Magengrube. Sweeneys Magen gab einen stummen Schrei von sich und versuchte, durch die Wirbelsäule zu kriechen.

Mit einem unartikulierten Laut krümmte sich der Reporter zusammen, so daß sein Kinn für einen so kleinen Gegner wie Charlie in greifbare Nähe rückte. Charlies Faust traf ihn am Kinn und brachte ihn ins Wanken, nicht aber in aufrechte Stellung. In diesem Augenblick hätte ihn nichts aufgerichtet. Den Schlag unters Kinn spürte er eigentlich gar nicht, so heftig war der Schmerz im Magen. Wer spürt schon einen Mückenstich, wenn er mit dem Fuß in einer Bärenfalle hängt?

Rückwärts taumelnd, stolperte Sweeney und setzte sich wieder auf die Türschwelle, die Arme schützend vor dem Leib verschränkt. Es war ihm egal, ob Charlie Wilson ihm ins Gesicht trat, solange er nur nicht noch einmal mit seinem Magen in Berührung kam. Alles war ihm egal, außer seinen Magen zu schützen. Die Arme immer noch darüber verschränkt, beugte er sich zur Seite und spuckte.

Als ihn seine Umwelt wieder einigermaßen zu interessieren begann, sah er auf. Wilson stand vor ihm, die Arme in die Seiten gestemmt, und sein Gesicht drückte ungläubiges Staunen aus. Sein Tonfall entsprach ganz seiner Miene. »Verdammt, ich hab Sie fertiggemacht.«

»Ja, danke!« stöhnte Sweeney gequält.

»Hab Sie doch nicht etwa verletzt?«

»Nein, es ist ein herrliches Gefühl. Alles ist wundervoll.«

»Ich wollte Ihnen nämlich nicht weh tun. Aber ich krieg jedesmal Prügel, wenn ich jemand eine lange. Deshalb versuch ich immer, vorher möglichst ein, zwei gute Schläge zu landen. Möchten Sie 'n Schluck trinken? Ich habe Gin drin. Drin im Schuppen, meine ich. Nicht hier drin.« Er deutete auf seinen Magen. »Das ist Whisky.«

»Was ist Whisky?«

»Das Zeug in meinem Bauch. Wollen Sie 'n Gin?«

Sweeney nahm die eingewickelte Flasche vom Boden und hielt sie Wilson hin. »Wenn Sie die aufmachen können ...«

Wilson kratzte die Zelluloidkappe mit dem Bart seines Schlüssels ab und drehte den Schraubenverschluß mit den Zähnen auf. Dann gab er Sweeney die Flasche. Sweeney nahm einen kräftigen Schluck und reichte die Flasche zurück.

»Hier, genehmigen Sie sich auch einen«, sagte er. »Auf den Beginn einer wundervollen Freundschaft. Was war eigentlich los?«

»Ich hasse Reporter.«

»So?« Sweeney dachte nach. »Und wie sind Sie auf die Idee gekommen, ich wäre einer?«

»Sie sind der dritte in dieser Woche. Und wer sonst würde mich nach der ...« Er sprach nicht weiter und sah Sweeney verblüfft an.

»Ja, wer sonst? Aber fangen wir ganz von vorn an. Und diesmal anders. Sie sind Chapman Wilson?«

»Ja.«

»Mein Name ist Sweeney. Mortimer Sweeney. Ich bin bei der Ganslen-Art-Company in Louisville.«

Charlie Wilson schlug sich vor die Stirn. »Großer Gott!« seufzte er.

»Das kann man wohl sagen.«

»Es tut mir furchtbar leid. Können Sie aufstehen? Sonst

kriege ich die Tür nicht auf. Nein, warten Sie, ich gehe besser hinten rum und mache von innen auf. Dann kann ich Ihnen hineinhelfen.«

Er verschwand um die Ecke des Schuppens, anscheinend viel nüchterner als bei seiner Ankunft auf dem Grundstück. Sweeney hörte, wie eine Hintertür geöffnet wurde, dann stieß Wilson ihm die Vordertür in den Rücken.

»'tschuldigung, ich habe gar nicht daran gedacht, daß sie nach außen aufgeht. Sie müssen also sowieso aufstehen. Geht's?«

Sweeney stand auf. Nicht ganz, aber so weit, daß er zur Seite treten und dann in den Schuppen gehen konnte. Er schleppte sich zur nächsten Sitzgelegenheit, einem Campingstuhl ohne Lehne. Das machte allerdings nichts, denn ihm war ohnehin nicht nach Zurücklehnen zumute.

Eine nackte Glühbirne wie die in dem kleineren Schuppen verbreitete spärliches Licht. Wilson spülte zwei Gläser im Waschbecken in der Ecke. In dem Becken stapelte sich Geschirr, aber auf dem Regal darüber war keins zu sehen. Offensichtlich spülte Wilson Geschirr nur, wenn er es gerade brauchte, und hielt nichts von der sonst üblichen Methode, es nach Gebrauch abzuwaschen und wegzustellen.

Er schenkte zwei Gläser aus Sweeneys Flasche voll und brachte seinem Gast eins.

Sweeney trank und sah sich um. An den Wänden hingen ungerahmte Bilder. Es waren Landschaften, die in ihrem Stil entfernt an Cézanne erinnerten und Sweeney gefielen. Außerdem einige interessante abstrakte Motive. Da

Sweeney kein Experte war, konnte er nicht beurteilen, wie gut die Arbeiten waren, aber er sah, daß sie nicht ganz schlecht waren. Porträts oder Akte sah er nicht.

In einer Ecke des Raumes stand eine halbfertige Statue von dreißig Zentimeter Höhe, die offenbar einen Gladiator darstellte.

Wilson war Sweeneys Blick gefolgt. »Sehen Sie sich das nicht an. Ist noch nicht fertig. Und außerdem ist es fürchterlich.« Er trat zu der Tonfigur und warf ein Tuch darüber. Dann setzte er sich Sweeney gegenüber auf das Bett.

Sweeney fühlte sich etwas besser. »Nicht übel – der Gladiator, meine ich. Aber ich würde sagen, die Ölmalerei ist Ihr eigentliches Medium, und die Statuen machen Sie, damit der Schornstein raucht, stimmt's?«

»Nicht ganz, Mr. Sweeney. Das heißt, wenn Sie nicht von Ganslen kämen, würde ich sagen, ganz recht, Mr. Sweeney. Was machen Sie dort eigentlich genau?«

Das hatte sich Sweeney auch schon gefragt. Er kannte die Kunstgewerbefirma nicht und, was noch wichtiger war, er hatte keine Ahnung, wieviel Wilson über die Organisation der Firma wußte. Er konnte schließlich schon dort gewesen und mit den Angestellten ziemlich gut bekannt sein. Außerdem wollte Sweeney nichts kaufen oder ablehnen müssen. Deshalb sagte er: »Ich bin nur Vertreter, und als der Boss gehört hat, daß ich durch Brampton kommen hat er gesagt, ich soll mal bei Ihnen vorbeischauen!«

»Es tut mir schrecklich leid, Mr. Sweeney, daß ich – äh ...«

»Schon gut«, sagte Sweeney. »Aber Sie haben vorhin

was von Reportern gesagt. Von welchen Zeitungen kamen die denn, und was wollten sie?«

»Von Zeitungen aus St. Paul oder Minneapolis. Es ging um die Statue, die Sie erwähnt haben, die SCHR-1. Deshalb dachte ich, Sie wären auch Reporter. Worüber wollen Sie sich eigentlich mit mir unterhalten?«

Nachdenklich nippte Sweeney an seinem Whisky. »Erst wollen wir mal klären, was diese anderen – diese Reporter – hier zu suchen hatten.«

Wilson runzelte die Stirn. »Sie sind durch die Ripper-Morde in Chicago auf die Idee gekommen, diese alte Geschichte von vor vier, fünf Jahren nochmal aufzuwärmen, als ich den Wahnsinnigen erschießen mußte. Die beiden wußten von der Statue, die ich von Bessie gemacht hatte, also müssen sie wohl mit Sheriff Henderson gesprochen haben.«

»Hatten sie die Statue gesehen? Oder ein Foto davon?«

»Das glaube ich nicht. Sie wollten hauptsächlich wissen, an welche Firma ich die Plastik verkauft habe. Wenn sie ein Exemplar gesehen hätten, wären sie von allein auf Ihre Firma gekommen. Die prägen ja unter dem Sockel ihren Namen ein.«

»Der Sheriff hier hat also gewußt, daß Sie die Statue angefertigt, nicht aber, welcher Firma Sie sie verkauft haben?«

»Ganz recht. Und gesehen hat er sie auch nicht. Ich habe ihm mal im Suff davon erzählt, als er mich zur Ausnüchterung eingebuchtet hatte.«

Sweeney nickte und fühlte sich erleichtert. Dann wußten die Zeitungen aus St. Paul und Minneapolis also nichts von dem zweiten Abenteuer der ›Schreienden‹. Sie kannten die Vorgeschichte – das, was er selbst heute von Henderson erfahren hatte –, aber die wichtige, die allesentscheidende Tatsache kannten sie nicht: daß ein Exemplar der ›Schreienden‹ in den Händen des Rippers von Chicago war. Und sie besaßen nicht einmal ein Foto von der Plastik. Sie hatten lediglich eine aufgewärmte Geschichte, die zwar für ihre Lokalblätter gut genug war, nicht aber für die großen Nachrichtenagenturen wie AP und UP. Sweeneys Geheimnis blieb also gewahrt.

Wilson lehnte sich an die Wand hinter dem Bett, auf dem er saß, und kreuzte die Beine. »Aber warum hat Ganslen Sie zu mir geschickt, Mr. Sweeney?«

»Es geht um etwas, das nicht klappen wird, wenn Sie nicht damit einverstanden sind, daß wir für die Statue und mit ihrer Entstehungsgeschichte Reklame machen. Wie die Dinge im Augenblick stehen, verlieren wir an der Plastik. Wir haben hundertfünfzig Stück hergestellt, um sie auszuprobieren. Wenn die verkauft wären, hätten wir immer noch Verlust, aber das Problem ist, daß wir auf hundert Stück sitzengeblieben sind. Der Verkauf lief zu langsam an, um eine Herstellung in größeren Mengen zu rechtfertigen. Die Figur kommt einfach nicht an.«

Wilson nickte. »Das habe ich Mr. Burke gleich gesagt, als er sie mitgenommen hat. Mit manchen Sachen ist das eben so: entweder die Leute können sie nicht ausstehen, oder sie gefallen ihnen auf den ersten Blick.«

»Wie haben Sie als Künstler empfunden?«

»Ich – ich weiß nicht, Mr. Sweeney. Ich hätte sie nie modellieren sollen, und verkaufen schon gar nicht. Das ist zu

– zu persönlich. Wie Bessie ausgesehen hat, als sie da stand und schrie – fürchterlich! Das Bild ist mir einfach nicht aus dem Kopf gegangen. Bis zum vorigen Jahr hat es mich verfolgt. Ich mußte es einfach malen oder modellieren. Und mit dem Pinsel bin ich nicht sehr geschickt, was die Darstellung von Menschen angeht. Also habe ich es modelliert. Ich hätte es vernichten sollen, nachdem ich fertig war. Aber gerade da ist Mr. Burke gekommen, und ihm hat die Figur gefallen. Ich wollte sie nicht verkaufen, aber er hat nicht lockergelassen, und ich habe das Geld gebraucht. So dringend, daß ich nicht nein gesagt habe. Verdammt, es war, als hätte ich ihm meine Schwester verkauft. Und das stimmt ja auch in gewisser Weise. Ich bin mir deswegen so mies vorgekommen, daß ich eine Woche lang gesoffen habe. Also hatte ich überhaupt nichts von dem Geld.«

»Ich kann Sie verstehen«, sagte Sweeney.

»Aber ich habe Mr. Burke damals gesagt, daß ich keine Reklame für die Plastik will. Er hat versprochen, daß er niemandem die Geschichte erzählen würde, um dadurch mehr abzusetzen. Weshalb schickt er Sie jetzt, um die Sache wieder aufzuwärmen?«

Sweeney räusperte sich.

»Er – hat gedacht, daß Sie unter veränderten Umständen bereit wären, sich vielleicht doch anders zu entscheiden. Aber mir ist schon klargeworden, wie Sie darüber denken, und deshalb will ich gar nicht erst versuchen, Sie zu überreden.«

»Danke, Mr. Sweeney! Aber was meinen Sie mit veränderten Umständen?«

»Das gleiche wie diese Reporter aus St. Paul. Im Augenblick geht in Chicago ein Ripper um. Und das ist eine große Sache, nicht nur ein lokales Ereignis, sondern ein Fall, der die ganze Nation beschäftigt, das größte Ding seit Dillinger. Und jetzt, solange das Eisen heiß ist, könnten wir die Plastik in Massen verkaufen, wenn wir die Geschichte als Reklame ausnützen dürften! Die Statue einer Frau, die von einem Ripper angegriffen wird, aus dem Gedächtnis geschaffen von dem Bildhauer, der den Ripper erschoß! Aber die Geschichte käme in alle Blätter.«

»Ich verstehe. Und ich könnte auch ein bißchen was dabei verdienen. Aber – nein, besser nicht. Ich habe ja schon gesagt, es tut mir leid, daß ich sie überhaupt verkauft habe. Und Bessie noch einmal an die Öffentlichkeit zerren ... Trinken wir noch einen? Es ist Ihr Whisky.«

»Unser Whisky«, sagte Sweeney. »Wissen Sie, Charlie, ich mag Sie. Hätt ich gar nicht gedacht, so wie Sie mich begrüßt haben.«

Wilson schenkte nach. »Es tut mir schrecklich leid. Ich dachte wirklich, Sie wären einer von diesen widerlichen Reportern. Und mit denen will ich nun mal nichts mehr zu tun haben.«

Er setzte sich wieder, das Glas in der Hand. »Was mir an Ihnen am besten gefällt, ist, daß Sie mich nicht überreden wollen. Vielleicht würde ich schwach werden, ich brauche nämlich dringend Geld. Aber es würde mir überhaupt nichts nützen, wenn ich's auf die Art bekäme. Mit so einer Geschichte könnte man selbst bei den Spottpreisen, die man für solche Statuen kriegt, eine Menge einnehmen, wenn man Tausende davon verkauft. Und mit soviel Geld könnte ich...«

»Wieviel Geld?« fragte Sweeney neugierig. »Ich meine, Burke hat mir nicht gesagt, was mit Ihnen vereinbart ist.«

»Das Übliche. Für mich üblich. Ich weiß nicht, was die anderen Bildhauer bekommen, aber ich kriege für die Statuen, die sie mir abnehmen, hundert Dollar Anzahlung. Das deckt die ersten tausend Exemplare ab – erst dann, behauptet Burke, haben sie die Kosten hereingeholt und machen Gewinn. Stimmt das?«

»So in etwa«, sagte Sweeney.

»Wenn also zwei-, dreitausend Exemplare abgesetzt würden, bekäme ich ein- bis zweitausend Dollar. So was habe ich noch nie erlebt. Und ich will's auch nicht erleben, schon gar nicht in diesem Fall. Ich habe Ihnen ja gesagt, daß ich eine Woche lang getrunken habe, als ich Bessie zum erstenmal verkauft hatte. Wenn ich jetzt wieder Geld einnehmen würde, weil der Fall nochmal in allen Blättern breitgetreten wird – besonders jetzt, wo sie tot ist –, würde ich mich wahrscheinlich dermaßen vollaufen lassen, daß ich es nicht überleben würde. Und selbst wenn – das Geld wäre auf jeden Fall weg. Ich wäre pleite und kaputt und würde mich für den Rest meines Lebens verachten.«

Sweeney entdeckte, daß er wieder aufrecht stehen konnte. Er reichte Wilson die Hand. »Schlagen Sie ein. Sie sind ein feiner Kerl, Charlie.«

»Danke, Sweeney! Ich mag Sie auch. Noch einen von Ihrem Whisky?«

»Von unserem Whisky; klar, Charlie. Wie heißen Sie eigentlich richtig, Chapman oder Charlie?«

»Charlie. Chapman Wilson war Bessies Idee. Sie meinte, es klingt künstlerischer. Sie war ein liebes Mädchen. Ein bißchen verdreht manchmal.«

»Sind wir das nicht alle?«

»Ich bestimmt. Sie nennen mich hier in der Gegend den verrückten Charlie.«

»Wahrscheinlich nennt man mich in Chicago den verrückten Sweeney. Trinken wir auf die Verrücktheit!«

Charlie sah ihn einen Moment lang trübsinnig an. »Sagen wir lieber, auf unsere Art von Verrücktheit, Sweeney.«

Sie stießen mit den Gläsern an, und Sweeney setzte sich wieder.

Charlie starrte in sein leeres Glas. »Richtig verrückt zu sein ist fürchterlich, Sweeney. Dieser wahnsinnige Mörder, mit Blut bedeckt, das Messer in der Hand. Heute noch habe ich Alpträume und sehe sein Gesicht vor mir, wie er sich von Bessie abwendet und mich ansieht, als er mich kommen hört. Und Bessie, sie war so ein feiner Kerl. Wenn man mitansehen muß, wie so ein Mensch vor die Hunde geht! Von einem Augenblick zum anderen ist sie übergeschnappt. Wir mußten sie festhalten, um sie anziehen zu können. Sie war nämlich splitternackt, als – aber das wissen Sie ja, wenn Sie die Statue gesehen haben. Ich – Ich glaube, es ist gut, daß sie gestorben ist, Sweeney. Ich möchte auch lieber tot sein als wahnsinnig.«

Er stützte den Kopf in die Hände.

»Schlimm!« sagte Sweeney. »Und sie war erst neunzehn.«

»Zwanzig, damals. Als sie im Sanatorium gestorben ist, war sie einundzwanzig. So ein liebes Ding. Ein Engel war sie nicht. Wild, temperamentvoll. Unsere Eltern sind vor zehn Jahren gestorben, als ich vierundzwanzig war und Bessie fünfzehn. Eine Tante hat sie aufgenommen, aber sie ist nach St. Louis durchgebrannt. Mir hat sie immer geschrieben. Und als sie dann fünf Jahre später in Schwierigkeiten war, da ist sie zu mir gekommen. Sie war – na ja, sie hatte wegen der Geschichte mit dem Ripper eine Fehlgeburt, und damit war das auch erledigt.« Er sah auf. »Vielleicht ist sie besser dran. Das Leben kann zur Hölle werden.«

Sweeney stand auf und klopfte Charlie auf die Schulter. »Denken Sie nicht mehr daran«, sagte er und goß die Gläser wieder voll.

Er wanderte durch den Raum und betrachtete die Gemälde an den Wänden. Sie waren nicht schlecht, wirklich nicht.

»Wir haben uns gut verstanden, viel besser als Geschwister im allgemeinen«, sagte Charlie. »Wir haben uns nie belogen. Sie hat mir alles erzählt, was sie in St. Louis getrieben hat; über jeden Mann, mit dem sie was hatte, hab ich Bescheid gewußt. Erst war sie Kellnerin, später Revuegirl. Und dann hat sie festgestellt, daß sie schwanger war, und ist hierher gekommen. Und da kommt dieser Wahnsinnige ...«

»Reden Sie nicht mehr davon!« befahl Sweeney barsch.

»Er ist zu schnell gestorben. Wenn ich ihm erst die Beine abgeschossen hätte, statt auf seine Brust zu zielen, hätte ich das Schnitzmesser nehmen können ... Aber was rede ich da? Ich hätte es ja doch nicht fertiggebracht.« Langsam schüttelte er den Kopf.

»Aber aus der Entfernung«, sagte er, »gab es ein fürchterliches Loch. So groß, daß Sie Ihren Kopf hätten hineinstecken können.«

Sweeney seufzte. »Hören Sie, Charlie, reden wir von was anderem. Über Malerei.«

Charlie nickte bedächtig. Dann unterhielten sie sich über Malerei, kamen auf Musik zu sprechen und kehrten zum Thema Malerei zurück.

Sweeneys Flasche leerte sich, und Charlies Gin folgte. Es war ein entsetzlicher Fusel. Nach kurzer Zeit schon fiel es Sweeney schwer, die Bilder ins Auge zu fassen, über die sie sprachen. Aber sein Hirn blieb klar. Klar genug jedenfalls, um zu erkennen, daß ihm das Gespräch Freude machte, daß er sich seit langem nicht mehr so angeregt unterhalten hatte. Schon längst bereute er nicht mehr, nach Brampton gekommen zu sein. Er mochte Charlie; Charlie war genau seine Kragenweite. Und Charlie vertrug auch eine ganze Menge. Seine Zunge wurde schwer, aber was er sagte, war vernünftig.

Das galt auch für Sweeney, der außerdem so vernünftig war, die Uhr im Auge zu behalten. Um zehn Uhr fünfzehn, eine Stunde vor Abfahrt seines Zuges, sagte er Charlie, daß er los mußte.

»Auto?«

»Nein. Hab ein Schlafwagenabteil im Nachtzug. Fährt um elf Uhr fünfzehn. Ist aber noch 'n schönes Stück Weg bis zum Bahnhof. War 'n gemütlicher Abend.«

»Sie brauchen nicht zu Fuß zu gehen. Auf der Main Street fährt ein Bus. Die Haltestelle ist anderthalb Straßen von hier, an der Ecke. Ich gehe mit Ihnen.«

Die kühle Nachtluft tat Sweeney wohl und ernüchterte ihn.

Gern hätte er Charlie auf irgendeine Weise geholfen. Und plötzlich fiel ihm etwas ein. »Charlie, ich weiß, wie Sie die Prozente für die ›Schrei –‹, für die Plastik bekommen können, ohne daß eine Silbe über Ihre Schwester in den Zeitungen erscheint. Die Reklame wird sich nur auf die Plastik beziehen, nicht auf Ihre Schwester.«

»Wenn Sie das könnten ...«

Sie standen an der Ecke und warteten auf den Bus.

»Klar kann ich. Ich beschränke mich völlig auf die Ereignisse in Chicago. Sehen Sie, ich weiß etwas, was sonst niemand weiß – und das wird Ihnen jede Menge Reklame für die Statue als solche einbringen, ganz unabhängig von ihrer Entstehungsgeschichte. Von Ihrer Schwester braucht überhaupt nicht die Rede zu sein.«

»Wenn Sie Bessie raushalten können ...«

»Aber klar doch, kein Problem. Für die eigentliche Geschichte ist das ohne Bedeutung, auch wenn sich's gut machen würde. Ich werde Ganslen sofort ein Telegramm schicken, daß sie mit der Produktion von SCHR-I beginnen sollen. Und hören Sie, Charlie, kommen Sie irgendwann mal nach Chicago?«

»Ich war schon jahrelang nicht mehr dort. Warum?«

»Wenn Sie die Prozente bekommen, machen Sie 'ne kleine Reise, und wir verbringen einen gemütlichen Abend zusammen. Ich zeige Ihnen die Stadt. Und wir gießen uns einen auf die Lampe. Wenn Sie am Tag kommen, rufen Sie in der ›Blade‹ an. Lassen Sie sich mit der Lokalredaktion verbinden. Wenn Sie abends kommen ...«

»Lokalredaktion? ›Blade‹? Sie sind Reporter?«

Verzweifelt sagte Sweeney: »Mist, verdammter...«

Das hätte er nicht tun sollen. Er hätte seine Hände auf den Magen legen sollen, und zwar schleunigst. Aber daran dachte er nicht.

Charlies Faust grub sich bis zum Handgelenk in Sweeneys Magen, und Sweeney klappte zusammen, gerade rechtzeitig, um mit dem Kinn auf Charlies andere Faust zu treffen. Aber wie schon einmal an diesem Abend spürte er den Treffer aufs Kinn überhaupt nicht.

»Du mieser, verlogener Scheißkerl«, hörte er Charlie sagen. »Los, steh auf und wehr dich!«

Nichts lag Sweeney – oder dem, was von Sweeney übrig war – im Augenblick ferner. Er konnte nicht einmal sprechen. Hätte er den Mund aufgemacht, wäre zwar möglicherweise etwas herausgekommen, aber keine Worte.

Er hörte Charlie fortgehen.

16

Wie Sweeney sich fühlte, muß nicht näher beschrieben werden; es war das dritte Mal, daß er einen Schlag in den Magen bekommen hatte, und es fühlte sich allenfalls graduell anders an als die beiden ersten Male. Ins Detail zu gehen wäre sadistisch, um nicht zu sagen redundant. Es ist schon schlimm genug, daß er es ein drittes Mal durchmachen mußte. Sie und ich brauchen es nicht auch noch zu tun.

Nach einigen Minuten gelang es ihm, sich aufzurappeln

und bis zur nächsten Kurve zu schleppen. Dort setzte er sich zusammengekrümmt auf den Bordstein, bis er ungefähr zehn Minuten später den Bus kommen hörte und sah. Er raffte sich auf und stieg ein.

Im Bus saß er gekrümmt da, ebenfalls in der Bahnhofshalle und auf dem Bahnsteig, und endlich lag er gekrümmt in seinem Schlafwagenbett. Er schlief erst im Morgengrauen richtig ein, als der Zug Chicago erreichte.

Als er jedoch in seinem Zimmer ankam, war das Schlimmste vorüber, und er konnte sich im Bett ausstrecken. Um Viertel nach zwei erwachte er und stellte fest, daß er aufrecht gehen konnte.

Es war Sonntag, der letzte Urlaubstag für Sweeney. Um drei Uhr hatte er gebadet und sich angezogen.

Er ging nach draußen und schaute mit blutunterlaufenen Augen die Erie Street hinauf und hinunter. Dann beschloß er, Richtung Osten zu gehen und festzustellen, ob er zum Mordfall Dorothy Lee einen Hinweis fand, den die Polizei übersehen hatte. Er glaubte nicht, daß er einen finden würde. Er fand auch keinen. Das Glück war ihm insofern hold, als er Mrs. Rae Haley fand, die Frau, die bei der Polizei angerufen hatte, und den Hausmeister, aber mehr auch nicht. Keiner der beiden Zeugen konnte ihm etwas Wichtiges erzählen, was er noch nicht wußte.

Nach fünfzehn Minuten hatte er bereits keine Fragen mehr an den Hausmeister, der Dorothy Lee überhaupt nicht persönlich gekannt hatte. Nach anderthalbstündiger Unterhaltung mit Mrs. Haley wußte er zwar eine ganze Menge über die Ermordete – hauptsächlich positive Dinge –, aber nichts von alledem brachte ihn weiter.

Rae Haley, ein dralles Weib mit hennagefärbtem Haar und einer Spur zuviel Make-up für einen Sonntagnachmittag zu Hause, war, wie sich herausstellte, bei der Anzeigenannahme eines Konkurrenzblattes beschäftigt, offenbar aber trotzdem ganz wild darauf, mit der ›Blade‹ zu reden – oder mit Sweeney.

Sie hatte Dorothy Lee ganz gut gekannt und sie gemocht; Dorothy war »nett und ruhig« gewesen. Ja, sie war oft in Dorothys Wohnung gewesen. Sie hatten oft zusammen gegessen und sich dabei mit dem Kochen abgewechselt, damit nicht jede für sich allein kochen mußte. Zwar nicht ständig, aber doch mehrmals die Woche. Deswegen kannte sie Dorothys Wohnung recht gut. Wie Sweeney schon vermutet hatte, zog er mit der Erwähnung einer »kleinen schwarzen Statue« eine Niete. Die Wohnung wurde möbliert vermietet, und Dorothy hatte keine Lust gehabt, selbst noch Bilder oder Nippes zu kaufen. Sie hatte allerdings einen schönen Plattenspieler und ein paar schöne Platten gehabt, hauptsächlich »romantischen Swing«. Sweeney unterdrückte ein Schaudern.

Ja, Dorothy hatte Männerfreunde gehabt. Sie war insgesamt vielleicht mit vier oder fünf ausgegangen, aber es war nichts »Ernstes« dabei gewesen. Mrs. Haley hatte sie alle kennengelernt und wußte, wie sie hießen; sie hatte sämtliche Namen der Polizei genannt; nicht etwa, weil einer davon vielleicht mit der schrecklichen Geschichte zu tun hatte, die der armen Dorothy zugestoßen war, sondern weil die Polizei danach gefragt hatte, und zwar sehr eingehend. Aber offenbar waren sie alle in Ordnung, denn wenn die Polizei einen davon verhaftet hätte, dann hätte das doch sicher in der Zeitung gestanden, oder? Sweeney bestätigte es. Laut Mrs. Haley waren es lauter nette Jungs gewesen, richtig nette Jungs, und wenn sie Dorothy nach Hause brachten, hatten sie sich jedesmal an der Tür verabschiedet und waren nicht mit in die Wohnung gekommen. Dorothy war ein anständiges Mädchen gewesen.

Die Wände in diesem Haus waren praktisch so dünn wie Papier, und sie, Mrs. Haley, hätte es gehört, wenn ... An dieser Stelle brach sie taktvoll ab.

Die Ärmste, dachte Sweeney und überlegte – allerdings nicht laut –, ob sie wohl als Jungfrau gestorben war. Er hoffte nicht. Es war ja schön und gut, dachte er, während Mrs. Haley weiterredete, wenn ein Mädchen sich für den Richtigen aufsparte, aber es war verdammt hart für sie, wenn vorher der Falsche mit einem Schnitzmesser kam. So schlimm war es nicht mal Bessie, dem Vorbild der ›Schreienden‹, ergangen.

Er hätte Bessie Wilson bestimmt gemocht, dachte Sweeney, ohne recht zu wissen warum. Er wünschte, er hätte sie gekannt. Und er mochte auch Charlie, verdammt noch mal, trotz der Behandlung, die Charlie ihm hatte angedeihen lassen. Ein verrückter Hund, aber ganz liebenswert, wenn er einen nicht gerade in den Magen boxte.

Er beschloß, das Versprechen, das er Charlie gegeben hatte, zu halten und dem Geschäftsführer von Ganslen zu telegraphieren. Er legte sich schon Formulierungen zurecht, als ihm plötzlich wieder einfiel, wo er war. Mrs. Haley redete immer noch, und er hatte überhaupt nichts mitbekommen. Er hörte noch so lange zu, bis er sicher war, daß er nichts verpaßt hatte, und ergriff dann die Flucht. Eine Einladung zum Abendessen lehnte er dankend ab.

Sweeney lief zum Loop und fand ein Postamt, das geöffnet war. Nachdem er zwei Telegrammformulare beschrieben und zerrissen hatte, ließ er sich ein Telefonbuch von Louisville geben. Glücklicherweise hatte Sweeney ein gutes Namensgedächtnis und erinnerte sich noch an den Vor- und Zunamen des Geschäftsführers. Der Geschäftsführer hatte Telefon. Sweeney notierte sich die Nummer, ließ sich am Schalter Geld wechseln und trat in die Telefonzelle. Wenige Minuten später sprach er mit dem Geschäftsführer und Einkäufer der Ganslen-Art-Company.

»Hier ist Sweeney von der ›Chicago Blade‹«, meldete er sich. »Wir haben vor einigen Tagen über eine Plastik Ihrer Firma gesprochen, das Modell SCHR-1. Sie waren so freundlich, mir zu sagen, wer sie modelliert hat.«

»Ja, ich erinnere mich.«

»Auch ich möchte Ihnen gern einen Gefallen tun, Mr. Burke. Ich könnte Ihnen einen Tip geben, wie Sie und Chapman Wilson ein bißchen was verdienen können. Nur muß ich Sie bitten, die Angelegenheit vertraulich zu behandeln, bis der Artikel morgen in der ›Blade‹ erscheint. Sind Sie damit einverstanden?«

»Womit genau bin ich einverstanden, Mr. Sweeney?«

»Sie sollen lediglich für sich behalten, was ich Ihnen jetzt sage, und zwar bis morgen mittag. Aber Sie können die Information schon jetzt nutzen: Sie können sich darauf vorbereiten zu kassieren.«

»Klingt akzeptabel.«

»Okay! Es geht um folgendes: Sie haben zwei SCHR-I-Modelle in Chicago verkauft. Das eine habe ich, das andere hat der Ripper. Sie haben doch von den Mordfällen gehört?«

»Selbstverständlich! Du lieber Himmel, Sie meinen ...«

»Genau! Morgen erscheint in der ›Blade‹ ein Bild von der ›Schreienden‹. Vierspaltig auf Seite eins, wenn ich nicht irre. Dazu die ganze Geschichte. Wahrscheinlich wird der Ripper dann gefaßt. Bestimmt hat irgendwer – ein Freund, seine Wirtin oder sonstwer – die Figur in seinem Zimmer gesehen und wird die Polizei anrufen. Er hat sie jetzt seit zwei Monaten, da muß sie einfach jemand gesehen haben. Aber gleichgültig, ob der Ripper dadurch gefaßt wird oder nicht, die Sache wird riesige Wellen schlagen. Sie werden bestimmt überschwemmt mit Aufträgen für die ›Schreiende‹. Ich schlage vor, daß Sie sofort mit der Produktion beginnen. Legen Sie heute eine Nachtschicht ein, wenn Sie genug Leute zusammentrommeln können. Und wenn ich Sie wäre, würde ich die hundertundsoundsoviel SCHR-I-Modelle, die Sie noch auf Lager haben, nicht verkaufen, sondern als Muster an Händler senden, um Aufträge hereinzubekommen. Schicken Sie sie so schnell wie möglich besonders an Chicagoer Geschäftsleute. Am besten kommt sofort einer Ihrer Vertreter mit einem Koffer voll her.«

»Danke, Mr. Sweeney! Ich kann Ihnen gar nicht sagen, wie dankbar ich Ihnen bin!«

»Augenblick!« sagte Sweeney. »Ich bin noch nicht fertig. Etwas müssen Sie noch für mich tun: Kennzeichnen

Sie jedes Exemplar, das Sie von jetzt an verkaufen, unauffällig am Sockel, so daß man es von dem des Rippers unterscheiden kann. Halten Sie das Zeichen geheim, damit er es nicht nachahmen kann; zeigen Sie es aber der Polizei, falls sie zu Ihnen kommt – und das wird sie, wenn der Artikel erschienen ist. Sonst kriege ich Ärger mit den Cops, weil ich Ihnen geraten habe, Chicago mit ›Schreienden‹ zu überschwemmen. So aber werden sie einsehen, daß wir ihnen langfristig sogar helfen. Wenn dauernd weitere SCHR-I-Modelle nach Chicago kommen, wird der Ripper sich sicher fühlen und seine Figur behalten, anstatt sie aus Angst vor Entdeckung zu vernichten. Und von dem Geheimzeichen weiß er nichts. Vielleicht lassen Sie eine Schramme am Sockel anbringen, die wie ein Kratzer aussieht.«

»Gut, das ist einfach.«

»Ich markiere meine Figur auch. Und Sie werden ja wohl hoffentlich wissen, wo die vierzig Modelle verkauft wurden, die Sie bisher abgesetzt haben, oder?«

»Das steht in unseren Büchern.«

»Schön! Wenn also eine nicht gekennzeichnete ›Schreiende‹ auftaucht, kann festgestellt werden, wo sie gekauft wurde. So läßt sich beweisen, daß es nicht die Plastik des Rippers ist. Und noch etwas!«

»Ja?«

»Ich erwähne nichts von der Vorgeschichte der Statue. Charlie – Chapman Wilson – ist sehr empfindlich, was das Erlebnis seiner Schwester angeht, und mein Artikel wirkt auch so zugkräftig genug. Wilson hat mir gesagt, Sie hätten ihm Stillschweigen versprochen. Sie werden das Versprechen auch weiterhin halten?«

»Selbstverständlich, Mr. Sweeney! Und nochmals herzlichen Dank!«

Nachdem er eingehängt hatte, warf Sweeney noch einen Nickel in den Automaten, aber Yolanda Lang meldete sich nicht. Im Nachtklub war sie sicher nicht; dazu war es noch zu früh. Wahrscheinlich war sie irgendwo essen. Vielleicht war es besser, sie erst aufzusuchen, wenn die Geschichte in der ›Blade‹ erschienen war. Vielleicht war der Ripper bis dahin gefaßt, und sie war nicht mehr auf Schritt und Tritt von Bullen umgeben.

Ihren Auftritt aber konnte er sich wenigstens ansehen. Oder nicht?

Er suchte die Nummer des ›Tit-Tat-Toe‹-Clubs aus dem Telefonbuch, und nach einigem Hin und Her verband man ihn mit Harry Yahn. Harrys Stimme dröhnte fröhlich. »Hallo, Sweeney! Wie geht's?«

»Danke, gut, Harry! Ich veröffentliche morgen einen aufsehenerregenden Artikel über den Ripper. Gute Reklame für Yolanda.«

»Großartig! Betrifft es – äh – jemanden, den ich kenne?«

»Nein, wenn du den Ripper nicht kennst.«

»Jedenfalls nicht unter dem Namen. Du willst doch nicht etwa wieder Geld?«

»Um Himmels willen, nein! Das war ein einmaliger Fall. Ich wollte bloß hören, ob wir noch Freunde sind.«

»Klar, Sweeney! Hast du Grund, anzunehmen, wir wären es nicht mehr?«

»Ja«, sagte Sweeney. »Aber sind wir damit quitt? Ich meine, kann ich mich im ›El Madhouse‹ oder im ›Tit-Tat-Toe‹ ohne kugelsichere Weste blicken lassen?«

»Selbstverständlich!« Harry Yahn lachte. »Du kannst jederzeit kommen. Wie du ganz richtig gesagt hast, es war ein einmaliger Fall.«

»Na schön«, sagte Sweeney. »Ich wollte bloß sichergehen.«

»Willi hat sich doch zurückgehalten?«

»Seiner Ansicht nach sicher. – Ich wollte nur wissen, ob Nick was gegen mich hat. Wenn nicht, würde ich heute abend vielleicht in die Vorstellung gehen.«

»Tu das! Nick ruft mich noch an. Ich lasse einen Stuhl für dich reservieren und sage ihm, daß du Gast des Hauses bist. Kein Witz, Sweeney, ich mag dich. Du bist doch nicht sauer?«

»Ach was, ich bin danach ja nur noch zweimal bearbeitet worden. Deshalb frage ich ja, was mich im ›El Madhouse‹ erwartet. Da alles in Butter ist, nochmals besten Dank!«

»Keine Ursache, Sweeney; mach's gut!«

Sweeney legte den Hörer auf, holte tief Luft und fühlte sich wohler, obgleich ihn das Atmen immer noch ein wenig schmerzte.

Noch einmal ging er zum Postschalter und holte sich eine Handvoll Kleingeld. Dann wählte er die Fernauskunft und ließ sich die Nummer von Ray Land in New York geben. Ray Land war früher bei der Mordkommission in Chicago gewesen und arbeitete jetzt als Privatdetektiv in New York.

Ray war zu Hause.

»Hier ist Sweeney. Erinnerst du dich an mich?«

»Klar! Und?«

»Möchte dich bitten, für mich ein Alibi zu überprüfen. In New York.« Sweeney teilte Ray die Einzelheiten mit. »Greene war am Mordtag und am Tag davor und danach im Hotel eingetragen. Das hat die Polizei überprüft. Aber war er in der Nacht vom 27. auch wirklich in New York? Das möchte ich wissen.«

»Kann's versuchen. Ist schon zwei Wochen her. Wie genau soll's sein?«

»So genau, wie's geht. Rede mit jedem im Hotel, der ihn möglicherweise hat kommen oder gehen sehen. Mit dem Zimmermädchen, das sein Zimmer aufgeräumt hat; mit jedem, der in Frage kommt. Die kritische Zeit ist drei Uhr früh. Wenn du herausfindest, daß er sechs Stunden vorher oder nachher in New York war, bin ich zufrieden.«

»Zwölf Stunden – das geht an. Vielleicht klappt's. Wieviel soll ich ausgeben?«

»Soviel du willst, vorausgesetzt, du machst dich gleich auf die Socken. Ich schicke dir hundert Dollar als Anzahlung. Wenn's mehr kostet, auch gut.«

»Das müßte reichen, Sweeney. Dafür kann ich zwei Tage arbeiten, und da es in Manhattan ist, habe ich kaum Spesen. Wenn ich innerhalb von zwei Tagen nichts herausfinde, ist wahrscheinlich sowieso nichts zu machen. Was hat's mit den sechs Stunden auf sich?«

»Ich will sichergehen, daß er um drei Uhr nicht in Chicago gewesen sein kann. Rechnet man den Weg vom und zum Flughafen ein, hat er mindestens sechs Stunden gebraucht, vielleicht sogar nur fünf. Wenn du also feststellst, daß er um zehn Uhr abends oder am nächsten Morgen um acht im Hotel war, genügt mir das. Außerdem gebe ich dir noch eine Beschreibung von ihm, bloß für den Fall, daß jemand anders unter seinem Namen dort gewohnt hat.« Sweeney beschrieb Greene und fügte hinzu: »Falls du im Hotel nichts rauskriegst, kannst du es mit der Beschreibung am Flughafen probieren. Und wenn gar nichts geht, versuche ich, dir ein Foto zu besorgen. Ruf mich an, wenn du im Hotel gewesen bist. Alles klar?«

»Alles klar. Ich geh heute abend gleich hin. Die von der Nachtschicht wissen noch am ehesten was.«

Als Sweeney das Postamt verließ, wurde es bereits dunkel, und er hatte Hunger. Es fiel ihm ein, daß er noch keine Sonntagszeitung gelesen und vielleicht etwas versäumt hatte. Er kaufte zwei verschiedene Sonntagsblätter und zwei noch feuchte Montagszeitungen.

Er las beim Essen und stellte fest, daß nichts Neues passiert oder durchgesickert war. Alle Zeitungen hielten die Geschichte am Kochen – sie war so groß, daß in jeder Ausgabe irgend etwas darüber gebracht werden mußte –, aber Weltbewegendes hatten sie nicht zu bieten.

Er dehnte das Essen und die Lektüre aus, bis es fast zehn Uhr war, dann ging er. Unterwegs machte er noch einmal kurz bei der Post halt, weil ihm die Anzahlung für Ray Land einfiel.

Damit blieben ihm noch über siebenhundert Dollar, und er wünschte, er hätte eine Möglichkeit, einen Teil davon für Yolanda auszugeben. Na ja, dafür war sicher noch Zeit, sobald die Cops nicht mehr auf sie aufpaßten. Bis dahin konnte er ja schon mal einen Versuchsballon steigen lassen. In einem Hotel fand er einen Blumenstand, der noch geöffnet hatte. Dort ließ er ihr zwei Dutzend rote

Rosen ins ›El Madhouse‹ schicken. Er beschrieb und zerriß drei Karten. Auf die vierte schrieb er lediglich »Sweeney« und ließ es dabei bewenden.

Er nahm ein Taxi und ließ sich ins ›El Madhouse‹ fahren. Dort kam er rechtzeitig zu Yos erster Vorstellung an, und Nick hatte ihm tatsächlich einen Platz reserviert.

Nach der Show (die ich ja wohl nicht noch einmal beschreiben muß, oder?) schlenderte er in die Bar hinüber und ergatterte sogar einen Platz. Aber er mußte zehn Minuten warten, bis er einen Drink bekam.

Er nippte daran und brütete vor sich hin.

Falls die Enthüllung, daß der Ripper ein Exemplar der ›Schreienden‹ gekauft hatte und vermutlich immer noch besaß, keine Ergebnisse brachte, saß er fest. Es war die einzige echte Spur, die er gefunden hatte: der Mörder von Lola Brent war mit Sicherheit derjenige gewesen, der vor zwei Monaten die Statue bei ihr gekauft hatte, deren Kaufpreis sie unterschlagen hatte. Davon war Sweeney absolut überzeugt; es paßte einfach zu gut zusammen, um ein Zufall zu sein. Es durfte einfach kein Zufall sein.

Ansonsten aber hatte er nichts in der Hand. Die Reise nach Brampton hatte in eine Sackgasse geführt – eine Sackgasse, bevölkert mit kleinen Männern, die ihn in seinen schmerzenden Magen boxten, bevor und nachdem sie sich mit ihm betrunken hatten. Und fast noch schlimmer als die Schläge war die Enttäuschung gewesen, nachdem er zuerst von einem Ripper, einer Blondine und einem verrückten Künstler gehört und dann erfahren hatte, daß der Ripper und die Blondine schon lange tot waren und der verrückte Künstler ein wasserdichtes Alibi besaß. Und selbst wenn

Charlie Wilson kein Alibi gehabt hätte, konnte Sweeney ihn sich einfach nicht als Ripper vorstellen. Er war zwar aufbrausend, aber einfach nicht der Typ, der zum Schnitzmesser greifen würde.

Nun ja, morgen würde man weitersehen. Falls ein vierspaltiges Foto der ›Schreienden‹ auf der Titelseite der ›Blade‹ zu nichts führte ...

Seufzend nahm er noch einen Schluck.

In diesem Augenblick tippte ihn jemand auf die Schulter.

17

Sweeney drehte sich um und sah die dicken Brillengläser direkt vor sich, die Doc Greenes Augen so furchterregend vergrößerten.

»'n Abend, Doc! Was trinken Sie?«

»Mein Glas steht da drüben auf dem Tisch. Und Nick hält mir zwei Stühle frei. Kommen Sie!«

Mit dem Whisky in der Hand folgte Sweeney Greene zu einem Ecktisch, an dem Nick wartete. »Hallo, Mr. Sweeney!« begrüßte Nick ihn und eilte dann davon.

»Was Neues?« wollte Greene wissen.

»Vielleicht. Keine Ahnung. Morgen geht ein Artikel in Druck. Die tollste Geschichte im Fall Ripper.«

»Außer den Morden!«

»Vielleicht noch toller.«

»Es hat wahrscheinlich keinen Sinn, daß ich frage, worum es geht.«

»Da könnten Sie recht haben, Doc. Aber trösten Sie sich. In zwölf Stunden werden die Blätter auf den Straßen verkauft.«

»Dann werde ich mich solange gedulden. Ich mache mir noch immer Sorgen um Yo. Deshalb hoffe ich, daß Sie wirklich etwas haben.«

Er nahm die Brille ab und putzte die Gläser. Ohne sie, stellte Sweeney fest, wirkte er völlig verändert. Müde, bedrückt und seltsamerweise menschlicher. Fast bereute Sweeney, hundert Dollar nach New York geschickt zu haben. Aber nur fast.

Doc Greene setzte die Brille wieder auf und sah Sweeney an. Seine Augen waren wieder riesengroß, und der Reporter fand, die hundert Dollar seien doch gut angelegt.

»Geben Sie bis dahin gut auf sich acht, Sweeney.«

»Mach ich. Besondere Gründe?«

Greene lachte. »Ja, mir zuliebe. Seit ich nämlich die Beherrschung verloren und mir den Mund verbrannt habe, hat mich der Captain zur Schnecke gemacht. Er hat so ungefähr alles getan außer mich geprügelt. Anscheinend nimmt er meine Drohung ernst.«

»Mit Recht?«

»Ja und nein. Sie haben mich zur Weißglut getrieben, und als ich Ihnen drohte, meinte ich es im Augenblick ernst. Später ist mir natürlich klargeworden, wie dumm ich gewesen bin. Durch diese Drohung sind Sie nun sicher vor mir. Wenn Sie mal einen umbringen wollen, Sweeney, dann kündigen Sie es bloß nicht in Gegenwart der Polizei an.«

»Und warum soll ich dann auf mich achtgeben?«

»Wie ich schon sagte, mir zuliebe. Bline hat mir gesagt – ach was, *versprochen* –, daß er mich sofort hochnimmt und durch den Wolf dreht, falls Ihnen etwas passiert. Ich bin erledigt, wenn man Ihnen auch nur ein Haar krümmt.«

»Am liebsten würde ich jetzt Selbstmord begehen und keinen Abschiedsbrief hinterlassen!«

»Bloß nicht! Mir macht allerdings eher Ihre Ankündigung Sorgen, daß Sie morgen die große Enthüllung bringen wollen. Wenn Sie das nun zu jemand sagen, dem Ihr Artikel höchst ungelegen kommt? Verstehen Sie?«

»Ja, ich verstehe. Aber Sie sind in Chicago der erste, dem ich es erzählt habe. Der einzige andere Mensch, der es weiß, wohnt einige hundert Meilen von hier entfernt. Natürlich könnten Sie es weitererzählen.«

»Kein Gedanke, Sweeney. Ihre Sicherheit liegt mir mittlerweile sehr am Herzen. Warum, habe ich Ihnen gesagt.« Er schüttelte langsam den Kopf. »Ich wundere mich immer noch über mich selbst, daß ich so etwas Dummes gesagt habe – dazu noch in solcher Gesellschaft; ich, ein ausgebildeter Psychiater. Haben Sie eigentlich eine psychologische Ausbildung, Sweeney? So geschickt, wie Sie mich dazu gebracht haben, die Beherrschung zu verlieren... Na ja, macht ja nichts, solange Ihnen nichts passiert. Aber bis die Geschichte vorbei ist, beteilige ich mich zur Hälfte an den Kosten, falls Sie einen Leibwächter anheuern wollen. Willie, zum Beispiel. Kennen Sie Willie Harris?«

»Willie ist ein Prachtexemplar. Aber ich bezweifle, daß Harry Yahn sich von ihm trennen würde. Nein danke, Doc, ganz gleich, wie ernst Sie's meinen. Ich versuche es ohne Leibwächter. Und falls ich doch einen anheure, werde ich es Ihnen nicht auf die Nase binden.«

Greene seufzte. »Sie trauen mir immer noch nicht, Sweeney. Tja, ich muß los. Muß noch einen Klienten in einem anderen Klub sprechen. Geben Sie auf sich acht.«

Sweeney ging an die Bar zurück und ließ sich sein Glas auffüllen. Er trank es sehr langsam und dachte darüber nach, wie er den Artikel für die ›Blade‹ von morgen aufziehen würde. So schlug er bis zur zweiten Vorstellung die Zeit tot.

Sie unterschied sich von den anderen in einem kleinen, aber wichtigen Detail. Yolanda Lang trug eine rote Rose am Dekolleté ihres schwarzen Kleides. Also waren seine Rosen nach der ersten, aber vor der zweiten Show angekommen.

Und sie trug eine davon. Mehr wollte er nicht wissen. Als der Hund sich hinter ihr aufrichtete, hatte er den Eindruck, daß sie zu ihm hinsah, war sich aber nicht sicher. Egal, sie hatte eine seiner Rosen getragen.

Nach der Show – und er fragte sich, ob er tatsächlich der gewiefte Psychologe war, als den der Doc ihn hingestellt hatte –, verzichtete er darauf, zu ihr zu gehen oder mit ihr zu sprechen. Sie wäre ohnehin nicht allein. Vielleicht würden die Cops sie ab morgen abend nicht mehr bewachen müssen. Und der Doc – um den würde er sich Gedanken machen, wenn es soweit war.

Immerhin hatte er vorläufig nichts von Greene zu befürchten; insofern glaubte er ihm; durch die offene Morddrohung gegen ihn hatte der Doc sich selbst den Stachel gezogen.

Die dritte Show wartete Sweeney nicht ab. Morgen war vielleicht der große Tag, und es war bereits nach Mitternacht. Er ging nach Hause, las noch eine Weile im Bett und löschte um zwei das Licht.

Um halb acht Uhr riß ihn der Wecker aus dem Schlaf. Es war Montag.

Es war ein sonniger, freundlicher Tag mit wolkenlosem Himmel und einer kühlen Brise, die vom See her wehte.

Sweeney frühstückte ausgiebig und kam pünktlich um neun Uhr in der ›Blade‹ an.

Er hängte Jacke und Hut an den Haken und ging zu Walter Kriegs Büro, ehe der Lokalredakteur ihn zu fassen bekam. Unter dem Arm hielt er ein Paket mit dem Modell SCHR-1.

Walter sah auf, als Sweeney eintrat. »Morgen, Sweeney! Schon bei Crawley gemeldet?«

»Nein. Möchte Ihnen erst was zeigen.« Er wickelte das Paket aus.

»Schön, aber dann melden Sie sich bei Crawley. Gestern nacht ist ein Schmuckvertreter beraubt worden. Sein Musterkoffer …«

»Pst!« unterbrach ihn Sweeney, der die ›Schreiende‹ ausgepackt hatte und nun auf Kriegs Schreibtisch stellte. »Darf ich vorstellen: Walter Krieg – die ›Schreiende‹.«

»Sehr erfreut. Jetzt nehmen Sie das Ding und machen so schnell wie möglich, daß Sie fort …«

»Pst!« flüsterte Sweeney. »Die Kleine hat noch eine Schwester. In ganz Chicago nur eine einzige Schwester.«

»Na, und? Was geht das mich an?«

»Der Ripper – der hat ihre Schwester. Wir haben sie.

Und glauben Sie bloß nicht, daß ich die Figur nicht aufs Spesenkonto setze. Vorausgesetzt, Sie schicken sie ins Fotoatelier, lassen sie knipsen und veröffentlichen sie auf Seite eins der heutigen Ausgabe.«

»Der Ripper hat eine solche Figur? Sind Sie sicher?«

»Ziemlich. Es gibt nur zwei davon in Chicago, die eine hat der Ripper von Lola Brent gekauft, kurz bevor er sie umbrachte. Die Statue hat wahrscheinlich als Auslöser gewirkt. Schauen Sie sich das Mädchen an, dann verstehen Sie, wieso.«

»Und es gibt nur zwei davon in Chicago?«

»Ja«, sagte Sweeney. »Aber wenn Sie kein Interesse haben, stecke ich die Kleine in meine Schreibtischschublade und melde mich bei Crawley.« Er faßte die ›Schreiende‹ um die Taille, ging zur Tür und öffnete sie.

»He!« rief Walter, und Sweeney blieb stehen.

»Wally«, sagte er. »So langsam steht mir diese Ripper-Geschichte bis hier. Ziehen Sie mich lieber davon ab. Ich könnte Ihnen die ganze Sache natürlich für die heutige Erstausgabe hinkriegen, aber Sie können die ›Schreiende‹ auch so haben, wenn Sie sie wollen. Jemand anders kann bei Raoul Reynarde ihren Stammbaum überprüfen und von da an weiterrecherchieren, so wie ich. Dann hätten Sie die Geschichte morgen, teilweise vielleicht auch schon für die heutige Spätausgabe. Aber ich würde ...«

»Hören Sie mit dem Gelaber auf, Sweeney. Machen Sie die Tür zu.«

»Klar, Wally. Von welcher Seite?«

Wally funkelte ihn bloß an, und Sweeney kam zu dem Schluß, daß es genug war, und machte die Tür von innen zu. Wally hatte bereits den Lokalredakteur am Apparat. Jemand anders solle die Sache mit dem Schmuckvertreter übernehmen, bellte er, Sweeney habe einen Sonderauftrag. Dann rief er die Fotoabteilung an. Wer immer dort abnahm, war ihm offenbar recht, denn er befahl ihm, sofort herunterzukommen.

Dann blaffte er Sweeney an: »Stellen Sie das Ding hin – vorsichtig, damit es nicht entzweigeht.«

Sweeney gehorchte.

»Was wollen Sie noch?« fragte Krieg. »Einen Kuß? Setzen Sie sich auf den Hosenboden und schreiben Sie den Artikel! Das heißt, warten Sie! Ist noch 'ne Menge Zeit bis zur ersten Ausgabe. Erzählen Sie mir, was Sie wissen. Vielleicht gibt es Spuren, die andere verfolgen können, während Sie die Sache ausarbeiten.«

Sweeney setzte sich und erzählte das meiste – jedenfalls das, was er in dem Artikel zu verwenden gedachte. Einmal gab es eine Unterbrechung; ein Fotograph kam herein, und Wally gab ihm die ›Schreiende‹ nebst genauen Anweisungen sowie Drohungen, welche schrecklichen Dinge ihm widerfahren würden, falls er die ›Schreiende‹ fallen ließ und zerbrach, ehe er das Foto gemacht hatte. Der Fotograph nahm die ›Schreiende‹ wie ein rohes Ei in die Hand und ging behutsamen Schrittes hinaus. Sweeney erzählte weiter.

Als er fertig war, sagte Krieg: »Gut. Dann schreiben Sie mal schön. Daß Sie Ganslen angerufen und denen gesagt haben, sie sollen die Geschichte ausnützen, solange sie heiß ist, war allerdings keine gute Idee. Der Polizei wird das nicht gefallen. Die wollen sicher, daß es in Chicago so lange wie möglich nur eine einzige ›Schreiende‹ gibt; deswegen werde ich unsere auch vernichten lassen, sobald ich ein gutes Foto davon sehe. Schreiben Sie das in Ihrem Artikel. Dadurch engen sich die Möglichkeiten ein. Wieso haben Sie der Firma überhaupt den Tip gegeben?«

Sweeney war etwas unbehaglich zumute. Sonderlich geschickt war es wirklich nicht gewesen, aber er wollte nichts von Charlie Wilson und dem eigentlichen Grund für den Anruf erzählen. Er sagte etwas lahm: »Ich habe gedacht, ich müßte mich dafür erkenntlich erweisen, daß sie mir geholfen haben. Sie haben mir gesagt, daß in Chicago nur zwei verkauft worden sind. Ohne das ...«

»Na gut«, sagte Wally, »ich rufe dort an und rede denen die Sache aus, während Sie den Artikel schreiben. Erwähnen Sie, daß die Statue von der Ganslen Art Company in Louisville hergestellt wird. Dann brauchen die keine Vertreter mit Mustern nach Chicago oder in die Nähe zu schicken. Die Information und das Foto werden ihnen massenhaft telefonische Bestellungen einbringen. Jeder Händler hier in der Gegend wird anrufen. Mit wem haben Sie bei der Firma geredet?«

»Mit dem Geschäftsführer. Heißt Burke.«

»Okay, ich rede mit ihm. Er soll so viele Bestellungen von hier annehmen, wie er will, aber mit der Lieferung so lange wie möglich warten und auf keinen Fall jetzt irgendwelche Muster schicken. Außerdem werde ich dafür sorgen, daß er Ihrem Vorschlag folgt und jede Statue markiert. Das erwähnen Sie allerdings nicht in Ihrem Artikel. Und bringen Sie ihn her, wenn Sie fertig sind; ich will ihn persönlich zum Druck geben.«

Sweeney nickte und stand auf. »Noch was«, sagte Wally. »Ich muß Bline anrufen. Wenn wir die Geschichte bringen, ohne ihn vorher zu informieren, sind wir bei den Bullen in Verschiß. Ich werde ihm alles erzählen und ihm sagen, daß wir es heute bringen, ihn aber vorab informieren wollen.«

»Und wenn er Sie linkt und die Sache an die anderen Zeitungen weitergibt?«

»Das glaube ich nicht. Und wenn, haben die immer noch keine ›Schreiende‹ und kein Foto. Ohne das Bild ist die Geschichte nicht viel wert, und ich werde es mitten auf die Titelseite setzen. Vier Spalten mal circa vierzig Zentimeter.«

»Soll ich erwähnen, daß es ein Bild in Originalfarbe ist – schwarz?«

»Machen Sie, daß Sie rauskommen.«

Sweeney tat wie geheißen und ging an seinen Schreibtisch. Während er Papier in die alte Underwood einspannte, wurde ihm klar, daß Wally eben zwei gute Ideen gehabt hatte; es würde der Geschichte nicht schaden, wenn man sie den Cops ein paar Stunden vorher erzählte, und es würde Ganslens Verkauf (oder Charlies Beteiligung) nicht beeinträchtigen, wenn eine Woche lang nicht nach Chicago ausgeliefert würde. Die Geschichte war dann immer noch gut – oder würde vielleicht sogar noch besser, dann nämlich, wenn sie zur Verhaftung des Rippers führte. Ein Blick auf die Armbanduhr zeigte ihm, daß er nur eine Stunde Zeit hatte.

Er begann zu tippen. Gleich darauf klingelte sein Telefon. Es war Wally. »Kommen Sie mit der Zeit hin? Oder wollen Sie's lieber jemand diktieren, der schnell schreiben kann?«

»Ich schaff das schon.«

»Okay. Schicken Sie mir das Zeug, wie's aus der Maschine kommt, Seite für Seite. Ich stelle Ihnen einen Boten neben den Schreibtisch.«

Sweeney tippte weiter. Ein paar Minuten später blies ihm ein Redaktionsbote seinen warmen Atem in den Nacken. Aber das war Sweeney gewohnt. Zehn Minuten vor Redaktionsschluß für die erste Ausgabe der ›Blade‹ zog er das letzte Blatt aus der Schreibmaschine. Dann steckte er sich eine Zigarette an und tat so, als sei er beschäftigt, damit Crawley nicht auf den Gedanken kam, ihm noch schnell vor Redaktionsschluß einen Auftrag zu geben. Als die kritischen zehn Minuten vorüber waren, beschloß er, daß Krieg jetzt wieder frei war, und ging in sein Büro.

»Was macht die ›Schreiende‹?« fragte er.

»Völlig am Boden zerstört. Sehen Sie in meinen Papierkorb.«

»Lieber nicht.«

In diesem Augenblick traf ein Bote ein und brachte den Andruck. Sweeney griff sich eines der noch druckfeuchten Blätter und besah sich die erste Seite. Die ›Schreiende‹ war gut getroffen. Sie hatte den besten Platz und die Hauptschlagzeile auf der Titelseite.

»Guter Umbruch!« sagte Sweeney. Krieg knurrte etwas Unverständliches.

»Und guter Artikel! Danke auch für das Lob, Chef!« Sweeney grinste freundlich. Walter knurrte nur wieder.

»Wie wär's«, fragte Sweeney weiter, »wenn ich den Rest des Tages frei bekäme?«

Diesmal knurrte Krieg nicht, sondern legte mit allen Anzeichen einer bevorstehenden Explosion die Zeitung aus der Hand. »Sind Sie verrückt? Sie waren zwei Wochen fort, kommen zurück, arbeiten zwei Stunden und wollen ...«

»Regen Sie sich ab, sonst platzt Ihnen noch eine Arterie! Was glauben Sie denn, wo ich die Geschichte herhabe? Aus der Luft gegriffen? Ich habe zwanzig Stunden pro Tag daran gearbeitet. In meiner Freizeit. Drei Tage lang. Ich bin mit der fertigen Geschichte hergekommen und hab außerdem noch die Kleine mitgebracht. Und warum? Weil ich heute früh bis vier Uhr gearbeitet und nur zwei Stunden geschlafen habe. Bin aus den Federn gekrochen und habe mich hergeschleppt, um Ihnen den tollsten Artikel des Jahres zu schreiben, und Sie ...«

»Halten Sie die Klappe! Meinetwegen hauen Sie ab. Ausgerechnet ich muß so einen Drückeberger ...«

»Danke, Walter! Im Ernst, ich gehe nach Hause. Sie können mich in meiner Pension anrufen. Ich lege mich hin, aber ich bleibe angezogen. Wenn's was Neues gibt, rufen Sie mich an. Ich kann mich dann genauso schnell auf die Socken machen, wie wenn ich hier wäre. Einverstanden?«

»Okay, Sweeney! Und hören Sie – ganz egal, wie die Sache ausgeht, der Artikel ist wirklich gut!«

»Danke! Und vielen Dank auch dafür, daß Sie mir die Stange gehalten haben, als ich – fort war.«

»Das hier macht es wieder gut. Wissen Sie, Sweeney, es gibt nur noch wenige echte Reporter. Und Sie ...«

»Augenblick!« unterbrach ihn Sweeney. »Wenn das so weitergeht, weinen wir gleich in unser Bier, dabei haben wir nicht mal welches. Nehmen Sie's mir nicht übel, wenn ich die Kurve kratze.«

Er griff sich eines von den Andruckexemplaren, damit er nicht woanders eines auftreiben oder auf der Straße danach anstehen mußte. Unten nahm er ein Taxi, teils weil er immer noch mehr Geld hatte, als er ausgeben konnte, teils weil er sich im Augenblick wirklich müde fühlte, was hauptsächlich daran lag, daß es jetzt eine ganze Weile nichts Vernünftiges zu tun gab, außer zu warten.

Die Geschichte der ›Schreienden‹ würde entweder zum großen Durchbruch in der Ripper-Affäre führen oder nicht. Wenn ja, kam es wahrscheinlich heute nachmittag oder abend dazu. Möglicherweise auch heute nacht.

Wenn nicht – tja, dann eben nicht. Dann würde er morgen früh um neun wieder zur Arbeit erscheinen. Wally würde ihn wohl nicht mehr von der Ripper-Sache abziehen. Er würde die ›Schreiende‹ einfach vergessen und versuchen müssen, irgendwo anders einen Hinweis auszugraben; wahrscheinlich dadurch, daß er noch einmal, nur gründlicher, alles mögliche durchging, was er bereits beackert hatte.

Zu Hause machte er es sich bequem und las gemächlich den Artikel durch. Wally hatte noch kurze Zusammenfassungen der drei anderen Fälle eingefügt (die ›Schreiende‹ selbst betraf unmittelbar ja nur Lola Brent, die sie dem Ripper verkauft hatte), aber er hatte kaum ein Wort von dem geändert, was Sweeney geschrieben hatte.

Diesmal las er sogar die Fortsetzung weiter hinten; dann faltete er die Zeitung zusammen und legte sie zu den anderen, die sich mit den verschiedenen Ripper-Morden befaßten.

Er setzte sich hin und versuchte, sich zu entspannen, aber er konnte nicht. Er trat an den Plattenspieler – die Musiktruhe wirkte kahl ohne die Statue des nackten Mädchens – und legte die Vierte von Brahms auf. Das half ein wenig, obwohl er sich nicht richtig darauf konzentrieren konnte.

Um zwei Uhr bekam er Hunger. Da er nicht riskieren wollte, einen Anruf zu verpassen, ging er nach unten zu Mrs. Randall und überredete sie, ihm etwas Schinken für ein Sandwich zu braten.

Zu diesem Zeitpunkt war er zu dem Schluß gekommen, daß es ihm völlig egal war, ob das Telefon klingelte oder nicht. Als es dann tatsächlich klingelte, erstickte er fast an dem großen Bissen Sandwich, den er gerade kaute, und stürzte beinahe, als er die Treppe hinaufraste, um das Telefon im ersten Stock abzunehmen. Der Anruf war für einen anderen Mieter, der nicht im Haus war.

Sweeney ging wieder nach unten und aß das Sandwich fertig.

Dann ging er auf sein Zimmer und legte ein Album mit Musik von De Falla auf. Während die Platte lief, versuchte er, einen Sammelband mit Kurzgeschichten von Damon Runyan noch einmal zu lesen. Weder das Lesen noch das Musikhören klappte allzu gut.

Dann klingelte das Telefon. Er war in Nullkommanichts draußen im Flur. Um die Musik zu dämpfen, hatte er im Hinausrennen seine Zimmertür hinter sich zugeknallt – das ging ungefähr eine Sekunde schneller als das Abschalten des Plattenspielers.

Am Apparat war Wally.

Er sagte: »Okay Sweeney, machen Sie sich auf zur State Street. Die Adresse kennen Sie.«

»Was ist los?«

»Sie haben den Ripper geschnappt. Wir haben eine Schlagzeile und die wichtigsten Einzelheiten für die letzte Ausgabe. Sie geht jetzt in Druck. Damit haben die anderen auch was davon. Wir nehmen den Morgenzeitungen die erste Meldung und die wichtigsten Einzelheiten weg. Die Konkurrenz bringt dafür den ausführlichen Bericht früher als wir. Sie haben also Zeit, Sweeney. Machen Sie sich auf die Socken, und hören Sie sich um. Den Artikel schreiben Sie dann morgen früh hier.«

»Was ist denn passiert? Hat er Yolanda Lang noch einmal angegriffen? Wie geht es ihr?«

»Gut, glaube ich. Ja, er hat es noch einmal versucht. Diesmal hat ihn der Hund erwischt, so wie beim ersten Mal beinah, nur daß er damals gerade noch durch die Tür...«

»Ja, ja, ich weiß, was damals passiert ist. Was ist denn diesmal passiert?«

»Das hab ich doch gerade erzählt, verdammt noch mal. Sie haben ihn erwischt. Er lebt noch, aber er wird's nicht mehr lange machen. Man hat ihn ins Krankenhaus geschafft. Aber verschwenden Sie Ihre Zeit nicht mit dem Versuch, dort reinzukommen! Sie werden doch nicht vorgelassen. Er ist bei der Puppe aus dem Fenster gestürzt.

Ihr Artikel hat ihm den Rest gegeben. Er hatte die Statue nicht nur, sondern er hatte sie sogar dabei.«

»Wer? Ich meine, wissen Sie den Namen?«

»Den Namen? Klar! Er heißt Greene, James J. Greene. Captain Bline sagt, er hätte ihn von Anfang an in Verdacht gehabt. Jetzt quetschen Sie mich nicht mehr aus, sondern machen Sie, daß Sie in die State Street und an die Arbeit kommen.«

Es klickte im Hörer, und sekundenlang starrte Sweeney die schwarze Muschel an, ehe auch er auflegte.

18

Irgendwie war es völlig unwirklich. Er hatte es sich schon die ganze Zeit gedacht, aber die Wirklichkeit war schwer zu schlucken. Das fing schon damit an, daß er sich einfach nicht vorstellen konnte, daß Doc Greene tot war. Aber Horlick, der ihn vor Yolandas Appartementhaus empfing, bestätigte es.

»Ja, es stimmt. Bline hat einen Anruf aus dem Krankenhaus bekommen. Zwei Polizisten waren mitgefahren, um ein Geständnis von Greene zu protokollieren. Aber ich glaube, das hat nicht mehr geklappt. Er hätte es sowieso nicht unterschreiben können. Hat sich beide Arme gebrochen. Unter anderem.«

»Wie bist du so schnell hergekommen?«

»Reines Glück. Ich war schon auf dem Weg hierher. Ich sollte Miss Lang wegen der Statue interviewen. Ob sie das Ding schon mal irgendwo gesehen hätte. Bei einem Bekannten oder so. Falls nicht, sollte ich sie fragen, was die Statue für Gefühle bei ihr auslöst, ob sie wiedergibt, was sie selbst empfunden hat, als der Ripper auf sie zukam – solches Zeug eben. Ich bin gleichzeitig mit dem Krankenwagen angekommen.«

»Ist sie oben?«

»Nein. Sie ist mit dem Hund weggelaufen. Schock oder Angst. Wahrscheinlich hat sie sich irgendwo verkrochen und hat das heulende Elend, aber sie wird schon wieder auftauchen. Ich fahre jetzt zur ›Blade‹. Geh ruhig hinauf. Bline ist oben.«

Wayne Horlick wandte sich ab, und Sweeney drängte sich durch die Menschenmenge vor der Tür des Appartementhauses, derselben Tür, durch die er vor ein paar Nächten gestarrt und eine Frau und einen Hund gesehen hatte. Diesmal war die Menschenmenge größer, obwohl es nichts zu sehen gab. Sweeney drängte sich bis zu einem Polizisten durch, der die Tür bewachte. Sein Presseausweis verschaffte ihm Einlaß, und er rannte die Treppe hoch.

Im dritten Stock brauchte Sweeney nicht lange nach Yolandas Appartement zu suchen, denn die Tür stand offen, und es wimmelte in der Wohnung von Polizisten.

Bline kam auf Sweeney zu. »Wenn ich nicht so glücklich wäre, könnte ich Ihnen jetzt das Genick brechen. Wie lange haben Sie die Statue schon?«

»Weiß ich nicht mehr genau.«

»Eben! Aber lassen wir das! Wir haben den Ripper, und es ist kein weiterer Mord geschehen. Obwohl es hier um ein Haar hätte passieren können. Kommen Sie, ich lade Sie zu einem Drink ein. Bin hier fertig. Einer von den Jungs bleibt hier, um sich um das Mädchen zu kümmern, wenn sie wieder auftaucht.«

»Wieso? Fehlt ihr was?«

»Physisch nicht. Der Ripper hat sie nicht angerührt. Der Köter war schneller. Aber wahrscheinlich ist sie völlig aus dem Häuschen. Schlimmer als das letztemal. Das kann man ihr nicht verübeln.«

»Hat ›Satan‹ Greene getötet?«

»Gebissen, aber nicht lebensgefährlich verletzt. Doc hat sich wohl den Arm vor die Kehle gehalten. Aber er ist aus dem Fenster gestürzt, und an den Verletzungen ist er gestorben. Wahrscheinlich hat der Hund ihn zum Fenster gedrängt und angesprungen. Dabei hat Greene das Gleichgewicht verloren und ist rausgefallen.«

Bline deutete auf ein weitgeöffnetes Fenster, und Sweeney ging hin und sah hinaus. Zwei Stockwerke lagen zwischen der Wohnung und dem kleinen betonierten Hof, den Abfälle aller Art bedeckten.

»Wo ist die Statue?«

»Da unten. Zum größten Teil jedenfalls. Wir haben genug Stücke gefunden, um sie identifizieren zu können. Doc muß sie noch in der Hand gehalten haben, als er aus dem Fenster stürzte. Vielleicht hat er damit auf den Hund eingeschlagen. Das Messer lag auch da unten. Wahrscheinlich hielt er es in der einen und die Figur in der anderen Hand. Ein Wunder, daß der Hund nicht verletzt wurde. Aber wahrscheinlich hat Doc mit dem einen Arm seine Kehle schützen müssen und war mit dem anderen nicht schnell genug. So eine Töle ist das reinste Ungeheuer.«

Sweeney sah ein letztes Mal hinunter, und ein Schauer lief ihm über den Rücken.

»Ich nehme Ihre Einladung an. Und dann zahle ich eine Runde. Gehen wir!« sagte er.

Sie gingen in die Kneipe, aus der die Polizei beim ersten Angriff auf Yolanda Lang verständigt worden war.

»Ich weiß alles, bloß nicht, was passiert ist«, sagte Sweeney. »Können Sie diesem Mangel abhelfen?«

»Die ganze Geschichte? Oder nur die Ereignisse von heute nachmittag?«

»Nur heute nachmittag.«

»Bis kurz nach drei war Yolanda allein in ihrem Appartement. In der Wohnung gegenüber hatte ich einen Mann als Untermieter einquartiert, der durch den Spion ihre Tür beobachten konnte. Der Platz war immer besetzt, außer wenn sie im ›El Madhouse‹ auftrat. Mein Mann hat Doc Greene die Treppe heraufkommen sehen. Greene hatte einen Schuhkarton unter dem Arm und klopfte an ihre Tür. Das war nichts Ungewöhnliches. Der Doc war nicht zum erstenmal da, und ich hatte gesagt, daß er rein darf. Wär's jemand Fremdes gewesen, wäre Garry – das ist der Bursche, der Dienst hatte – mit gezogener Kanone rausgekommen.«

»War der Doc geschäftlich da? Ich meine, die anderen Male?«

Bline zuckte die Achseln. »Weiß ich nicht und will ich auch nicht wissen. Wir sind nicht von der Sitte; wir wollten bloß den Ripper fangen. Und nach Greenes Alibis hatte ich geglaubt, wir könnten ihn streichen. Tja, so kann man sich täuschen. Haben Sie ihn eigentlich wirklich verdächtigt, Sweeney, oder haben Sie ihn nur gepiesackt, weil Sie ihn nicht riechen konnten?«

»Ich weiß es wirklich nicht, Captain. Aber wie ging's dann weiter?«

»Tja, Yolanda hat aufgemacht und ihn reingelassen. Er war fünf Minuten drin, da ging es los. Garry hat Yolanda schreien, den Hund knurren und Greene brüllen hören, und das praktisch gleichzeitig. Er hat seine Tür aufgerissen und ist über den Flur. Er hat an Yolandas Tür gerüttelt, aber sie war verschlossen. Als er gerade aufs Schloß schießen will, reißt Yolanda die Tür auf und läuft an ihm vorbei. Sie ist kalkweiß, aber unverletzt. Garry will sie mit seiner freien Hand festhalten – in der anderen hat er seine Kanone –, da springt ihn der Hund an, und er muß sie loslassen, um seine Kehle zu schützen. Der Hund reißt ihm ein Stück vom Ärmel ab, kriegt aber seinen Arm nicht zu fassen.

Zu dem Zeitpunkt war Yolanda schon an Garry vorbei und auf dem Weg die Treppe runter. Der Hund dreht sich um und läuft ihr hinterher; deshalb hat Garry nicht auf ihn geschossen. Und da Yolanda offenbar nichts fehlt, läuft er in ihre Wohnung, um festzustellen, was da los war.

Es ist niemand zu sehen, und er fragt sich, was mit Greene passiert ist; dann hört er vom Hof her ein Stöhnen, schaut zum offenen Fenster hinaus – es ist ziemlich groß, die Sorte, die nach außen aufschwingt – und sieht unten Doc Greene liegen.

Da hat Garry mich angerufen, und wir sind samt Krankenwagen hergekommen. Greene hat zwar noch gelebt, lag aber im Sterben und war ziemlich wirr. Viel konnte er sowieso nicht mehr sagen, aber es hat gereicht.«

»Was glauben Sie, warum Greene hierher gekommen ist?«

»Was meinen Sie denn, was so ein Wahnsinniger für Gründe hat? Woher soll ich das wissen? Wahrscheinlich war Ihr Artikel über die Statue der Auslöser. Vielleicht hat Yolanda gewußt, daß er sie hatte, und das Spiel wäre aus gewesen, sobald sie zufällig eure Titelseite gesehen hätte. Warum er die Statue allerdings in einer Schuhschachtel mitgenommen hat, wo er doch Yolanda umbringen wollte, weiß ich nicht.

Aber er hatte sie in der Hand, und das Messer in der anderen, als der Hund ihn erwischt hat. Hat ihn ziemlich übel zugerichtet; vielleicht ist er sogar aus dem Fenster gesprungen, um dem Hund zu entkommen. Ich glaube allerdings eher, daß er zurückgedrängt wurde und gestolpert ist, als der Hund ihn angesprungen hat.«

»Was, glauben Sie, ist mit Yolanda passiert?«

»Hat natürlich wieder einen Schock gekriegt. Wahrscheinlich irrt sie völlig benommen irgendwo herum, aber sie ist ja gut beschützt. Sie wird sich von selber wieder aufrappeln und dann zurückkommen. Wenn nicht, wird sie wohl kaum schwer zu finden sein – so 'ne Frau mit so 'nem Hund! Tja, ich muß los, Bericht erstatten. Bis dann, Sweeney.«

Er ging, und Sweeney bestellte sich noch einen Drink. Bei dem einen blieb es nicht, und es war dunkel, als er die Kneipe verließ und zu Yolandas Appartement zurückkehrte. Noch immer hielt ein Polizist Wache an der Tür.

Von ihm erfuhr Sweeney, daß Yolanda Lang noch nicht zurückgekehrt war.

Gemächlich schlenderte er zur Clark Street, kehrte im »Ireland« ein und bestellte sich einen Hummer. Während er darauf wartete, ging er zur Telefonzelle und rief Ray Land in New York an.

»Hier ist Sweeney. Du kannst die Sache fallenlassen.«

»Dachte ich mir. Habe einen bekannten Namen im Radio gehört. Ich habe einen Tag an der Sache gearbeitet, also schicke ich dir fünfzig zurück. Nimmst du einen Scheck?«

»Ja, danke, Ray! Hast du was rausgefunden?«

»Noch nicht. War ziemlich schwierig, weil es schon zwei Wochen zurückliegt. Am vielversprechendsten war noch ein Zimmermädchen, das sich erinnert hat, daß sein Bett morgens mal unberührt war, aber sie wußte nicht mehr genau wann. Ich wollte noch mal mit ihr reden, wenn sie ein bißchen Zeit zum Nachdenken gehabt hat. Soll ich dir den Scheck an die ›Blade‹ schicken?«

»Ja. Und nochmal vielen Dank, Ray.«

Sweeney verabschiedete sich von dem New Yorker Detektiv und rief dann Bline an. »Was von Yolanda gehört?«

»Ja, Sweeney. Komische Sache.« Blines Stimme klang verwirrt. »Sie ist vor einiger Zeit im ›El Madhouse‹ aufgetaucht. 'ne knappe halbe Stunde nachdem Greene sie angegriffen hat. Sie hat sich von Nick Geld geliehen und ist wieder gegangen. Seitdem ist sie nicht mehr gesehen worden.«

»Verdammt«, sagte Sweeney. »Wie hat sie sich verhalten?«

»Ein bißchen komisch, sagt Nick, aber so schlimm

wär's nicht gewesen. Blaß und ein bißchen wacklig, aber er hätte sich nichts dabei gedacht; er wußte noch nicht, was mit dem Doc passiert war, und sie hat nichts davon gesagt. Wollte bloß ein bißchen Geld – hat ihm irgendwas von einem tollen Gelegenheitskauf erzählt, nur müßte sie sofort bar bezahlen. Nick sagt, er hat gedacht, ihr hätte jemand für ein paar hundert Mäuse einen geklauten Nerz angeboten, und sie wäre scharf drauf gewesen, hätte aber ein bißchen Schiß vor dem Geschäft gehabt und wär deswegen so nervös gewesen.«

»Wieviel hat er ihr gegeben?«

»Eine Wochengage. Die hätte sie morgen sowieso gekriegt, da hat er sich gedacht, er kann sie ihr genausogut einen Tag früher geben.«

»Komisch.«

»Ja, aber ich denke, ich kann es verstehen. Ich würde sagen, sie will sich einfach ein, zwei Tage verkriechen. Als Greene sie zum zweiten Mal angegriffen hat, hat sie einen Schock erlitten und ist in Panik aus dem Gebäude geflüchtet; aber sie muß ziemlich schnell über das Schlimmste weggekommen sein, wenn sie schon eine halbe Stunde später normal mit Nick reden konnte. Sie fühlt sich wahrscheinlich bloß nicht imstande, sich uns, der Presse und allem anderen zu stellen. Sie wird in ein paar Tagen wieder auftauchen, wenn sie ihr Gleichgewicht wiedergefunden hat. Sie wird sich wohl kaum die Chance entgehen lassen, ihre Berühmtheit zu Geld zu machen.«

»Kann sein. Lassen Sie nach ihr suchen?«

»Nein, wieso? Wenn wir sie finden wollen, brauchen wir bloß die Hotels zu überprüfen. Aber nach dem, was

Nick sagt, fehlt ihr nichts, also geht uns die Sache nichts an. Was anderes wär's, wenn ich glauben würde, daß sie im Schock orientierungslos rumirrt.«

»War sie nicht zu Hause und hat sich Kleider oder sonst was geholt?«

»Nein; unser Mann ist immer noch dort. Er ruft mich sofort an, wenn sie dort auftaucht. Das ist wahrscheinlich mit ein Grund dafür, warum sie Geld wollte. Sie wollte nicht dorthin zurück und sich dem ganzen Rummel stellen müssen.«

»Okay, Captain«, sagte Sweeney. »Vielen Dank.«

Als er an seinen Tisch zurückkam, wurde gerade der Hummer aufgetragen. Er aß tief in Gedanken. Er hätte nicht sagen können, worum sich seine Gedanken drehten, bis von dem Hummer nur noch der Panzer übrig war.

Dann plötzlich wußte er, worauf seine Gedanken zusteuerten, und es machte ihm eine Heidenangst.

19

Er ließ sich Zeit. Sein Kaffee kam, und er trank ihn langsam, immer noch von Entsetzen über seine Gedanken erfüllt. Und dann wurde es noch schlimmer, denn mit einemmal dachte er es nicht mehr nur, er wußte es. Vieles davon war Vermutung, aber jede Vermutung paßte wie ein Teil eines Puzzles, der nur an einer bestimmten Stelle und nirgendwo sonst paßt.

Er zahlte und ging Richtung Süden zum ›El Madhouse‹. Nick sah ihn gleich beim Hereinkommen und kam auf ihn zu.

»'n Abend, Sweeney! Ich mache mir Sorgen um Yo. Ob sie heute kommt? Wo sie nur sein mag?«

»Ich mache mir auch Sorgen. Haben Sie gesehen, Nick, ob sie ein Taxi genommen hat, als sie den Club verließ?«

»Nein, sie ist zu Fuß gegangen. Nach Norden.«

»Was hatte sie an?«

»Ein grünes Kleid, ein sogenanntes Tageskleid. Keinen Mantel, keinen Hut. Und der Hund war dabei, aber ohne Leine. – Ist das mit Doc nicht fürchterlich?«

»Ja.«

»Und er wollte Sie umbringen. Sie hatten Glück, Sweeney!«

»Ja.«

Beim Hinausgehen fragte sich Sweeney, wieviel Glück er noch haben würde. Yolanda war vor fünf Stunden von hier fortgegangen. Nach Norden, also nicht in Richtung Loop. Im Loop wäre eine Suche aussichtslos gewesen.

Er hatte wirklich Glück. Anderthalb Blocks und dreißig Meter weiter fand er einen Zeitungsjungen, der den ganzen Nachmittag an seinem Stand zugebracht hatte. Und er hatte Yolanda Lang gesehen. Klar kannte er Miss Lang! Sie war an ihm vorbeigegangen und Richtung Westen in die Ohio Street eingebogen.

Sweeney tat dasselbe.

Allzu schwierig war sein Vorhaben nicht. Eine auffällige Blondine in hellgrünem Kleid mit einem Hund, der aussah wie aus einer Horrorgeschichte entsprungen. Zwei Blocks weiter hatten zwei Leute sie gesehen, und im dritten Block – noch immer auf der Ohio Street – zog er das Große Los. Ein Tabakhändler hatte beobachtet, wie die Frau und der Hund in ein Gebäude gegenüber gegangen waren.

»Das da drüben mit dem Schild ›Möblierte Zimmer‹«, sagte er und deutete zur anderen Straßenseite hinüber.

Sweeney betrat das Gebäude, in dem möblierte Zimmer zu haben waren und klingelte.

Die Wirtin war eine unförmige Schlampe. Sweeney sah ihr sofort an, daß sie weder mit Vernunft zu überzeugen noch so ohne weiteres einzuschüchtern war. Er zog seine Brieftasche, nahm einen Zwanzigdollarschein heraus und hielt ihn so, daß sie die Zahl in der Ecke lesen konnte.

»Ich möchte die Dame mit dem Hund sprechen, die heute ein Zimmer bei Ihnen gemietet hat.«

Gierig riß die Frau ihm den Zwanziger aus der Hand und steckte ihn in ihren Halsausschnitt, in einen derart ausladenden Busen, daß Sweeney sich fragte, ob sie den Schein ohne größere Suchaktion je wiederfinden würde. »Zweiter Stock, gegenüber vom Treppenabsatz«, sagte sie.

Sweeney nahm noch einen Zwanziger aus der Brieftasche. »Ich möchte gern Näheres wissen. Was hat sie Ihnen gesagt, und was hat sie unternommen, seit sie hier ist?«

Wieder wollte die Schlampe ihm die Banknote aus der Hand nehmen, aber Sweeney zog die Hand zurück.

»Was wollen Sie von ihr? Wer sind Sie überhaupt«, fragte sie.

»Schon gut. Ich gehe einfach rauf und rede mit ihr.« Er machte Anstalten, den Zwanziger wieder wegzustecken.

Die Wirtin sagte hastig: »Sie ist heute am späten Nachmittag gekommen und hat ein Zimmer gewollt. Ich habe gesagt, wir nehmen keine Hunde, und sie hat gesagt, sie würde extra was dafür bezahlen und der Hund wär gut erzogen, da hab ich ihr das Zimmer gegeben. Gepäck hat sie keins gehabt. Nicht mal einen Mantel oder einen Hut.«

»Wie lange, hat sie gesagt, wollte sie bleiben?«

»Sie hat's noch nicht gewußt. Aber sie wollte für eine Woche bezahlen, auch wenn sie nur kurz bleibt.«

»Wieviel hat sie Ihnen denn bezahlt?«

Die Wirtin zögerte: »Zwanzig Dollar.«

Sweeney sah sie an. Du Miststück, dachte er. Für weitere zwanzig lieferst du sie ans Messer. Laut sagte er: »Und dann?«

»Sie hat den Hund aufs Zimmer gebracht und ist weggegangen. Dann ist sie mit einem Haufen Paketen wiedergekommen. Später ist sie mit dem Hund spazierengegangen. Sie hat ihn an der Leine geführt. Vorher hatte sie keine. Und verkleidet hat sie sich auch. Sie hat eine Perücke, eine Brille und ein anderes Kleid getragen.«

»Eine Perücke, oder war das Haar gefärbt?«

»Eine Färbung trocknet nicht so schnell.«

»Sonst noch was?«

Die Schlampe überlegte und schüttelte den Kopf. Sweeney reichte ihr den Zwanziger mit spitzen Fingern, so daß er ihre Hand nicht berühren mußte, und blickte der Note nach, die ebenfalls in ihrem Halsausschnitt verschwand. Er dachte, daß es ihm nicht für vierzig Dollar einfallen würde, da hineinzugreifen, um sein Geld wieder herauszuholen.

Irgend etwas in seinem Gesichtsausdruck ließ sie zurückweichen.

Das war Sweeney sehr recht; er wollte sich auf keinen Fall an ihr vorbeidrücken müssen und sie womöglich streifen, wenn er die Treppe hinaufging. Auf halbem Wege hörte er ihre Tür zuknallen. Für vierzig Dollar war es ihr egal, was er von ihrer neuen Mieterin wollte. Wenn er ihr bloß kein Geld gegeben hätte; das meiste hätte er auch so aus ihr herausgekriegt. Er schämte sich, weil er sich für den einfachen Weg entschieden hatte.

Und dann stand er vor der Tür im zweiten Stock, gegenüber dem Treppenabsatz, und dachte nicht mehr an die Wirtin.

Er klopfte leise. Die Tür wurde einige Zentimeter weit geöffnet. Große Augen hinter Brillengläsern starrten ihn an, dieselben Augen, die er zum erstenmal im Treppenhaus auf der State Street und später im ›El Madhouse‹ gesehen hatte. Dieselben Augen, die ihn aus dem Gesicht der ›Schreienden‹ angestarrt hatten, jenem in namenlosem Entsetzen verzerrten Gesicht mit dem zum Schrei geöffneten Mund, der sich nie mehr schließen würde.

Sweeney sagte: »Hallo, Bessie Wilson!«

Ihre Augen weiteten sich, und sie schnappte nach Luft. Aber sie trat gleichzeitig zur Seite, und Sweeney ging hinein.

Es war ein kleines, schmutziges Zimmer. Es enthielt ein Bett, eine Kommode und einen Stuhl, aber Sweeney nahm das alles nicht wahr. Sweeney kam es so vor, als wäre das Zimmer voller Hund. Zwar hatte die Wirtin von dem Hund gesprochen, und er selbst hatte auch daran gedacht;

schließlich hatte er Yolanda auf diese Weise gefunden. Aber er hatte irgendwie verdrängt, daß Satan hier sein würde.

Sprungbereit duckte sich Satan vor dem Reporter, und sein Knurren klang so bedrohlich wie in der Nacht in der State Street. Nur war es damals durch die Glastür gedämpft gewesen.

Yolanda sagte: »Ruhig, Satan; bewach ihn!« Sie schloß die Tür.

Sweeney spürte etwas Kaltes auf seiner Stirn und im Rücken. Zu spät wurde ihm klar, daß er vor lauter Eifer, einen Fall zu lösen, vergessen hatte, an seine eigene Sicherheit zu denken.

Er starrte Yolanda Lang – Bessie Wilson – an.

Sogar mit der schwarzen Perücke und der Brille war sie unglaublich schön. Sie trug einen langen Hausmantel, unter dem nackte Füße hervorschauten.

»Ich bin endlich dahintergekommen, Bessie«, sagte er, »mir fehlen nur noch ein paar Einzelheiten. Der Psychiater aus dem Sanatorium in der Nähe von Beloit, der sich für Sie interessiert hat, war Doc Greene, nicht wahr?«

Es wäre ihm wohler gewesen, wenn sie geantwortet hätte, aber sie schwieg.

Sie nahm die Brille und die Perücke ab, legte beides auf die Kommode neben der Tür, schüttelte den Kopf und fuhr sich mit der Hand durch das weiche Blondhaar. Dann musterte sie ihn ernst und schweigend.

Sweeneys Kehle war trocken. Er mußte sich räuspern, ehe er weitersprechen konnte. »Es muß Greene gewesen sein. Vielleicht hieß er damals anders.

Er hat sich wahnsinnig in Sie verliebt, wahnsinnig im wahrsten Sinne des Wortes, denn er hat für Sie seine Karriere sausenlassen. Oder hat er gehen müssen, weil er sowieso schon Schwierigkeiten hatte? Haben Sie gewußt, daß er Ihrem Bruder geschrieben hat, Sie wären tot? Charlie glaubt, Sie sind tot. Aber Greene muß irgendwas unterschrieben haben, um Sie rauszukriegen, und dann hat er gekündigt und ist mit Ihnen nach Chicago gekommen.

Er war wohl der Meinung, er hätte Sie so weit kuriert, wie Sie zu kurieren sind. Er muß gewußt haben, daß Sie nie wieder ganz gesund sein würden, aber er hat wohl geglaubt, daß er als Psychiater mit Ihnen umgehen und Sie unter Kontrolle halten kann. Er hatte ziemlich was auf dem Kasten, Yolanda. Ich wette, von ihm stammt die Choreographie für Ihren Tanz mit dem Hund. Und der ist gut, verdammt gut sogar. Eine Zeitlang habe ich mich gefragt, warum er Ihnen keine besseren Engagements besorgt – aber unter den gegebenen Umständen konnte er es wohl nicht riskieren, daß Sie richtig berühmt werden. Er hat Sie absichtlich nur in kleineren Klubs auftreten lassen – genauso absichtlich, wie er sein eigentliches Verhältnis zu Ihnen, das des Arztes zur Patientin, verschleiert hat, indem er ein richtiger Impresario wurde, der auch noch andere Klienten hatte.«

Wieder mußte sich Sweeney räuspern und hoffte, daß sie etwas sagen würde. Aber sie schwieg. Und der Hund wandte seine gelben Lichter keine Sekunden von ihm ab, bereit, ihm beim kleinsten Befehl seiner Herrin – oder bei der kleinsten Bewegung von seiner Seite – an die Kehle zu springen.

»Es ging auch alles gut. Bis zu jenem Tag vor zwei Monaten, als Sie zufällig in Raouls Geschenkartikelladen gekommen sind und von Lola Brent die Statue gekauft haben. Haben Sie die Statue erkannt, Yolanda?«

Er hoffte, daß sie auf diese Frage antworten würde, aber sie schwieg weiter beharrlich.

Sweeney holte tief Luft, und der Hund knurrte wieder, weil sich die Schultern des Reporters bewegt hatten. Sweeney gab sich Mühe, ganz ruhig stehenzubleiben, und Satan hörte auf zu knurren.

»Ihr Bruder Charlie hat die Statue modelliert. Sie bringt genau das zum Ausdruck, was Sie empfanden, als – als Sie das Erlebnis hatten, das Sie in den Wahnsinn getrieben hat. Ob Sie sich in der Statue erkannt und gewußt haben, daß sie von Charlie stammt, weiß ich nicht. Aber der Anblick der Statue hat alles zunichte gemacht, was Doc Greene für Sie getan hatte.

Nun kam es zu einer Übertragung. Sie haben sich selbst – in der Statue – als Opfer gesehen, und Sie haben sich von außen so gesehen, und da sind Sie im Geist zum Angreifer geworden, zum Mörder mit dem Messer.

Und weil die Frau, von der Sie die Statue gekauft haben, eine hübsche Blondine war, hat sich Ihr Wahn auf sie fixiert. Sie sind ein Messer kaufen gegangen, haben es in ihre Handtasche gesteckt und darauf gewartet, daß sie nach Hause geht. Und weil sie rausgeworfen wurde, haben Sie nicht lange warten müssen. Sie sind ihr nach Hause gefolgt und haben sie umgebracht – so wie der Ripper in Brampton Sie umgebracht hätte, wenn Charlie nicht gewesen wäre. Also ...«

Dieses »Also« führte nicht weiter und hing eine Zeitlang in der Luft, ehe Sweeney weitersprach. »Sie haben die Statue mit nach Hause genommen und ... Haben Sie sie zum Fetisch gemacht, Yolanda? Irgendwas in der Art muß es gewesen sein. Haben Sie sie in einem Ritual verehrt, bei dem ein Messer eine Rolle spielte? Oder was?«

Noch immer antwortete sie nicht, und Sweeney hatte den Eindruck, daß ihre Augen glasig wurden. Aus Angst vor dem, was geschehen konnte, wenn er aufhörte zu reden, sprach er weiter.

»Und Sie haben noch zweimal getötet. Jedesmal eine hübsche Blondine. Beide sind an Ihrer Wohnung in der State Street vorbeigekommen, ehe sie umgebracht wurden, wahrscheinlich kurz nach einem mystischen Ritual mit der Statue. Danach sind Sie jedesmal auf die Straße hinuntergegangen und der erstbesten Frau gefolgt, die blond und hübsch war und damit Ihrer Fixierung entsprochen hat. Dann haben Sie sie umgebracht.

Und erst nach dem dritten Mord ist Doc Greene plötzlich dahintergekommen – oder es ist ihm aufgegangen –, daß Sie die Täterin sind. Damals wußte er noch nichts von der Statue, aber er hat irgendwie erfahren oder sich zusammengereimt, wer der Ripper ist. Und es hat ihm einen fürchterlichen Schrecken eingejagt. Er wäre fürchterlich in der Klemme gewesen, wenn es herausgekommen wäre. Sie hätte man bloß wieder in eine Anstalt gesteckt, aber der Doc – ich weiß nicht genau, womit sie ihn drangekriegt hätten, aber drangekriegt hätten sie ihn, und zwar nicht zu knapp. Also hat er was ziemlich Verrücktes probiert. Wußten Sie, daß *er* Sie neulich nachts angegriffen hat?«

Wenn sie doch nur antworten würde! dachte Sweeney.

Er sagte: »Der Doc hat es mit einer Radikalkur probiert. Schockbehandlung. Er hat geglaubt, Ihre Fixierung würde sich umkehren, wenn Sie noch einmal angegriffen werden – oder Sie wenigstens wieder in die Art von Störung zurückfallen lassen, an der Sie vorher gelitten haben. Alles wäre besser als eine Mörderin. Wahrscheinlich hat er geglaubt, er könnte mit allem fertigwerden, außer mit einer geistesgestörten Mörderin.

Also hat er Sie damals im Treppenhaus angegriffen. Natürlich nicht mit einem normalen Messer oder Rasiermesser – er wollte Sie ja nicht ernstlich verletzen. Wahrscheinlich hat er ein Stück Holz genommen, aus dem eine Rasierklinge vorstand, aber bloß ein paar Millimeter, damit es nur eine Schramme gab.

Und so unorthodox seine Behandlung war, sie hat funktioniert – bis zu einem gewissen Grad. Wenn er damals von der Statue gewußt und sie in Ihrer Wohnung gesucht hätte, als Sie im Krankenhaus waren, wären Sie vielleicht nicht wieder übergeschnappt.

Aber von der Statue hat er erst erfahren, als mein Artikel heute erschienen ist. Allerdings hat er wohl schon die ganze Zeit geahnt, daß ich den Fall knacken würde, denn er ist mit mir in Verbindung geblieben, und zwar unter dem Vorwand, er hätte ein Interesse an der Verhaftung des Rippers, damit Sie vor weiteren Angriffen sicher sind. Wir hatten viel Spaß miteinander, der Doc und ich. Es tut mir leid, daß er...«

Sweeney holte tief Luft. »Aber als der Doc heute die Zeitung gelesen hat, hat er von der Statue erfahren und sofort erkannt, daß sie der Auslöser war. Also hat er beschlossen, sie Ihnen sofort wegzunehmen. Er ist heute nachmittag mit einem leeren Schuhkarton, in den er sie hineinlegen wollte, in Ihre Wohnung gekommen. Er wollte nicht dabei gesehen werden, wie er mit einem Päckchen herauskommt, das er nicht mitgebracht hat; er wollte nicht, daß ein etwaiger Beobachter sich fragt, was in dem Päckchen ist. Er hat nach wie vor sein Leben für Sie eingesetzt, und diesmal hat er verloren.

Er hat die Statue gefunden – in Ihrer Kommode, Ihrem Schrank oder sonstwo – und dazu das Messer. Er hat beides in die Hand genommen, und als Sie gesehen haben, wie er Ihren Fetisch berührt, hat das Ihren Wahn – tja, Sie haben Satan auf ihn gehetzt, und Satan hat ihn umgebracht.«

Der Reporter sah den Hund an, bereute es aber gleich darauf. Dann wandte er sich wieder Bessie Wilson zu. »Sie haben nicht mit Sicherheit gewußt, ob er tot war, und Sie haben nicht gewußt, was er der Polizei erzählen würde, falls er's nicht war, also sind Sie weggelaufen. Aber er hat Sie nicht verraten, Yolanda. Statt dessen – weil er gewußt hat, daß er im Sterben liegt – hat er alles auf sich genommen und gesagt, *er* wäre der Ripper. Er hat wahrscheinlich geglaubt, oder jedenfalls gehofft, daß Sie auch ohne ihn wieder normal werden würden, da die Statue ja nun kaputt war.«

Sekundenlang starrte er sie an. Und dann machte er den Mund auf, um ihr die entscheidende Frage zu stellen. »Sind Sie wieder normal?«

Er hätte die Frage nicht zu stellen brauchen, denn die Antwort stand in ihren Augen: Wahnsinn!

Ihre rechte Hand tastete nach dem Reißverschluß ihres

Hausmantels, fand ihn, zog ihn auf. Der Mantel landete als kleiner Stoffkreis zu ihren Füßen. Sweeney hielt den Atem an, so wie in der Nacht, als er durch die Glastür in den Flur gestarrt hatte.

Sie griff hinter sich und öffnete die obere linke Schublade der Kommode. Dann hielt sie ein Messer in der Hand. Ein neues Schnitzmesser von zwanzig Zentimeter Länge.

Eine nackte Hohepriesterin mit einem Opfermesser.

Sweeney schwitzte. Er wollte die Hand heben, aber der Hund knurrte und duckte sich zum Sprung, ehe sie sich auch nur einen Zentimeter bewegt hatte. Sweeney erstarrte.

Er zwang sich, ruhig und fest zu sprechen. »Nicht, Yolanda! Mich wollen Sie nicht töten. Ich bin keine hübsche Blondine. Ich bin nicht der Prototyp von Bessie Wilson, die von einem Wahnsinnigen angegriffen wurde.«

An ihren Augen konnte er ablesen, daß sie nicht ein Wort von dem verstand, was er sagte. Die Verbindung zur Realität war abgerissen. Wann, wußte er nicht. Aber als er zu reden aufgehört hatte, war sie einen Schritt auf ihn zugekommen, das Messer in der Hand. Beim Klang seiner Stimme jedoch war sie stehengeblieben. Es war der Klang, nicht das, was er sagte.

Jetzt bewegte sie sich weiter auf ihn zu und hob das Messer. Wieder wollte Sweeney nach hinten ausweichen, und wieder knurrte der Hund laut und drohend und duckte sich zum Sprung.

»Vor siebenundachtzig Jahren«, sagte Sweeney, »haben unsere Vorväter auf diesem Kontinent eine neue Nation ins Leben gerufen, verfaßt in Freiheit und dem Gedanken verpflichtet, daß alle Menschen gleich geschaffen sind...«

Yolanda stand wieder still, eine fast kataleptische Starrheit.

Schweiß lief Sweeneys Körper hinunter. Er sagte: »Und nun befinden wir uns in einem großen Bürgerkrieg, in dem es gilt – äh –, diese Nation... mehr weiß ich nicht. Mary hatt' ein kleines Lamm, sein Fell war weiß wie Schnee...«

Er beendete Mary und das Lamm, rezitierte Höhepunkte aus dem *Rubaiyat*, Hamlets Monolog. Nach einer Weile fiel ihm ein, daß er sich ruhig wiederholen konnte, und wieder eine Weile später stellte er fest, daß er sich – in Bruchteilen von Zentimetern – nach hinten an die Wand schieben und schließlich dort anlehnen konnte.

Aber er konnte sich keinen Zentimeter auf die Tür oder auf Yolanda zubewegen. Und er konnte nicht die Hände heben.

Irgendwann – nach langer Zeit – war seine Stimme so erschöpft, daß er nicht mehr reden konnte. Er redete trotzdem weiter. Wenn er nur zehn Sekunden zu reden aufhörte, würde er sterben.

Ein Blick aus dem kleinen Fenster des Zimmers, gegenüber der Wand, an der er lehnte, verriet Sweeney, daß es draußen dunkel war. Jahre später schlug irgendwo eine Turmuhr Mitternacht. Jahrhunderte danach begann es im Fenster wieder hell zu werden.

»...Unterm üpp'gen Kastanienbaum, der Schmied seine Esse hat«, sagte Sweeney heiser. »Der Schmied, ein mächt'ger Mann ist er, unterm üpp'gen Kastanienbaum. Was ist ein Name? Was uns Rose heißt, vergeudet' ihr

Arom' an Wüstenluft, und all unsre Gestern führten Narrn den Pfad des stäubgen Todes. Und als der Kuchen geschnitten war, da sangen alle ein Lied ...«

Jeder Muskel seines Körpers tat weh. Mit dem, was von seinem Verstand übrig war, fragte er sich, wie Yolanda – unglaublich schön in ihrer Nacktheit – da stehen konnte, ohne sich zu rühren. Katalepsie natürlich, Hypnose, wie immer es hieß, es war schwer zu glauben ...

»... Ach armer Yorick!« sagte Sweeney. »Ich kannte ihn, Horatio; ein Bursch von unendlichem Humor, voll von den herrlichsten – äh – Die Eul und das Kätzchen fuhren aufs Meer, in einem schönen, grünen Boot ...«

Langsam wurde es heller. Es war neun Uhr morgens, als es an der Tür klopfte. Ein sehr bestimmtes Klopfen.

Sweeney hob die Stimme, was ihn ebensoviel Anstrengung kostete, wie wenn er ein Klavier gehoben hätte. Es kam nur ein heiseres Krächzen heraus.

»Kommen Sie rein, Bline! Waffe im Anschlag. Der Hund wird einen von uns anspringen.«

Der Hund hatte sich umgedreht und beobachtete abwechselnd Sweeney und die Tür. Aber die Tür bewegte sich, und Sweeney blieb reglos, und deshalb sprang Satan Bline an. Aber Bline war gewarnt. Er hatte sich die Jacke um den Arm gewickelt, und als der Hund ihn ansprang und seine Zähne in den vorgehaltenen Arm schlug, traf ihn Blines Revolverkolben am Kopf.

»Die Maus krabbelte in die Uhr«, sagte Sweeney mit einer Stimme, die nicht viel mehr als ein heiseres Flüstern war, »die Uhr schlug eins – Gott sei Dank sind Sie endlich da, Captain. Ich hab gewußt, Sie würden die Löcher in

Docs Geschichte sehen, wenn Sie sich näher damit befassen, und dann würden Sie Yolanda suchen und finden, so wie ich. Hören Sie, Captain, ich muß weiterreden, ich darf nicht aufhören. Sie guckt Sie nicht mal an, sie weiß gar nicht, was los ist, aber wenn ich aufhöre zu reden... Gehen Sie von der Seite an sie ran, und nehmen Sie ihr das Messer weg...« Bline nahm ihr das Messer weg. Sweeney sank, noch immer heiser murmelnd, zu Boden.

In der Nacht darauf trafen sich Godfrey und Sweeney an einer ganz bestimmten Parkbank.

»Dachte, du arbeitest«, sagte God.

»Habe ich auch. Aber ich hab so eine tolle Geschichte geschrieben, daß Krieg mir ein paar Tage unbezahlten Urlaub gegeben hat. Eine Woche, zwei Wochen, ich kann wiederkommen, wann ich will.«

»Deine Stimme klingt so heiser«, sagte God. »Hast du denn nun eine Nacht mit der Frau verbracht, von der du so geschwärmt hast?«

»Deshalb bin ich ja so heiser. Hör zu, God! Diesmal habe ich viel Geld bei meiner Wirtin gelassen. Aber dreihundert habe ich hier bei mir. Glaubst du, daß wir uns für dreihundert einen zünftigen Affen kaufen können?«

Godfrey wandte Sweeney seinen Zottelkopf zu. »Wenn wir es nur richtig wollen...« Er grinste. »Du kannst alles haben, wenn du es nur richtig willst. Zum Beispiel eine Nacht mit dieser Puppe verbringen. Ich hab dir doch prophezeit, daß es klappt.«

Sweeney schüttelte sich. Dann zog er zwei Flachmänner aus seinem Jackett und reichte einen davon God.

Fredric Brown

Flitterwochen in der Hölle

und andere Schauer- und Science-Fiction-Geschichten

Aus dem Amerikanischen von B. A. Egger
Illustrationen von Peter Neugebauer unter Verwendung von Zeichnungen von Ludwig Richter und Julius Schnorr von Carolsfeld
detebe 20384

Fredric Brown, Schach-, Flöten-, Pokerspieler, versucht die Grenzen der Vernunft, überwindet Raum und Zeit, zähmt und entfesselt die Dämonen.
Vergessen Sie alles, was Sie von Yetis, Wudus, Vamps, Rotbart oder dem Planeten Placet wissen. Fredric Brown, Mathematiker, Musiker, Phantastiker, gibt letztmögliche Aufschlüsse: über den engelhaften Angelwurm und Flitterwochen in der Hölle, über den Solipsisten Jehova und die tödlichen Puppen Giesenstecks, den Anonymus Alcoholicus, der uns alle vor interstellarischer Sklaverei bewahrte, und den endzeitlichen Zweikampf mit dem roten Kugelwesen auf der Arena des blauen Planeten.

»Seit Ray Bradbury und Roald Dahl haben wir keinen Erzähler kennengelernt, der seine Leser auf so phantastische Zukunftsabenteuer geschickt hätte. Ein Meister des schwarzen Humors und logischer Hochakrobatik.« *Westermanns Monatshefte, Braunschweig*

»Mit diesem ergötzlichen, phantastischen und bizarren Buch erweitert Diogenes seinen Vorrat an brillanten Kabinettstücken um eine höchst attraktive Neuerwerbung.« *Westdeutscher Rundfunk, Köln*

Jonathan Latimer im Diogenes Verlag

Rote Gardenien

Roman. Aus dem Amerikanischen von Walter Kolbenhoff. detebe 21994

Gemeinsam mit Ann Fortune, der Nichte seines Chefs, soll William Crane die Todesfälle in der Industriellenfamilie March aufklären. Daß die beiden dabei als Ehepaar auftreten müssen, gefällt Latimers lebenslustigem und trinkfreudigem Detektiv immer mehr. Aber auch Lady Carmel March hat es ihm angetan. Die schöne Dame ist stets von Gardenienduft umgeben, und nach diesem Parfüm rochen auch die ermordeten Männer. Außerdem gibt es da noch die Lippenstiftspuren im Gesicht des toten Richard…

»Jonathan Latimers verantwortungslose Fröhlichkeit läßt seine Bücher aus dem guten Durchschnitt der ›Hard-boiled‹-Krimis herausragen.« *Julian Symons*

Mord bei Vollmond

Roman. Deutsch von Kurt Bracharz
detebe 21926

Der Privatdetektiv William Crane läßt sich freiwillig in eine Privatklinik für Geistesgestörte einweisen, um eine kleine alte Dame zu beschützen. Als der erste Patient erdrosselt aufgefunden wird, wird Crane klar, wie gefährlich sein Auftrag ist. Die örtliche Polizei versucht das Verbrechen aufzuklären, stößt dabei auf die Beteuerungen eines Verrückten namens Crane, der behauptet, Privatdetektiv zu sein…

Wettlauf mit der Zeit

Roman. Deutsch von Nikolaus Stingl
detebe 21825

Nur noch sechs Tage trennen Robert Westland vom elektrischen Stuhl, als er beschließt, daß er nicht ster-

ben will für eine Tat, die er gar nicht begangen hat. Acht Personen, allesamt aus Westlands engstem Bekanntenkreis, kommen als Mörder von Westlands Frau Joan in Frage. Detektiv Crane tut sein Möglichstes, aber alle Spuren weisen immer wieder auf Westland. Bis Crane eines Tages eine sensationelle Entdeckung macht…
Ein Thriller voller Tempo, Spannung und Action, Latimer »at his best«.

Leiche auf Abwegen

Roman. Deutsch von Ulrike Wasel und Klaus Timmermann. detebe 21592

William Crane, Latimers etwas verkommener, oft auch etwas betrunkener und durchaus lebensfroher Privatdetektiv, verfolgt auf einer halsbrecherischen Jagd durch die Hinterzimmer des swingenden Harlem die merkwürdig umworbene Leiche einer jungen Nachtclubsängerin, die sich auf merkwürdige Weise das Leben genommen hat…

»Crane löst seine Fälle gewissermaßen ›feuilletonistisch‹: in einem Schwebezustand zwischen Ironie und tieferer Bedeutung, Charme und Aggressivität; im Sinne der einstigen *screwball comedies*, die Schwieriges mit leichter Hand darstellen.
Nicht Realismus hatte Latimer im Sinn, sondern dessen elegante Parodie. Deshalb schickt er sein Alter ego William Crane an die schrillsten Örtlichkeiten, wo der intellektuell gewiefte Hinterhältler seine Sottisen kontrastreich absondern kann.«
Wolfram Knorr/Die Weltwoche, Zürich

Jim Thompson im Diogenes Verlag

Der Mörder in mir

Roman. Aus dem Amerikanischen von
Ute Tanner und Ulrike Wasel

Lou Ford scheint ein sympathischer, menschenfreundlicher Deputy Sheriff zu sein. Ein Bulle mit Herz – denken die kleinen Ganoven in Central City. Die meisten wissen allerdings nichts von seinem furchtbaren Geheimnis: einem traumatischen Erlebnis aus früheren Zeiten, das ihn unberechenbar macht. Ein *underground*-Klassiker, durch den der Name Jim Thompson einst identisch wurde mit dem *roman noir.*

Verfilmt mit Stacey Keach als Lou Ford.

»Seine besten Geschichten gehen weit über das Genre hinaus, nicht nur weil sie vom Mord erzählen aus der Perspektive der Täter, sondern weil diese Täter sich zu ihren Taten eine ganze Philosophie erfinden, eine Theologie des Mordes und die Moral dazu.«
Annette Meyhöfer/Der Spiegel, Hamburg

Gefährliche Stadt

Roman. Deutsch von
Ute Tanner und Werner Rehbein

Als David ›Bugs‹ McKenna von Mike Hanlon, einem verkrüppelten Millionär, als Hoteldetektiv eingestellt wird, hofft er, seine dunkle Vergangenheit hinter sich lassen zu können. Aber der Tod des Buchhalters und das Verschwinden von fünftausend Dollar bringen ihn ganz schön ins Schwitzen.

»Thompsons obsessive Finsternisse sind alles andere als einfach herbeifabuliert um aufzufallen, sondern wütende Reflexe eigener Erfahrungen.«
Wolfram Knorr/Die Weltwoche, Zürich

Getaway

Roman. Deutsch von
Günter Panske und Klaus Timmermann

Der Bankraub war ein Spaziergang. Alles hatte so geklappt, wie Doc McCoy es geplant hatte: Sie hatten sich fast 300 000 Dollar geschnappt, und niemand hatte sie verfolgt. Aber dann fingen die Probleme an. Denn die Flucht war alles andere als ein Spaziergang: ein Verbrecherpärchen will der Verfolgung durch die amerikanische Polizei quer durch die Staaten und über die Grenze nach Mexiko entkommen.

Verfilmt von Action-Spezialist Sam Peckinpah mit Steve McQueen in der Hauptrolle.

»Jim Thompson ist mit Abstand der beste Thriller-Autor.« *New York Times*

Zwölfhundertachtzig schwarze Seelen

Roman. Deutsch von E. R. von Schwarze
und Andre Simonoviescz
Mit einem Nachwort von Wolfram Knorr

Zwölfhundertachtzig schwarze Seelen zählt das gottverlassene Pottsville im amerikanischen Süden. Ein ödes und schmutziges Kaff. Was nicht zuletzt dem Sheriff zu verdanken ist, der ein Regime von Grausamkeit, Lynchjustiz und Erpressung errichtet hat.

Verfilmt von Bertrand Tavernier unter dem Titel ›Coup de torchon – Der Saustall‹.

»Mein liebster Krimi-Autor – oft kopiert, nie erreicht – ist Jim Thompson.« *Stephen King*

Henry Slesar
Das Phantom der Seifenoper

Erzählungen. Aus dem Amerikanischen
von Jobst-Christian Rojahn, Barbara Rojahn-Deyk
und Edith Nerke. detebe 22409

Im New Yorker Fernsehstudio 43, in dem eine Seifenoper-Serie gedreht wird, häufen sich heimtückische und meuchlerische Anschläge. Daß die Jubiläumstorte von der Decke herab auf die Schauspieler klatscht, ist mit einem gewissen Sinn für Humor fast noch zu goutieren. Daß aber Mitarbeiter verschwinden – und vor allem, wie sie wieder auftauchen –, findet keiner mehr komisch…

»Literarisch ausgefeilte Horrorminiaturen, die das Böse in statu nascendi zeigen. Die Moral, die Slesar seinen Geschichten mitzugeben pflegt, ist diejenige von der Grube, die man anderen gräbt, um dann selbst hineinzuplumpsen. Kabinettstückchen knapper, präziser, pikant-perfider und hintergründig ironischer Charakterzeichnung.«
Neue Zürcher Zeitung

»Nicht die Moral, die millimetergenau gesetzte Pointe triumphiert.« *Der Spiegel, Hamburg*

»Henry Slesar gebührt das Verdienst, einem überwiegend ernsthaft-nüchternen Genre einen gehörigen Schuß Selbstironie verpaßt zu haben.«
Frankfurter Allgemeine Zeitung

»Slesar ist ein friedfertiger Mann mit ungewöhnlicher krimineller Begabung (natürlich nur auf literarischem Gebiet).« *Alfred Hitchcock*

Henry Slesar
Mord in der Schnulzenklinik

Roman
Aus dem Amerikanischen
von Jobst-Christian Rojahn
Leinen

Der Polizist Troy Wayland hat im Großstadtdschungel von New York schon einige Narben davongetragen. Nun erhofft er sich als Mitglied der Sonderkommission »Film/Fernsehen« einen ruhigen Job als Helfer bei den Dreharbeiten zu *Die Schnulzenklinik.* Doch auch die Welt der Seifenopern gehorcht den Gesetzen des Dschungels, und Hals über Kopf sieht sich Troy Wayland in ein verwirrendes Szenario von Abhängigkeiten, Intrigen, Liebe und Mord verwickelt, in dem die Realität alle Drehbücher übertrifft.

»Eine amüsante Einführung in die Gesetze der Seifenoper mit viel Witz und Sarkasmus.« *Esquire, München*

»Slesar ist ein friedfertiger Mann mit ungewöhnlicher krimineller Begabung.« *Alfred Hitchcock*

»Hintersinniger, zum Teil schwarzer Humor – genau so wie er typisch ist für ergreifende Hitchcock-Krimis, durchzieht auch die Welt der Seifenopern in Slesars neuem Roman.« *Die Welt, Hamburg*

»Die Moral, die Slesar seinen Geschichten mitzugeben pflegt, ist diejenige von den Gruben, die man anderen gräbt, um dann selbst hineinzuplumpsen. Knapp, präzis, pikant-perfid und hintergründig-ironisch.«
Neue Zürcher Zeitung

»Spannung allein macht noch keinen guten Thriller. Slesar gelingt, was sehr schwierig ist, nämlich eine Verbindung von Karikatur und Thriller. Er versteht sein Handwerk. Jonathan Swift hätte seinen Spaß gehabt.«
Frankfurter Allgemeine Zeitung

Raymond Chandler im Diogenes Verlag

Der große Schlaf
Roman. Aus dem Amerikanischen von Gunar Ortlepp. detebe 20132

Die kleine Schwester
Roman. Deutsch von Walter E. Richartz detebe 20206

Der lange Abschied
Roman. Deutsch von Hans Wollschläger detebe 20207

Das hohe Fenster
Roman. Deutsch von Urs Widmer detebe 20208

Die simple Kunst des Mordes
Briefe, Essays, Notizen. Herausgegeben von Dorothy Gardiner und Kathrine Sorley Walker. Deutsch von Hans Wollschläger detebe 20209

Die Tote im See
Roman. Deutsch von Hellmuth Karasek detebe 20311

Lebwohl, mein Liebling
Roman. Deutsch von Wulf Teichmann detebe 20312

Playback
Roman. Deutsch von Wulf Teichmann detebe 20313

Mord im Regen
Frühe Stories. Vorwort von Philip Durham. Deutsch von Hans Wollschläger detebe 20314

Erpresser schießen nicht
Gesammelte Detektivstories I. detebe 20751

Der König in Gelb
Gesammelte Detektivstories II. detebe 20752

Gefahr ist mein Geschäft
Gesammelte Detektivstories III. detebe 20753
Alle drei Bände deutsch von Hans Wollschläger

Englischer Sommer
Geschichten, Parodien, Sprüche, Essays. Mit einem Vorwort von Patricia Highsmith, Zeichnungen von Edward Gorey und einer Erinnerung an den Drehbuchautor Chandler von John Houseman. Deutsch von Hans Wollschläger, Wulf Teichmann u.a. detebe 20754

Meistererzählungen
Deutsch von Hans Wollschläger detebe 21619

Außerdem liegt vor:

Frank MacShane
Raymond Chandler
Eine Biographie
Mit vielen Fotos. Deutsch von Christa Hotz, Alfred Probst und Wulf Teichmann detebe 20960